U1001765

中华诗词发展报告

2019

中华诗词研究院　编

中国书籍出版社
China Book Press

策　　　划：杨志新

写作组组长：王兆鹏

写作组组员：马大勇　赵郁飞　李遇春

朱一帆　曹辛华　袁晓聪

孙文周　刘慧宽　张海鸥

凌天明　林　峰　王　贺

编写组分工：总论——王兆鹏

诗词创作——马大勇　赵郁飞

诗词理论研究——李遇春　朱一帆

诗词文献整理——曹辛华　袁晓聪

孙文周　刘慧宽

诗词教育——张海鸥　凌天明

诗词文化活动——林　峰

编 写 说 明

“中华诗词年度发展报告”项目设立以来，在马凯同志和国务院参事室、中央文史研究馆领导同志关心指导下，中华诗词研究院已连续编写四个年度的发展报告。

2019 年的中华诗词发展报告，我们邀请了中南民族大学、中山大学、上海大学、吉林大学、华中师范大学、郑州大学以及中华诗词学会的诗家学者共同编写。中华诗词研究院特约研究员、中南民族大学文传学院王兆鹏教授继续担任写作组组长。王兆鹏教授完成了报告总论撰写以及统稿、改稿工作。吉林大学文学院马大勇教授与赵郁飞老师合作，撰写了《诗词创作》一章。两人在撰写时搜集到不少资料，并整理为《2019 年诗词创作情况统计列表》，我们将其附录于后。华中师范大学李遇春教授和郑州大学朱一帆老师合作，撰写了《诗词理论》一章，并编制了《2019 年诗学论文摘要》《2019 年现当代诗词研究论文要目》。上海大学曹辛华教授带领团队成员袁晓聪、孙文周、刘慧宽完成《诗词文献》一章，并编制了《2019 年诗词文献目录提要》。中山大学张海鸥教师带领博士研究生凌天明撰写了《诗词教育》一章，调研并整理《高校旧体诗社统计表》。中华诗词学会副会长、《中华诗词》杂志社副主编林峰搜集整理了大量诗词文化活动信息，撰写了《诗词文化活动》一章，并编制了《2019 年诗词文化活动举例》附录内容。

在编写过程中，中华诗词学会、《中华诗词》杂志社、《诗刊》社、搜韵网及诗词社团为我们提供了大量有价值的资料。中央文史研究馆馆员、中华诗词研究院学术委员会程毅中、白少帆、杨天石三位先生，以及中华诗词研究院顾问、中华诗词学会副会长罗辉先生，中华诗词学会副会长高昌先生，中国书籍出版社副总编辑、编审赵安民同志对报告内容提出了不少修改意见。作为这一项目的组织者，我们在此由衷地感谢。

《中华诗词发展报告 2019》在编制过程中，尽可能全面地收集材料、客观公正地表达观点，但难免挂一漏万或存在不妥之处，欢迎诗词界、学术界和社会各界批评指正。

中华诗词研究院 杨志新

2020 年 10 月

目　　录

总　论

作为优秀传统文化重要组成部分的中华诗词，在党中央传承和发展中华优秀传统文化战略指引下，近几年逐渐走上持续、稳健发展之路。聚焦 2019 年，复兴优秀传统文化的使命意识更加自觉，担当精神日益增强。诗词创作、理论批评、文献整理、诗词教育以及文化活动都焕发勃勃生机。借由诗词批评的不断加强，诗词创作与诗学理论之间的交流更为广泛。学者们有意识地建构现当代诗学理论，推进现当代诗词学科建设。诗词教育与文化活动，融入广泛的社会生活中，发挥越来越重要的作用。在海外，诗人们仍坚持用创作去体悟异域生活，以独到眼光审视诗词的当代发展，与国内诗人和研究者共同推动着当代诗词事业的进步。

一、用诗词致敬重大历史事件

2019 年是一个具有特殊意义的年份，既是五四运动一百周年，又逢中华人民共和国成立 70 周年。诗词界、学术界以及社会各界以纪念这些重大历史事件为契机，举办各种形式的庆祝活动：创作上组织相关主题的诗歌作品征集、比赛；理论上展开五四以来文学发展与中华人民共和国成立 70 年研究成果的总结与反思；文献整理方面出版大量具有纪念意义的总集、别集，报刊开设专栏，邀请专家作诗歌发展、诗学理论批评的回顾与展望；诗词教育与文化活动方面，庆祝主题的全民活动如火如荼。

2019年5月，习近平总书记在纪念五四运动100周年大会的讲话中，引用毛泽东同志“自信人生二百年，会当水击三千里”诗句，寄语当代中国青年要拥抱新时代、奋进新时代，为实现中华民族伟大复兴的中国梦不懈奋斗。中央与地方各级政府机关、工会以及各大专院校，集中开展纪念五四运动100周年的诗歌创作征集和诵读展演活动。纪念活动的核心主题是“青春心向党，建功新时代”，旨在鼓励当代青年像革命先辈一样，自信而努力地循着理想的方向进发。《中华诗词》等诗词刊物和诗词微信公众平台，纷纷策划纪念专栏，刊发纪念诗词与评论。有些文化单位也举办形式多样的诗词文化活动，鼓励青年人创作诗词、谱曲演唱或吟诵。比如，中央电视台的五四晚会，既有重新编曲的《蜀道难》展演，也邀请全国高校诗词大赛上获奖的来自港澳台与内地的青年学生，表演飞花令，展现中华优秀传统文化的魅力。

中华人民共和国成立70周年的庆祝活动，是本年度的“国之大事”。人们拿起手中彩笔，绘制中华人民共和国70周年的光辉图景，礼赞70周年的伟大成就。2019年4月至6月，中华诗词研究院举办了“中华诗词网络平台系列活动之‘美美中国’”作品征集活动，在微信平台陆续推出纪念诗词十六期，并将诗作结集，于国庆节前夕作为献礼作品出版。中华诗词学会于10月推出庆祝中华人民共和国70华诞系列丛书——《中华诗词25年优秀作品选》《第二届沈鹏诗书画获奖作品集》《中华诗词存稿》（5种）、《诗画颂中华》（2部），并在现代文学馆召开首发式与诗书画作品展览。《中华诗词》《甘肃诗词》

等刊物，开设“礼赞祖国——庆祝新中国成立70周年”纪念专栏，邀请知名诗人创作礼赞诗词。各地诗词社团，比如红叶诗社、深圳长青诗社等先后组织庆祝活动，以创作表达对祖国的热爱之情。礼赞中华人民共和国成立70周年成就的诗词总集、别集，也成为文献整理与出版单位的核心选题。中国书籍出版社在2019年陆续出版了《诗咏新中国——〈诗刊〉历年作品选》《第二届中华诗词有奖征集获奖作品集》《美美中国诗文选》等，讴歌祖国，礼赞新时代。湖北人民出版社出版的《辉煌七十年》、花山文艺出版社推出的《祖国颂歌》等，也都是献礼之作。

在理论批评方面，各高校院所、学术期刊编辑部积极开展七十年学术史的回顾与反思。中华诗词理论与批评，逐渐成为学界关注的新热点。2019年6月29日，上海大学中国语言文学高原学科、上海大学中国现当代文学学科主办“当代文学七十年”学术研讨会，邀请来自北京大学、清华大学、复旦大学等高校的学者，研讨当代文学展现的多面性及未来发展的可能性。研讨会提出“重绘中国当代文学的概念版图”等议题，重视当代文学“民族形式”的建构。9月21日，山东大学人文社会科学青岛研究院、文学院和文化传播学院联合主办，山东大学诗学高等研究中心承办“古典与现代：七十年中国诗学理论与批评”学术研讨会，探讨了古典诗学理论与现代诗学理论、西方诗学理论的沟通与交融，为诗词理论批评的发展提供更多思路与方向。《广州大学学报》《福建论坛》等期刊发表的70年现当代文学研究（包括文献学）综述，梳理上世纪90年代以来旧体诗词（或称“古典写作”）逐步受到学界关注的脉络，尤其提到现当代文学文献整理的一个转变，就是“从新文学转到现代的通俗文学、‘古典写作’（亦即从‘新文学’立场命名之‘旧体诗词’）的开掘”。

重大历史事件是诗词创作的题材，也是诗学理论批评回望与总结的契机，更是文献整理、诗词教育与文化活动的重要主题。2019年，庆祝与纪念是中华诗词发展的“关键词”，无论创作、理论研究、文献整理，还是诗词教育与文化活动，都在庆祝与纪念中丰富各自的内涵，获得更多的成长。

二、担当精神与使命意识

为贯彻落实习近平总书记关于传承和发展中华诗词的指示精神，中华诗词研究院、中华诗词学会以及各地诗词组织与社团勇于担当，把诗词发展当作“一份事业”，立足传承，着眼发展，将工作细分为创作、理论批评、文献整理、诗词教育、文化活动以及对外传播等逻辑层面，有序推进：着重鼓励精品创作与理论研究，与高校院所共同构建平台，吸引更多研究者加入诗词理论批评队伍，同时联合教育机构开展诗词教育教学的推进工作，与出版社合作整理现当代诗词文献，举办大众诗词文化活动、加快诗词文化传播，调研海外诗词发展情况，促进中华诗词在海外的传播与发展。当代诗人与学者对于历史赋予他们的使命有了更加深刻的认识，越来越自觉地担当起传承与发展优秀传统诗词的重任，自发思考诗词未来发展的道路与方向，自觉将诗词与文艺、学术以及教育联系起来，开拓诗词发展的广阔空间。

2019年3月22日，中华文化学院（中央社会主义学院）和《诗刊》社在京联合举办“中华诗词复兴论坛”，探讨在中国特色社会主义进入新时代之际，如何看待中华诗词传承与发展的关系，如何直面诗词发展遇到的挑战，进而把握诗词发展的正确方向。有学者指出，考虑诗词发展，要努力站在中华民族历史文化发展演变以及当前党和国家工作全局的角度，认真梳理和回答好当下诗词传承与发展需要作出回答的诸多时代之问：“在中华文明的内在发展逻辑中，中华诗词有哪些不可替代的价值和功用？十八大后习近平总书记就传统诗词做出重要指示以来，社会各界对传统诗词的观念发生了哪些变化，做了哪些工作，还有哪些不尽如人意的地方？新时代传统诗词回归百姓日常生活对当代社会主流文化建构有何积极意义和影响？如何用巨量的诗词文化资源塑造当代社会民众的精神品格、育化新时代的精神文明？如何看待百年诗词的流变，新文化运动以来的传统诗词进入现当代文学史的关键点在哪儿，当前需要重点做哪些工作？如何有效地促进当代诗词的经典化，当代诗词的写作如何呼应时代关切，如何整体评价当代人的传统诗词写作，如何书写和定义当代诗歌美学？如何挖掘整理近百年来的诗词文献？如何促进当代诗词的写作和研究及世界文艺的交流？”时代之问一经抛出，引发诗词界和学术界的兴趣。7 月 20 日，中华诗词研究院召开《中华诗词发展报告 2018》出版座谈会，专门就诗词发展如何回答好时代之问进行探讨。只有将诗词发展与时代命运紧密联系，才能真正做好诗词的当代传承与发展。

费孝通先生曾在《对文化自觉的一些自白》中称：“‘现代化’一方面突破了‘传统’，另一方面也同时继续并更新了‘传统’。”中华诗词的现代化之路也如此。当代创作者在主观意识上以继承与发展中华诗词为己任，回溯并主动运用传统诗学理论指导创作，同时又以极大的勇气反思传统的不足，自觉探索诗词开新的路径。2019年，以诗人评论家为主体的《中华诗词》《心潮诗词（评论版）》发表的批评文章，绝大多数以传统诗学的意象、意境、神韵、格调论诗，诗词别集序跋也多以“知人论世”的传统批评方法结构全篇。然而，当代创作者并不满足于简单的继承，而是对传统持审慎而中立的态度，客观地看待中华诗词表现当代事物的局限与不足，多方尝试以寻求突破。在与德国翻译家柯世浩的通信中，诗人曾少立表达了这一态度：“中国古典诗歌的意象系统是存在一些问题的。主要是过于强烈的农业文明色彩，与工业文明和现代社会脱节。另一方面是象征系统过于发达，一代代的诗人不断使用这些象征，导致诗词越来越偏离实物。”（《“李子体”网络诗词通信选》）针对传统意象陈旧以及表达的不及物，诗人们充分吸收西方诗学的形象、场域等概念，在题材更新的情况下有意识地推进当代汉语诗化、拓展汉语诗歌写作方法，创作有独特风格的作品。比如，“看朱成碧又成空，隔岁心情大抵同。草草生涯谁共我，光阴冢上种春风。”（李伟亮《上元夜小区看烟花》）用传统诗歌常见的意象春风、坟冢，连缀光阴、草草生涯，表现光阴流逝、人生落拓的悲伤以及春风拂过的希望，从语序到语汇上都有着现代汉语的流畅感与诗意。再比如，“鸣笛吴船唵呓。醉一枕、客程千里。舷外江星动鱼背。倩何人，数巫神，钗十二。　终古迷云水。尚秘拟、阳台遗事。深峡航灯闪眸子。梦回时，月明中，秋雨霁。”（曾峥《夜游宫·巫山》）运用通感与蒙太奇手法，将梦境与巫山云水描写得诡谲与迷幻，忽闪忽闪的航灯变成神秘的眼眸，紧盯着历史和我们，读来有森森寒意。

在诗词教育与文化活动方面，这种担当精神与使命意识表现更为显著。2019 年高校、中小学、图书馆以及民间诗社等，努力开发诗词教育产品，包括开发诗词课程和编写诗词教材；举办公益讲座、研修班，以专业的诗词创作与欣赏熏陶教育对象；开展诗词创作、吟诵大赛，通过评奖与吟诵表演吸引更多人喜爱诗词。开展诗词教育实践的同时，学者们也在探讨将传统诗教转化为当代诗教、与当代教育理念融合的可能性，逐步积累诗教成功范例，以指导诗教活动开展和推广。电视、网络等媒体也自觉加入到诗词教育与文化活动阵营，为诗词发展助力。《中国诗词大会》第四季、《经典咏流传》第二季等节目持续前一年的热度，在节目制作上更能体现制作人风格的独特和对诗词的理解。比如《经典咏流传》第二季，制作者用音乐强化《千字文》《三字经》《声律启蒙》等蒙学读物的节奏感，也用音乐去表现戴望舒《雨巷》、林徽因《你是人间四月天》等新诗以及普希金《假如生活欺骗了你》等国外经典诗歌，透露出制作者将中华诗词作为主体，融合现代诗歌、外国诗歌特色的艺术构想。

此外，出版机构自主开发诗词类选题，初版或重版现当代诗词别集，汇编诗词总集，与研究者合作编辑现当代诗词丛书。国家图书馆出版社、中国书籍出版社等在 2019 年推出的诗词类书籍数量较多。《词学》《新文学评论》《心潮诗词（评论版）》等不断刊发现当代诗学理论与批评学术文章，《中华诗词研究》《当代诗词研究》以辑刊的方式陆续推出，将优秀的现当代诗词理论文章推荐给读者。中国诗歌网在2019年开设“译典”专栏，跟国际期刊 *Translating China* 主编赵彦春教授与莫真宝博士合作，翻译推介优秀古诗词、现当代诗词，于10月10日起与翻译中国先锋号同步推出，并刊发在 *Translating China*。截至12月31日，共刊发70期。

全国（包括台港澳）的诗词创作者与研究者勇于担当，把传承与发展优秀的诗词文化当作使命，自觉自发地创作、研究与传播诗词。同时，海外诗词创作者与国内诗词组织、社团的联系越来越多，沟通诗学观念，交流诗词创作，共同承担起传承与发展的使命，合力创造并见证当代诗词的繁荣。

三、现当代诗词学科建设已经起步

担负传承与发展中华诗词的历史使命，首先要做好的一项工作，就是让优秀的人才参与到诗词创作和研究中来。如果能让现当代诗词成为一门独立学科，成为教育与教学的科目，就会有利于培养专业人才，将诗词传承与发展落到实处。以建设一门学科的严谨态度去审视现当代诗词作品，研讨诗词创作与诗学理论，促进诗词创作与研究走上专业化与学术化的道路，是2019年诗词发展的一大进步。

现当代诗词史的编写，是学科建设的第一步。中华诗词研究院曾在2014年底召开诗词进入文学史专题会议，希望当代学者关注诗词史的书写。中华诗词学会2019年6月，在重庆奉节召开“中华诗词论坛·促进当代中华诗词入史学术研讨会”，探讨诗词入史的标准以及进入文学史书写的一些具体问题，将现当代诗词史编写再次提上日程。7 月，马凯同志召集中华诗词学会和中华诗词研究院专家就现当代诗词史编写工作进行讨论。马凯同志在会上强调现当代诗词史编写的重要意义，他说："我总是把繁荣中华诗词当做一种事业来看待的，推动诗词'入史'，对于中华诗词事业总结规律、提升水平、广泛传播、繁荣发展都具有重要意义，是促进中华诗词事业传承发展的重要一环，是诗词界的大事"，要做好诗词入史，需要"系统准备、持续努力"。2019 年 12 月，《心潮诗词（评论版）》推出一期以诗词进入现当代文学史为主题的专刊，揭载了《也谈现代诗词的'入史'及所谓'现代性'的问题》《作品选评是写好文学史的前提》《〈二十世纪旧体诗词史〉工程的一些信息和思路》等文章，较全面地展示了将现当代诗词写入文学史的各种观点。12 月 29 日，中华诗词研究院召开"现当代中华诗词发展史"专题研讨会，集中探讨现当代诗词发展史编写具体问题，包括入史需要关注的诗体范畴、入史标准、时段界定与阶段划分、研究方法等，拟启动现当代诗词发展史编写。

现当代诗词文献的大规模整理，为学科建设与诗词史编写奠定基础。现当代诗词存量巨大，增量惊人。面对如此庞大的作品量，中华诗词研究院、中华诗词学会鼓励并邀请现当代诗词研究者整理诗词文献，着重推进诗词经典化工作。比如中华诗词研究院"二十世纪/二十一世纪诗词史料整理与研究"项目，委托复旦大学、吉林大学、华东师范大学等高校学者，编选整理 1919 年以来古近体诗、词、曲、歌词、歌谣、新诗等诗体的代表作品，旨在为现当代诗词史的编写和学科建设打下文献基础。中华诗词学会以地域为纲，每年都推出几卷本地方诗词集，2019 年编选了《内蒙古诗词卷》《贵州诗词卷》《辽宁诗词卷》。据统计，仅 2019 年出版的诗词类文献大型丛书 8 部、汇编 100 余种、别集 260 余种、专著类文献 20 余种，集刊 4 种。《全民国词》《民国闺秀集》《二十世纪诗词名家别集丛书》《中华诗词存稿》（现当代共 80 种）等，以规模之大、收录之广引发学界关注。

与此同时，文献数字化建设也在平稳推进。自 2018 年以来，中华诗词研究院与中南民族大学合作，依托“中华诗词年度发展报告”项目建设“中华诗词文献数据库（一期）”，旨在将诗词创作、理论研究、文献整理以及活动等材料分门别类，作为当代诗词文献史料保存到数据库中，为诗词创作者与研究者提供搜索、浏览、统计与分析等功能，使用方便。该项目于 2019 年 11 月完成框架搭建、基本功能实现、部分数据录入工作，于 20 日通过专家验收，有望明年充实数据后在网站公布。

深化当代诗学理论，是现当代诗词学科向纵深发展的根本。2019 年，“中华诗学论坛”“中华诗词论坛”“中华诗词古今演变学术研讨会”等专题研讨会继续召开，推出了一批以现当代诗词为研究对象的理论探索与批评文章。相关学刊、学报等也持续刊发现当代诗词理论研究成果，涉及诗词创作个案、群体研究、创作理论、诗教理论。这些论文，既有对近几十年旧体诗词研究的回顾与总结，也有对现代性、女性问题、文体代偿的探讨，还有对诗词用韵、意象、意境等诗学理论的探究。论文的学理性分析越来越深入，学术规范越来越符合现代要求。为鼓励学者开展现当代诗词理论研究，中华诗词研究院、湖北荆州市人民政府、湖北中华诗词学会于 2017 年底设立“屈原诗学奖”，首届屈原诗学奖经过近两年时间的评选，评选结果于2019年1月公布，颁奖大会于6月召开。吉林大学马大勇、华中师范大学李遇春分别以《二十世纪诗词史论》《中国当代旧体诗词论稿》获得优秀青年诗学奖，杨卓、陈友康、秦燕春、高昌、简锦松等五位学者获得诗学论文奖。中华诗词研究院微信平台在6月连续推出获奖者论文，反响甚好；7月推出“中华诗词研究”系列论文共20余篇，扩大了当代诗学的影响。

从诗词文献整理到诗词史撰写再到诗学理论的深化，学术界在2019年逐步开启现当代诗词学科建设。上海大学“中华古诗文吟诵和创作基地”、首都师范大学“中华古诗文吟诵和创作传承基地”两个教育部中华优秀传统文化传承基地在年初挂牌成立，更为中华诗词进驻高校、构建诗词理论学科奠定了基础。随着现当代诗词发展史的编写完成，诗学理论的进步，高校诗词传承基地发挥越来越大的作用，现当代诗词有望成为一门独立的学科，争取到更为专业化的发展空间。

四、充分融入社会并得到正反馈

马凯同志在《把传承、繁荣和发展中华诗词当做事业来干》讲话中强调，中华诗词“要关注它的形式，讲究格律”，“更要重视其内容，发挥其社会功能。丢掉社会功能，中华诗词就没有存在的社会价值，也会消亡”。若全然不顾诗词的社会功能，诗词就无法真正贴近实际、贴近生活、贴近群众，势必失去长久发展的生命力。在2019年，中华诗词越来越多地参与群众生活，发挥着越来越显著的社会作用，而形式多变的活动又反过来促进了诗词文化知识的普及和总体创作水平的提高。

以往诗词教育与文化传播的主体多为大中小学校和中华诗词学会，近几年电视与网络新媒体也注意以“用诗词滋养心灵”为主题，努力将诗词融入民众的社会生活。已做成品牌的《中华好诗词》《中国诗词大会》《经典咏流传》等电视节目，在社会上的影响日益扩大，吸引了更多人参与到诗词文化建设，尤其是诗词创作中来。2019 年，创作规模持续增长，创作队伍结构不断优化，尤其是创作队伍年龄层次与性别比更趋合理，青年与中年人成为创作主力。人们在现实生活中也更愿意展示诗词的创作才华，更自觉地运用传统诗词佳作名篇表达观念与情感，甚至传达娱乐的情绪。2019 年 10 月 24 日是程序员节，一名爱好中华诗词的程序员用程序代码编写了一套诗词名句试题，引发网民竞相猜谜。比如，cutWater（getKnife（））{water++}; reduceWorry（toast）{worry++} 这条代码，对应的诗句是“抽刀断水水更流，举杯消愁愁更愁”。“用诗词做情绪管理”、“当会计遇上诗词”、“诗词里的数学”、“用诗词盘点 2019”等话题，时常在互联网和微信朋友圈中闪现。这都说明诗词充分融入社会生活，并已然成为人们生活的一部分。

作为社会文化传播主体的公共图书馆，2019 年在诗词文化教育与传播方面着力甚多。国家图书馆及各地省市级图书馆，有的开发诗词类公开课，有的组织诗词作者或研究者的系列讲座，有的围绕特定主题开设诗词研修班，旨在向读者普及丰富多彩的诗词文化。其中，国家图书馆的诗词文化传播方式最为多样：既用微博、APP 推送优秀的诗句，又与中宣部合作，邀请古典文学专家做诗词讲座；还将音乐、书画、游戏与诗词结合，策划展览与展演活动。在国家图书馆 110 周年的展览上，大胆展出三国沙盘策略手游《率土之滨》玩家自创的诗词作品，让更多人看到现当代文言创作的魅力以及当代文言创作的可能与希望，体现出图书馆对当代诗词创作的关注与诗学观念的通达。随着公共图书馆在诗词文化教育与传播中作用凸显，越来越多的民众主动参与图书馆组织的文化活动，学习、提高诗词创作和吟诵、赏鉴水平。2019 年 4 月，福建省图书馆、福建省图书馆学会联合主办“读吧！福建”第三届“正谊杯”诗文大赛，组织福建省福州市图书馆、厦门市图书馆、莆田市图书馆、福安市图书馆、晋江市图书馆、永安市图书馆等 14 家图书馆同步参与，以“在线诗词竞答”和线下古今诗文知识为主进行多轮比拼，参与人数超过 2000 人。6 月，杭州西湖区图书馆举办首届诗歌大赛，旨在发动广大读者了解祖国、家乡，与读者一道庆祝中华人民共和国成立 70 周年。香港公共图书馆也主办了第二十九届全港诗词创作比赛，投稿量达千份以上。

民间书院、诗词社团和一些互联网技术公司，开发了多种诗词文化产品，以提高诗词教育与文化传播的质量，提升目标人群的诗词创作与欣赏水平。民间书院，如北京雒诵堂，采用传统诵读的方式，针对青少年进行古代诗文教育，任职的教师都是诗词创作与理论研究兼备的专家，常用飞花令来调剂教学。互联网技术公司如搜韵网，积累的诗词文献数量逐年增加，针对创作者、研究者以及普通诗词爱好者的不同需求，开发出不同功能，用户点击量与使用率逐年走高。“云帆诗友会”“铭社”等依托微信公众平台，以艺术的眼光甄选推广佳作，影响较大。

五、对未来发展的建议

在2019年，中华诗词以纪念五四运动100年、庆祝中华人民共和国成立70周年为契机，进步显著。从事诗词创作、研究、文献整理、教育与传播的工作者们，感受到传承与发展优秀诗词文化的迫切性，担当起复兴传统诗词的使命，从最根本的创作抓起，推动现当代诗词的学科建设，加大文献整理、诗词教育与文化传播的力度，并兼顾到海外诗词的传播与发展。回顾2019年，中华诗词在引导创作、推进理论建设、规划文献整理、加强教育与传播、关注域外诗词发展等方面，还有诸多完善的空间。

探索并践行创作的新路径，是中华诗词长效发展的根本。处在文言语境萎缩的当代，诗人比以往任何时代都要迫切地解决诗词与当代社会交融的问题。尽管二十一世纪以来，诗人在现代汉语诗化、用新意象抒写当代城市或新田园生活、融入西方诗歌与新诗思维等方面都有过尝试，创作了不少颇具当代特色的诗词作品，但多停留在探索阶段，一两首惊艳过后往往难以为继。创作理论缺乏整理与提升，难以引导创作。今后，要坚持马凯同志倡导的“求正容变”的观念，大胆创新，加强总结与归纳，将创作实践经验提升到理论层面，触发诗人与研究者进一步思考，形成当代特色的诗学理论。

客观看待当代诗词赛事与活动作品，以不同的标准去审视与评判，为诗词发展提供宽松的舆论环境。中华诗词研究院副院长杨志新曾说，中华诗词文化参与支撑了中华文明的大格局，具有多种价值维度。重视诗词的文学特质，考量诗词在复兴传统文化与创造当代文化方面的价值，欣赏融入更多艺术元素的诗词，以开放包容的心态静观当代诗词的万千变化，或可有益于诗词艺术的突破与发展。诗人创作诗词就像生产产品一样，一定要找准适用对象与应用范围，在面对来自不同立场的批评声音时，也就可以泰然处之，坚持自我的探索。

鼓励更多专业人才，加入批评家阵营，为诗词发展提供客观、专业的声音。目前，当代诗词评论文章往往千篇一律、理论陈旧，或者揄扬过度，不敢批评，仿佛诗坛都是“当代李白”“当代苏轼”“当代李清照”；或者贬低过甚，甚至涉嫌人身攻击。这种不健康的批评风气不利于诗人的成长。批评界迫切需要中立公正的声音，需要新鲜的批评理论，需要就诗论诗的真诚态度。因此，未来应该凸显诗词批评家的角色，鼓励他们独立地、公正地开展可信赖的诗词评论，既可引导诗词创作走上多样健康的道路，也可为诗词理论研究、诗词史编写提供重要参照。

巩固诗词理论研究既有成果，稳步推进现当代诗词学科建设，这是中华诗词繁荣发展的重要举措。目前，诗词创作、诗学理论、诗教理论、文献整理等方面都在不断深化和创新。梳理上世纪八十年代以来的诗词发展成绩，系统整理出版优秀作品和具有理论深度的诗学论著。鼓励诗词理论创新，广泛组织特定主题的诗学研讨，启动现当代诗词发展史撰写，瞄准现当代诗词学科建设，尽力做好基础工作。2019 年挂牌设立的上海大学“中华古诗文吟诵和创作基地”、首都师范大学“中华古诗文吟诵和创作传承基地”更要发挥高校优势，在现当代诗词学科建设方面投注精力，加快此项工作开展。

关注域外诗词的整理与研究，大力策划组织现当代诗词的

翻译与出版，为现当代诗词发展提供更多途径。近些年，域外汉诗整理与研究项目成为学术研究新的增长点，相关成果将陆续面世。当代诗人与学者要关注这些成果，以期借鉴域外的创作经验和方法，拓展研究思路与视角，提升创作与研究水准。在现当代诗词外译方面，像中国诗歌网与 *Translating China* 这样的“译典”合作要鼓励和宣传，争取更多翻译家参与其事，提供更丰富的现当代诗词翻译文本，在国际舞台展现中华诗词的独特魅力。

发挥优势，找准定位，诗词文化单位要与创作者、研究者一道共同思考诗词发展的未来。中华诗词研究院、中华诗词学会以及 2019 年挂牌的两个“中华诗词吟诵与创作传承基地”等单位，要从党和国家工作全局与历史文化演变发展的高度，发挥各自优势，多方位促进诗词发展。以诗词理论研究为宗旨的单位，要更多地组织理论研究，做好现当代诗词文献整理，促进现当代诗词学科建设；以组织创作为主业的单位，要精研创作理论，提高艺术素养；以诗词文化活动为重点的单位，在运用新媒体、新技术的同时，注意保存诗词的艺术本色。

中华诗词深度参与社会，跟主流文化不断融合。相信在党中央的整体文化方略指导下，诗词的发展一定会更上层楼。

第一章　诗词创作

2019 年，诗词创作整体实现了横、纵多层面的立体式跃升，转型为“普及”和“提升”的“两条腿走路”；同时，广大创作群体对传承、巩固和繁荣诗词事业有了更为深刻的思考、更为强烈的认同，凝心聚力，培根铸魂，以异彩纷呈的精品力作，参与到富于民族特色的时代宏大叙事中。

一、年度创作生态概观

如果说 21 世纪的第一个十年中，诗词事业尚处于“复苏”阶段，最突出的特质即是其包蕴无限希望的可能性；那么，在新世纪的第二个十年里，经过了多向度的探索和发展的中华诗词创作，已实现了“复兴”的目标，呈现英才迭出、万花为春的盛大景况。作为收束之年的 2019 年，具有通前彻后、继往开来的深远意义。本年度，诗词创作生态持续向好，在创作规模、队伍构成及全球影响力等层面都显现出变革与拓展的态势。

（一）创作规模持续增长

本年度诗词创作规模稳中有升。仍以最具典型性、代表性的数据来概见整体情况：

首先，代表主流创作群体的中华诗词学会规模持续扩大，会员人数实现稳步增长。诗词门户网站搜韵网用户数达 417 万，较 2018 年的 385 万增长 8.3%；网站累计访问量达 1808 万次，网页浏览量达2.16亿次，分别较2018年激增34.03%和54.7%；取知名度及影响力处前列的十一个网络创作平台，包括《诗刊》与《九州诗词》在内的传统纸媒转型类、“小楼听雨诗刊”与“听花榭诗词”在内的聚合型自媒体类、“铭社”“春英诗社”等实体社团类，共刊出诗词作品近2万首，而这仅是依托网络创作庞大体量的冰山一角。

另一组值得关注的数据是：据搜韵网统计，每位诗词创作者平均每次访问所花费时间为15分钟59秒，较2018年的14分5秒增长13.38%，这是在整体数据增长之外，创作规模内向扩大的良好表征。

2019年，我国诗词创作人数已达400万以上，较上一年的350万增长14.29%。以人均每年20首的保守中位数写作量估算，创作于2019年的中华诗词应达8000万首以上。

（二）创作队伍结构优化

经过2018年的转型，2019年，诗词创作队伍年龄层渐趋合理，已走上结构更优、活力更足、后劲更强的发展之路。

据搜韵网统计，截至年底，诗词创作群体中以25—34岁青年占比最大，达23.27%；紧随其后的是35—44岁的中青年及18—24岁的中学、高校学生群体占比分别达17.44%与15.86%。45—54岁、55—64岁的中老年群体占比分别达15.13%与14.47%，此外，65岁以上的高龄创作人士占比也达到了令人瞩目的13.83%。

年龄构成之外，性别也是观测创作动态的重要维度。女性创作力在本年度获得较大提升，各地女性诗词社团贡献出大批具有思、艺兼美的佳作，微信公众平台方面，“中华诗词学会”创办于本年、专门刊载女性创作的“女工委微刊”发展迅速，已积累作品数百首。

以上数据标志着诗词创作已在各年龄层扎根生长，整体呈现合理、清晰、稳定的结构，即：以年富力强的中青年为主力、以富于活力的学生群体为生力军、以底蕴深厚的中老年为重要组成部分；同时，性别分布也日益均衡。

（三）区域影响力走高

中华诗意版图在 2019 年持续拓展，基本已涵盖大部分国家地区，将诗词创作的种子播散到全球。据搜韵网统计，用户访问量前十位国家、地区顺次为中国大陆、中国台湾、日本、中国香港、美国、加拿大、新加坡、马来西亚、澳大利亚、中国澳门。其中，港、澳、台地区以血脉相连的文化基因全数上榜，中国澳门更在本年“击败”韩国，跻身十强，可谓是对回归祖国二十周年的献礼；日本承接一衣带水的汉诗渊源，名次连年走高，在本年内总用户数已超过中国香港；新加坡、马来西亚以华语亲代承继，力持诗魂不坠；美国、加拿大、澳大利亚因华人群居、社团云集，创作保持旺盛。值得指出的是，2019 年中国大陆用户数虽较 2018 年为高，但用户比由 85.62% 下降至 84.87%，而海外用户占比则由 14.38% 上升至 15.13%，海外诗词创作力量比例相应提高，标志着中华诗词的全球影响力进一步扩大。

聚焦中国，北京的诗词创作人数在 2019 年度重回榜首，与传统强势地区广东、台湾呈鼎足之势；山东、湖北力压江苏、浙江，分列第四、五位，这是孔孟故里、楚骚源头对优秀传统的复归；16 省份、地区用户数超过 10 万人，较去年增加 6 个百分点；以往起步较晚、发展较慢的青海、西藏，创作人数也在年内突破了 10000 与 4000 的数值，可谓涨势喜人。

正如智利诗人聂鲁达所言："诗歌是一种和平行为。"在跨越时空和文化形态、直指人类情感和人性美的表达力上，中华诗词可谓世界文学中"桂冠上的明珠"。值此"中华文明走出去"乃至"东方文艺复兴"的时代，诗词事业当仁不让地成为"门面担当"。2019 年，随中华文化国际传播的推进，"中华诗词大会"逐渐转变为"世界诗词大会"，生生不竭的诗词创作，使人类文明的脚步丈量之处都能"诗意地栖居"。

二、创作体式的合融与争鸣

语言是诗词创作之血肉，体式是诗词创作之筋骨；今古异趣的是，网络的大举进入当代生活，使诗词题写在虚拟"云端"成为可能，而网络内外映带交辉的良性影响，使诗词创作焕发出全新生机。同时，汉语言的不断"自我系统更新"及创作阶层的下沉，将格律问题推向核心关注位置。总体而论，在 2019 年，诗词创作体式在多元化的一贯特色之外，更探索出一条和衷共济的新路线，呈现出"杂花生树"而愈见春色鲜妍、百鸟争鸣而愈闻合声清越的局面。

（一）网络内外的有机联动

需予以重点关注的，是当代最显著的创作形式特征——即网络内外的均势分划及有机联动格局。信息化为文学精神提供了无限空间，也为文学写作提供了语言技术和媒体舞台。2019年，飞速发展的互联网持续释放文学生产力，在互动性、传播性等层面对诗词创作产生巨大影响；同时，线下的传统诗词创作也在消弭观念隔阂的基础上，与网络创作活动实现良性联通，实现“华丽转身”，获得了新的发展。

时至今日，文学创作已从对传统纸媒的完全依赖和单向传播中解缚而出，以微博、论坛、微信等为代表的新媒体已转变为诗词传播的新常态。无论官方各级诗词学会、民间诗词团体，甚至包括较有影响力的创作个体都拥有自己的网络平台，并往往将其作为第一发布媒介；传统诗词刊物《中华诗词》《诗刊》等，都将网络运营和出版发行高度结合起来，优秀作品获得了多终端的亮相机会；各级各类诗赛等创作活动，也将大部分投稿、评选等关键环节依托于网络。“期刊 + 官方网站 + 微信公众平台 + 诗人自媒体”的立体生态链已经形成，特别是“两微一端”已成为流布最广、传播最快的创作、阅读方式。这是妙笔生花、墨香飘飞的时代，也是“微民写作”与二维码的时代。这种唇齿相依、有机联动的“两栖式发展”的大好局面，是以往年份所未曾见过的。如“中华诗词网络平台系列活动之‘美美中国’活动”，就是其中的成功个例。活动集成了数家官方与民间诗词创作网站、十余家网络媒体及杂志社、出版机构，将电子邮件作为投稿方式，将专家线上评选作为筛选机制，将网站 + 自媒体 + 纸质刊物作为作品发布平台，可以说，“互联网 +”形态覆盖了活动全程。在重塑结构、开放生态等层面对诗词创作事业，都有重要价值和意义。

此外，2019 年被称为“短视频元年”，以抖音等为代表的短视频网站呈燎原之势，持续引爆大众生活。目前，因传播特点局限，诗词创作还未完全找到与该领域相结合的最优形式。短视频——这个经济社会的“新引擎”，以多感官体验的独特优势，应是今后诗词创作事业蕴藏生机的“蓝海空间”之一。

2019 年 7 月 30 日，在欧洲文艺复兴运动的发祥地——佛罗伦萨举行的第 57 届国际计算语言学年会（ACL 2019）会场上，由清华大学自然语言处理与社会人文实验室创制的“九歌”人工智能诗歌创作系统 V2.0 版正式发布。“九歌”建立在对海量古典文学经典的深度学习基础上，能够实现自动分析、理解和生成诗词文本的全过程。目前，“九歌”已覆盖绝大部分体裁的诗词，甚至包括了藏头、集句等较高难度的创作活动。即使未掌握格律等手段的初级爱好者，也可以便易地通过“九歌”工具，以诗词的方式表情达意。如在“九歌”系统中选择“七言绝句”体，输入诗题《春思》，片刻之后，一首情辞并茂的“诗”就被创造了出来：“江南春思正堪怜，风雨潇潇又一年。梦里故人何处是，夜深灯影照婵娟”，堪称以假乱真、惟妙惟肖。当然，“九歌”的写作在流畅性和独特性上仍然与人类创作存在相当差距，但已经是人工智能与诗词创作结合领域内的佼佼者。在 2019 年，以“九歌”为代表的“AI 写诗”技术实现了从粗糙稚嫩到专业娴熟的大跨越，那么，它在未来能够走多远？不妨持开放姿态予以支持和期待。

（二）传统体裁的全面传习

在创作时择取何种体裁，是历代诗家和文学批评家都格外关注的问题。小而言之，体式是个人、群体的重要偏好；大而言之，是承载一时文运的耀眼风向标。在引入大数据进行理性分析的前提下，可以较为精准地就此窥见当代诗词创作的体裁运用状况。

据搜韵网统计，截至 2019 年，所收录的今人作品，其体裁选择仍以诗体为压倒性优势居首位，各体诗歌样式合计占全部创作的 78.55%。其中，典雅谨严的律诗、绝句居前两位，分别占比 35.11%、34.65%。这表明以五、七言的语言形式，以对仗等为修辞手段的诗体在今天最吻合于国人创作心理；从文学史流衍的大视角来看，近体诗在诞生千载之后仍力挫古体诗，处于绝对优势地位。此外，古风以大体量、大气势的自身特质，对创作者识见、笔力等诸方面都有较高要求，故较律、绝体创作量小，8.23% 的占比表明尚有部分作者对其施予青睐。而四言、六言、排律这几种较为冷门的体式，仍分别有 0.28%、0.2%、0.08% 的创作比例，这是体裁层面多元化继承的可喜成果。在诗体领域，可以说最壮观的“干流”仍汪洋恣肆，而最细微的“支脉”犹未断绝。

词仍是创作大宗，占全部作品的 20.77%。无论线上线下、各方团体，都有大量专事填词者。从词调的选择来看，据搜韵网统计，截至 2019 年，所收录的今人作品词调选择前十位分别为《浣溪沙》《鹧鸪天》《忆江南》《菩萨蛮》《蝶恋花》《念奴娇》《贺新郎》《临江仙》《满江红》《竹枝》。其中，《浣溪沙》与《鹧鸪天》的高占比，是句式较为整饬、抒情节奏近乎七言律绝的特点所赋予的额外“附加值”所致。《忆江南》《菩萨蛮》《蝶恋花》《临江仙》等以流美圆转见长的小令，持续了自南唐北宋以来的优势地位，仍为当代创作者所喜爱；《念奴娇》《贺新郎》《满江红》等长调的上榜，则是更多地有赖苏轼、辛弃疾、岳飞等“名人”“名作”效应。“志土风而详习尚”的《竹枝》，以状摹民情世态的固有题材及鲜活浓厚的文化个性，往往被特定创作场景所择取。表现各地风俗民情的《竹枝》词大量涌现，可为社会文化史、历史人文地理等学科的研究提供宝贵资料。

在体察诗词二体健旺活力的同时，我们也应带有危机感地看到，曾有“一代之文学”美誉的曲作，如今愈呈式微之势。截至2019年，搜韵网统计的全部作品中，曲体仅占0.53%，换句话说，每200首作品中仅有一首是曲。如果持较高艺术标准衡量有限的曲作，精品更为鲜见。这一方面是“擅诗者未必能词，擅词者未必能曲”的传统惯性使然，另一方面，也与诗词界对曲家、曲作的轻视甚至漠视的观念有关。在当代诗词界，曲家数量远远小于诗家词人。今后，我们对曲的创作应予大力扶持和鼓励，以期各体能均衡发展。

（三）新、旧韵的协同并进

新、旧两套格律系统的协同使用，是2019年诗词创作在体式方面最为醒目的焦点之一。在《中华新韵》颁布十余年后，经过前期酝酿准备，由中华诗词学会组织研制的《中华通韵》，2019年11月1日由国家语委正式颁布实施。《中华通韵》以《国家通用语言文字法》《汉语拼音方案》《通用规范汉字表》等语言文字法律法规和规范标准为依据，以音韵学理论和诗词创作实践为基础，有利于引导广大人民群众更加热爱、学习和创作诗歌，是适应语言发展变化和时代进步的重要成果和新时代中华传统诗词持续发展的新标志。《中华通韵》是首次在国家层面制定的“行业标准”，是传承弘扬中华优秀传统文化的重要途径，是时代发展和语言变化的必然结果，体现了加强诗词教育和普及的迫切需求。

《中华通韵》的出台引起诗词创作界的广泛关注，在拥护与支持的主流反响中，质疑和论争的声音亦不绝于耳。部分异议者认为，推行新韵会给传统诗词创作带来一定程度的障碍，如“异部通押”可能令作品失掉部分音律方面的韵味。这是基于创作实践而产生的宝贵建议，应予以重视和听取。

但不可否认的是，《中华新韵》《中华通韵》乃至 1965 年出版的《诗韵新编》，都对当代诗词的创作起到了不容忽视的推动作用。新韵在问世之际即明确表示：它的实施不会取代旧韵书，将在尊重个人选择，坚持“知古倡今、双轨并行”的原则，与当前使用的旧韵书并存，这是相当平允通达的态度。非如此不能网罗最大规模、最全阵营的诗词创作者，非如此不能使新、旧韵两派人士摒弃“厚古薄今”“厚今薄古”的成见，把臂入林、联袂齐翔，进而达到“承古之规矩，开今之生面”的和谐愿景。

马凯同志曾在《再谈格律诗的“求正容变”》一文中指出：“对格律诗应当持既继承传统又发展创新的态度……概括起来说，在内容上，就是要‘求真出新’，即继承‘诗言志’‘抒真情’的传统，同时又反映时代风采和现代人的思想情感；在形式上，就是要‘求正容变’，即尽可能地遵循‘正体’——严格的诗词格律规则，同时又允许有‘变格’。”并进一步指出“‘求正容变’是格律诗永葆生命活力的重要条件”，也是“不断普及和提升的现实途径”。在2019年11月27日举办的诗词座谈会上，马凯同志作了《把传承、繁荣和发展中华诗词当作事业来干》的主题发言，在如何用韵问题上对诗词创作提出了指导性意见，再次重申“知古倡今”“各展其长”的通达理念。这是在新旧韵之争暂不能画上句号的当下，我们所能给出的具有理论高度和宽宏眼光的答案。

2019年7月30日举行的第三届全国高校“爱江山杯”中华通韵诗词创作大赛，就是宣传推广新韵的重要活动。赛事中，涌现出大批使用《中华通韵》创作的优秀诗词作品，在题材内容、艺术水准等方面均有出色表现。这正是新韵从理论到实践层面获得成功的有力证明。另一方面，据搜韵网统计，截至2019年，已收录今人格律诗词中，以使用平水韵等为代表的旧韵创作占九成左右。当然，这与搜韵网用户群体所持理念趋好有关，同时也表明新韵的推行并不会影响“旧韵派”人士的创作活动，“求正容变”“双轨并行”的理想局面实际已告成功。

三、题材内容的拓宽与掘深

诗词创作事业在2019年的发展和跨越，最显著的表现是题材内容前所未有的丰华富赡。无论网上网下，团体个人，以往那种不时出现的同质化、单薄化的写作已得到较大改善。翻开任一诗词期刊或微信公众平台，都有琳琅满目、包罗万有的阅读感受。在横向层面努力拓展的同时，亦有纵向上的进掘与深探，达到了幽邃的思想深度。实践表明，诗词创作的题材内容完全可以通过与当代生活的同心并立，真正成为人民群众理想与愿望的寄托。

如果自“以诗证史”的传统文论角度来看，诞生于本年度的诗词作品为当代政治、思想、经济、艺术等方面内容留下了弥足宝贵的材料，若以时间为线索进行系统性搜辑，几乎可以看作一部诗体的“2019 简史”；从文体发展角度观之，旧体诗词仍是最具有地负海涵般承载力和包容性的文学样式之一，并未因新诗的冲击而退让创作阵地。

（一）重大时事的持续关切

对家国大事的抒写历来是诗之正道，在作为特殊时间节点的 2019 年，诗词创作的纪实功能发挥得尤为显著。那些记录了祖国昂扬步履的大量诗词作品，在表达民族自豪感与深沉历史感的同时，更释放出强大的正能量。

在中华人民共和国成立 70 周年大庆来临之际，《中华诗词》推出《礼赞祖国——庆祝新中国成立 70 周年》特辑，随后，各地各级诗词学会、各大诗词团体纷纷响应，新作迭出，数以千计的诗、词、曲组成诗意方阵，格高韵远，异彩纷披，堪称当代创作界的盛事。如刘征的五言律诗《颂歌——为新中国成立 70 周年歌唱》以高度凝练的笔墨为祖国建设事业绘就“万里江山图”，雄浑壮健，力度千钧：“时雨群芳发，黄河九曲清。立身高泰岱，创业化鲲鹏。往史开新纪，小康臻大成。和风振天下，滚滚听潮声”；李文朝的《沁园春·新中国七秩华诞》在抚今追昔中层层渲染出正大题旨，读来荡气回肠：“赤县朝晖，国史开元，帜耀五星。看城乡百业，革除故弊；江山万里，唤醒春荣。夯实根基，固牢梁柱，傲立东方举世惊。雄狮起，聚九州赤子，四海宾朋。　　擎旗接力长征。励壮志，艰辛探索行。赞开关解锁，腾龙破雾；航天探海，富国强兵。巨笔宏图，带通路畅，命运连同求共赢。新时代，正复兴圆梦，翼展鹏程”。牛根科的散曲【中吕·十二月带尧民歌】《贺新中国成立70周年》则在浩然正气外，别饶酣畅灵动的曲体特有之美："旧时中国千疮百孔，而今中华百业兴隆。改革开放潮汹浪涌，初心坚守风正旗红。决战扶贫攻关建功，民富国强雄起飙鹏。（带）华为五G换鸿蒙，月球玉兔背天宫。大桥跨海彩虹横，卫星量子射苍穹。恢宏，最大天镜望远空，高铁长龙纵横！"

适逢澳门回归祖国20周年，这是又一件值得奋笔讴歌的民族幸事。《中华诗词》微信公众平台刊出《莲花艳艳——庆祝澳门回归二十周年诗词作品选》特辑，以六十余首的体量为祖国献上礼赞。其中，朱振林《澳门新八景竹枝词》颇具特色：在"爱巷倾情""福隆新貌""龙爪观涛""路环渔韵""桥牵三地""双湖塔影""亭前葡风""西山望洋"八题下，澳门的往、来、今、形、貌、神尽行囊括其中。年内，湖北省中华诗词学会、武汉炎黄文学院、长江诗词学会等共同承办《放眼澳门诗词一百首》征文活动，更催生了大量诗词佳作。其中最具价值的是网罗了一批优秀的澳门籍诗词家，他们的书写因切肤之感而意义非凡。如高德光《欢呼澳门获评为"创意城市美食之都"》由餐饮行业腾飞的视角切入，渐渐烘托出爱国爱澳、与时俱进的重大主题："创意濠城风物殊，一朝列美食之都。桂冠加冕欢呼日，莲岛扬威锦绣途。小店经营无昼夜，佳肴品赏有中葡。烹庖特色蜚声远，旅业龙头待挈扶。"

“一带一路”建设源于人类共有的精神财富，不仅植根于历史，是文化遗产的有机组成部分；更是当代文明交流对话的符号，承袭着万古长青的丝路品格。诗词创作事业以其熔古铸今的不朽特质，正可成为“一带一路”壮伟征程中的“通心锁钥”。此类题材中，长调词作的表现最堪瞩目。周少泉《贺新郎·一带一路颂》、张敏《扬州慢·一带一路千年相约》风调相近，可称遥相辉映的姊妹篇。二词格高韵远，辞理俱佳，声情如铜琶铁板，沉厚亢昂。“大道龙腾美。振唐音、飞天纵马，长安峰会。千古冰融飘花雨，西域畅通霞蔚。漫月笛、春风秋水。逐梦昆仑霓纛灿，揽星垂、大野长河沛。青史耀，更无愧。　阳关进酒群贤醉。总难忘、啸雷山海，放歌宏伟。金石和鸣铜琶亮，共品中华情味。破巨浪、云樯齐汇。带路宏开连寰宇，舞丝绸、高铁迎驼队。燃烈日，血盈沸。”周作意象宏阔，读之可激发出开创事业的无限热情。

此外，李兴权《纪念五四运动一百周年》、谢久吉《重拳反腐有感》、李力华《5G 时代》、昌玉荣《贺青兰高速泰平段通车》、刘众《西江月·治洺工程开工》、周洪生《贺中俄界河——布拉格维申斯克大桥合龙》、谢启明《写在中国首届农民节》、张泓泉《鹧鸪天·致敬钱学森》等优秀作品，也以饱蘸家国情怀与时代精神的创作，连缀出 2019 年诗词界的绚美图卷。

（二）个人生活的多元书写

文艺的表达应深锲入现实生活，与人类的终极关怀相一致，这是当代优秀诗词创作者的共识。“惟真实能动人”，真正的文学绝不应成为脱离平凡生活的空中楼阁，亦不能只沉湎于对过往陈迹的虚幻想象。本年度，题材内容关涉个人生活的诗词作品在数量、品质上较往年都有所提升，传达出丰沛饱满的生命之思与隽永悠长的人生况味，这是健康创作生态的显明标志。

第二届“刘征青年诗人奖”中涌现出一批诗词作品，是此层面的优秀代表。李伟亮对日常琐事的着意记录如《春日采野菜》《武汉东湖遇雨》《回保定乘K字火车》《鸽子窝公园携妻子看海》等，以清新流美的语言书写日常生活，让人印象深刻。其中《上元夜小区看烟花》尤能写出当代人的心绪：“看朱成碧又成空，隔岁心情大抵同。草草生涯谁共我，光阴冢上种春风”。近年崭露头角的青年词人李俊儒以校园生活和初恋情愫为素材的创作，字里行间散发出蓬勃的青春气息。如《鹧鸪天·秋晚的时空定格》：“似水深蓝浸晚空，回廊倩影胜初逢。满城灯火人如豆，一点冰霜月染瞳。　桌后语，课前钟：金风吹起忆千重。迷离百转时空里，她在春街细雨中。”《蝶恋花·同桌的明信片》：“岁月之门醒已闭。一聚真难，一散真容易。约定带些孩子气。当时我共当时你。　杂志掩埋书垒里。共用书签，印上玫瑰紫。小桌窗前无限事。藏于落款君名字。”在一定程度上填补了校园题材品类的多年空白。成名已久的诗人也尝试运用诗词记录生活，比如高昌《卜居小唱》“从此长安不异乡，立锥容我静安庄。当年李杜愁书架，往事妻儿叹住房。床稳铺平今夜梦，诗新涂满自家墙。举杯也拟邀明月，弄影寒窗共狷狂”，写出了漂流北京的文人终可居留的感慨，以及自我娱乐的潇洒与疏狂。

对草根阶层的摹写在本年诗词创作中占相当份额。接续了杜甫“大庇天下寒士俱欢颜”崇高襟怀的作品，在经济高速发展的时代背景下尤有重要意义。如郭小鹏《外地两小伙为抢工期省路费不回家过年，有感》：“口袋余钱没攒多，忽然又快过年了。欲言清苦能言否，将寄闲愁可寄么？满手泥灰关客梦，两肩雪雨化夯歌。拨通电话强颜笑：我在他乡挺好的”，全以口语连缀，传神如画，眷眷同情心呼之欲出；许东良《青玉案·环卫工人》：“晓天犹挂星无数。已扫遍、霜尘路。专用斗车闲不住。才穿陋巷，又临豪墅，如影同朝暮。　满城攘攘多灰土。自顾清街净千户。低唱红歌头顶雾。仰瞻俯探，但愁帚短，难及高深处”。词笔如逆光射灯般为劳动人民映出一帧朴质面影。

非徒如此，追忆祖辈往事、牵挂子女成长等百姓情感生活，也经诗人妙手剪裁寄托笔下，如李洋《爷爷的半瓶战地茅台》《小女初学琴》《送小女升学》等，其中末首将真实世态与父母心打叠一处，格外引人共鸣：“新生入校榜单旁，细数儿名第几行。总算浮生堪一笑，年前购得学区房。”江岚《女儿纪事》，更是将小女儿与父亲依依惜别的情态描摹得真切感人：“小手牵衣出门去，临歧哇地转悲啼。可怜闺女才周岁，已解人间有别离。”其他如孔繁宇《煮腊八粥》、兰志《见二小童校门外路边下棋》、蒋昌典《为老伴捶腰》、肖宪荣《蝶恋花·毛家港广场舞》、南广勋【正宫·醉太平】《陪病中老爸》、杨必智【中吕·山坡羊】《阴雨天见某地洒水车照常工作》等，都情景逼真，读之令人动容。

诞生于2019年的诗词作品对日常生活的各个棱面的实录，往往刻画入微、无所不至，如同一幅巨幕“3D全息写真”。无数“俯身向生活”的诗人，让当代诗词传承着现实主义的本色。

我们期待各阶层、各行业的创作者与生活靠得再近些，创作出更多记录日常生活的作品。

四、艺术品质的进境与升华

任何文学形式在艺术品质上的进化，大都可从“守”与“攻”两个维度审视和研判。诗词之“守”，是指在最大程度地接续诗词的古典气脉，同时弥缝补苴，不断加固与增厚民族传统的美学内核；所谓“攻”，则是指诗词创作可超越思想与艺术的常轨，在修辞、意象、情感等层面通过语体重塑而拓土开疆，向前人尚未涉足的领域推进。本年度，中华诗词创作在这两个维度上都有较大创获，将“老成持重”与“年少有为”两种品质统摄于一身，既护佑传统神髓，又在现代转型的征途上日进不衰。

（一）雅正精粹的审美取向

“海岳杯”传统诗词大赛夙以“继承人文精神，树立诗人品格”“精研诗艺，取法前贤，以雅正为归”为宗旨。在 2019 年举办的第四届赛事中，涌现出了一批师法古贤、承续传统的诗词作品，以精雅格调与淋漓元气为本年度诗词创作事业添上亮眼一页。在“正赛”环节中，诗部以“读定庵《己亥杂诗》”为题，词部题目限为《千秋岁・书〈九歌〉后》（用秦观体），都是对中华诗词史厚重传统的致敬态度的显著体现。最终斩获诗部第一名的吴璜所作七律《读定庵〈己亥杂诗〉》云：“大夜盘盘殷怒雷，九阍深闭竟空回。吹箫击剑轻余子，凤泊鸾飘惜霸才。奇句未招天马下，惊涛已送海槎来。穷愁莽荡无今古，要向先生借酒杯”，将“九州生气恃风雷”“我劝天公重抖擞”之辞句、精神点化字间，笔力劲健，气韵雄浑，属于传统士人的家国忧患感尤能与龚自珍声气遥接；词部第一名刘孟奇所作《千秋岁・书〈湘君〉〈湘夫人〉二篇后》云“梦辞尘境。闲着潇湘艇。风万斛，波千顷。烟稀梳薜带，香淡扶荷柄。吟未已，水天一片斜阳静。　　楚佩长年冷。谁弄中洲影。箫瑟起，鱼龙醒。尽含今古怨，自减夷犹兴。声渐悄，远峰数点青相映”，造语婉秀，意境幽邃。使置于古人卷帙亦堪称难辨楮叶。其余如诗部第二名宋亚南所作《读定庵〈己亥杂诗〉有感》颈联“坐四厢花灯未灭，参三千界世将颓”之奇捷巧思，词部第二名胡俊《千秋岁・书〈九歌〉后》结句“消不得，美人香草痴情绪”之袅袅余音，都在“守正”的审美层面予人深刻印象。

由贵州茅台广东省经销商联谊会、广东尊茅酒业在 8 月至 11 月联合举办的茅台诗词大赛，是年中高规格诗词创作活动之一。大赛以诗家之友——酒为题，以崇雅尚古为评选宗旨，推出了一批古香古色的诗词作品，读之真如赏奇花，如饮醇酒。同时兼顾各传统体式，做到了对古典精神的全方位“续命”。如荣获一等奖的顾一心《贺新郎・咏茅台》：“饮罢心微折。问唐蒙、夜郎焉识，汉家风物。只此杯中无限事，写入刘伶词骨。堪与敌、兰陵沉郁。绿蚁红泥留恋处，纵霜浓、不忍相催别。重试酒，趁明月。　　金瓯昔为何人缺。谓当时、东邻西海，未知奇绝。一掷琼瑶香满路，此世沧桑曾阅。浑未抵、青肝碧血。终古浊贤应羡我，有高朋、还自殊方谒。今夜白，待君啜。”余者如梅传才《茅台歌》、闻宜江《念奴娇・秋夜饮茅台》、闫青《贺新郎·偶饮茅台酒》、谢丹《咏茅台》、程悦《大酺》等，无不辞华典赡，雅韵欲流，直可上接古贤遗风。

2019 年以绍续传统精神为自任的诗词创作活动，还有小雪后一日于北京国家图书馆学津堂“围炉诗话·江山如此多娇·品雪品诗品诗人”讲座之后的分韵接龙雅集活动，由学者龚鹏程首倡的网络诗歌倡和，第二届中华诗人节采风活动中产生的作品等，与沉淀在历史长河中的诗词典范一道，融汇入中国文学庄雅雍容、温润醇厚的灵魂底色。

（二）别开生面的路径探索

中华文化不仅有“守成”的一面，更有吐故纳新、唯新是举的传统。“苟日新，日日新，又日新”，一部中国文学史，实际就是一部文学形式的创造史。刘征先生在《致张同吾先生书》中提出：“旧体诗的革新，最终谋求的应是熔炼一种独特的诗美，既有旧体诗的神韵又有浓郁的新鲜气息。人们熟悉它，似曾相识；却又如遇新知，一见钟情。”这番兼有理论家站位与诗人本色的期待，在 2019 年已得到阶段性的实现。

先看新语汇、新意象在诗词创作中的应用。如李荣聪《首都机场得句》、齐蕊霞《题楼前监控器》将当代生活所熟视而古人不曾梦见的机场、监控器作为吟咏对象，新题新思，亦不失咏物之旨：“航线循环脉络调，人流往返胜江潮。常言此地是心脏，我亦回心血细胞。”“片刻不曾眨，一双好眼睛。天天坦然过，知你最公平。”高昌《心语》将“刷脸”“抖音”巧妙地嵌入律联，使人耳目一新：“人伴流光身渐圆，闲看风雨过门前。言轻不必标高姓，齁重何妨拟大仙。刷脸入圈曾碰壁，抖音上网偶寻欢。逍遥云水随缘分，花谢花开每一天。”卢象贤《观复博物馆》题写时下“网红”景点，颔联径以“猫馆长”“马神仙”结成对偶，贯串眼前语而浑然天成，令人拊掌称绝：“世有通灵物，能逢即是缘。偶归猫馆长，暂属马神仙。几客观其复，三生待我怜。不知桑海后，孰再立身边”。

再看新思想、新境界在诗词创作中的体现。马星慧《校园中时见一老年清洁工感吟》在孝道这一常题外，更表达了对当今社会老龄化现象的忧虑：“扫罢晨光扫夕辉，堪怜雪鬓杏黄衣。频猜子女缘何事，忍让阿娘累古稀！”胡迎建《登黄洋界但见纪念碑被四壁包围，收费始许观瞻有感》基于现代法治、管理意识，笔运如刀，对时下旅游业不正之风予以辛辣讽刺：“黄洋界岭耸云霄，九十年前扼守牢。何日围碑增设卡，莫非致富有新招。”何振山《鹊桥仙·满网七夕诗词有感》表面是对“为赋新词强说愁”的诗坛怪象的调侃，实则为工薪阶层的焦灼与辛酸一掬同情之泪：“篇篇丽思，篇篇离恨，沥沥星河溅泪。年年此夕绮情多，是哪个、先生教底？　要交社保，要还房贷，几载未加薪水。生涯不过一头牛，你可去、与他相会？”萧雨涵《鹧鸪天·“九一八”登高闻警》则因史观、理念的深化，故于登高熟题下别翻新意：“夷夏何堪往复哀，百年多少霸王才。看翻只手听风雨，乐造尊神跪去来。　桃烂熟，李新栽。杜陵孤冷爱登台。渔阳鼙鼓今挝破，响彻河山肯怆怀？”熊东遨《水调歌头·唐山南湖紫天鹅山庄小住向晚湖滨漫步》从“缘情”“言志”的陈套中突围，在诗性感受与科学理性间自由切换，对无垠的时间和宇宙发出声声叩问，充溢着存在主义的哲思：“环岛一湖水，远抱月华清。凉风梳过湖面，撩动一天星。

多少幽怀欲诉，鸥鹭不知何处，杖屦且消停。暂倚垂杨侧，细辨草虫鸣。　　凤凰台，千尺下，有亡灵。卅年光电流转，浴火说重生。忍对黄泉白骨，安享红尘清福，我辈若为情？夜色苍茫里，无语达天听”。

从年内不可胜数的化新语、蕴新意的篇什来看，中华诗词在2019年的革新与创造不可谓不大，那些“成熟到凝固”的模式不断被解构，“定而不可移”的套路不断被改易，不甘于固步自封的作者们正在以灵心慧思为诗词事业“充电”和“赋能”。

五、可期探讨的问题与争议

回溯既往，我们欣慰地看到：一些壁垒在消融，一些成见在消解。先前出现的诸多不足，已得到不同程度的弥补。然而，2019同样是个充满话题的年份，我们需要表彰典范，更应该正视弊端。只有保持开放性的通达姿态才能“以变应变”“以新应新”，迎来更具后劲的发展。

（一）语言与格调的雅俗之辩

本年引发争议最多、讨论最久的问题，是历久弥新的“雅”“俗”之辩。早在春秋末期，“先王之乐”与“郑卫之声”的对立就相当尖锐。自斯以降，扬雅抑俗就成了传统文艺理论批评的基本态度：“雅”即“正”，“俗”即“乱”。尽管历史中也出现对民歌等广泛意义上的“俗诗”重视的短暂时期，但雅俗之辩的激烈可谓古今同一，如近年来小说界“纯文学”

与“网络文学”的较量即是显例之一。

在诗词创作领域，代表性的个案是在“巴山杯”全国新农村诗词大奖赛中的“老皇皇体”事件。2019 年 10 月，大赛结果公布于某微信公众平台，来自江苏徐州的作者以一首《玉楼春》斩获一等奖，获得评委的高度肯定。而诗词创作界对此篇作品褒贬不一，争论纷起，褒之者称赏其鲜活生动，讥之者直斥其俚俗油滑。有人取作品结句“小康已是老皇皇”将其命名为“老皇皇体”，一时和者如云。“老皇皇”体事件至此已越轶诗词创作圈子，将“雅”与“俗”、继承与新变、大众普及与精英写作等诸多重大命题再度推上台面，接受学术界与民间的双重拷问。

对于“老皇皇体”事件及其后的一系列讨论，应予足够的理性看待。雅与俗这一对文艺概念的碰撞与交融，其实是某种积极的双向交流和相互制衡。正如先贤所言：参差多态乃是幸福本源，各文化阶层受众以自身审美偏好各取所需，正彰显出当代诗词创作活动的繁荣和多元。真理越辩越明。在经过良性讨论后的创作界，将会诞生越来越多仰观“天光”、俯接“地气”、亦雅亦俗、雅俗共赏的诗词作品。

（二）俗化与泛化的时代之思

传统文化复兴浪潮如火如荼，然而在小范围内也出现了泥沙俱下的不和谐景况。与诗词创作密切关联的，就是“伪古风”——或可直呼为“伪诗词”——在某些创作者和受众中的盛行。其中的“重灾区”，集中在一些歌唱比赛、综艺节目及影视剧插曲中。

金锐先生刊于《中华诗词》2019 年第 4 期的文章《对“伪古风”说不》对近期颇火热的某档电视节目中名为《别君叹》的歌曲提出质疑。歌曲的词作者在王维的千古名作《渭城曲》基础上进行续写和改编，完成了自己的“诗词”创作，却收到了令人啼笑皆非的效果。金锐指出：“这段狗尾续貂式的歌词，丝毫没有完成演绎、阐释的任务，让人听来一头雾水、不知所云”；并以此说开去，直揭当代诗词创作界的一种代表性的负面现象：“连最基本的文从字顺都做不到。大量似是而非的字词很蹩脚地组合在一起，形成一种文不文、白不白、仿佛能懂又不能真懂的神秘意境”。

诗词创作中，雅俗两界可以互通有无，但不意味着诗词语言和娱乐文本的界限就可以任意模糊。复兴传统文化尤需去伪存真的审慎态度，在播撒芳馨的同时，守住中华诗词的精雅品位。毫无底线的“降格”，只会不断冲淡古典文学的美学基因，滑向低级趣味，甚至造成文化断层乃至匮竭的隐患。对创作者而言，要坚持文化精英风度，与“伪诗词创作”自觉划清界限，不媚俗，不屈就；对诗词研究者而言，要以择优选贤为己任，撇去“浮沫”，萃取菁华，同时加速当代名作模范化、经典化进程，使大众能便捷地读到最优秀的诗词作品，对“赝品”实现免疫，进而反向促进文化市场真正地顺应需求、提升格调。

近年来，党和国家的总体文化战略格局为当代中华诗词的发展繁荣提供了难得的历史机遇。习近平总书记在十三届全国人大一次会议闭幕式上发表的重要讲话中指出：“我们要以更大的力度、更实的措施加快建设社会主义文化强国，培育和践行社会主义核心价值观，推动中华优秀传统文化创造性转化、创新性发展，让中华文明的影响力、凝聚力、感召力更加充分地展示出来。”作为传统文化复兴方阵中的排头兵，中华诗词创作事业必须做到担负使命，顺势而为，培育出“风流犹拍古人肩”的优秀诗人，奉献出无愧于时代的精品力作。

第二章　诗词理论批评

2019 年的诗词理论批评，成果数量与 2018 年整体持平，讨论问题的广度和深度均有所增加。本年度的研究内容，主要涉及四个大的方面：诗词的文体属性研讨、个案与群体研究、诗词发展史的考察、诗词批评史的开掘。每个方面又容纳着诸多更显精细的学术课题，这些课题虽各不相同，但都代表着学界对于诗词理论批评的思考和认知。相关研究的实绩，无不体现着研究者们对于诗词理论批评所倾注的热情与投入，也彰显着理论研究对于构建学术生态、培育文化认知的重要意义。

一、诗词文体属性的研讨

关于诗词文体的研讨，主要聚焦在两个方面：一是诗词的文体属性，一是诗词的新旧问题。两方面研究成果的数量都不多，但思考和讨论往往比较深入，且时有新鲜的见解。总体来看，此类研讨具有较高的学术含量和思想文化价值。

（一）文体属性的研究

本年度相关研究成果，既包含传统意义上诗词辨体，又重点讨论了诗词因应时代发展所产生的文体容纳度和文化张力。

20 世纪前期的诗词文体，经学者研究，呈现出较强的生发性和兼通性。如彭建楠撰文分析了 20 世纪前期词体与新文艺之间融合而产生新体乐歌的理论与实绩，认为新体乐歌既促进了新民族音乐的发展，又增强了词体的时代性，其理论值得当代创作者重视。彭玉平以晚清民国时期著名的词学家况周颐为切入点，撰文探讨了其“词亦文之一体”“小说可通于词”等学术观点，揭示出词体与古文、骈文、诗赋、小说、杂剧等多种文体的复杂关系，亦展现出民国词学的若干新变特征。

与此同时，当代诗词的文体属性也得到了深入思考与理论开拓，尤其是文体意义和文体类型，都在研讨中有了极大推进。如莫真宝《从诗与音乐的离合看诗体之变迁——以度词 / 新词的文体属性为中心》一文，认为旧体诗因脱离音乐和格律限制，在表现现代生活与感情方面存在诸多不便，今人所谓“度词”（遵《词林正韵》）和“新词”（遵《中华新韵》）皆为纯文本制作，对于词体演变的意义尚未真正展现。这一观点在《当代诗词的多重属性及评价标准》文中，论述得更为宏阔与深刻。他认为，当代诗词既是中国古典诗歌诸种体式的延续性存在，又是表现当代生活经验与情感体验的文学样式；当代诗词作品在继承古代诗歌言志、抒情传统的同时，日益成为社会舆论和公共文化服务体系的组成部分，故需区分类别：一类是作为文化载体的诗歌，一类是作为艺术元素的诗歌，一类是作为文学文本的诗歌。三种类型共同形成当代诗词文化生态，研究中应区分并秉持不同的评价标准，在文学属性之外，充分发掘当代诗词的宣传功能、审美功能及教化功能等。

（二）新旧问题的思考与探讨

诗词理论中的新旧问题，主要集中于两个方面：一是旧体诗与新诗的关系，一是格律诗创作要素的新旧，是诗词理论批评中不可回避的重要课题。本年度相关研究成果如下：

1. 旧体诗与新诗的关系。旧体诗与新诗的关系，百余年来备受关注，是中国文学发展历程中的重要脉络，也是文学理论批评中的热门话题。本年度的相关研究，主要牵涉两个主题：一是旧体诗与新诗的互相参照及其学术意义，一是旧体诗与新诗的未来发展问题。

前者往往以包括新诗在内的新文学作为旧体诗的参照系，比如齐凯撰文指出，新文学的批评话语“现代性”不宜直接移植到旧体诗的批评上，建构旧体诗批评话语，要处理好传统与现代的关系，将价值判断与审美要求相结合，对传统诗论进行现代性的合理转换。同时，亦有将旧体诗作为新文学参照者，如张宁撰文探讨了鲁迅的旧体诗对于新文学的意义；朱钦运撰文梳理并讨论了以旧体诗词为代表的古典诗歌传统与新诗之间的复杂纠葛。

后者的主要指向在旧体诗与新诗的互相借鉴，如尧山壁撰文认为，新诗的翻译与“西化”、旧体诗的固守旧律，都非善道；中国诗歌的发展，需正确处理继承与革新的关系，正确处理继承民族传统与借鉴外来文化的关系；新诗需要民族化，旧体诗需要现代化，二者不应互相排斥，而应新旧并存，双轨并行，互学互补。

2. 格律诗创作要素的新旧。此类研究，发掘出了格律诗创作中既参求古人、又择取新词语的发展机制。如徐钰茹撰文指出，晚清民国诗坛存有大量“点化”和“改写”前人的诗作，呈现出新的意境，带来了新的阅读体验，可见“化古”也是民国旧体诗革新的途径；段维撰文对旧体诗中采用新词语的现象及方式进行了分析评议，并从现实创作实例出发，提供了几种具有操作性的参考方案。此外，程瑜撰文对当代格律诗中的新旧之争进行了梳理和评议；吴怀东撰文分析了赵朴初古体诗创作中的新旧要素及相应特色。

二、个案及群体研究

对于作家作品的分析评论，一向是诗词理论批评的重头戏。本年度的相关研究成果，较为丰富，其中个案研究的成果数量更多，是群体研究的十余倍。为便论述，下面将个案研究分出“艺术风格与特色论析”“艺术技巧分析”“主题、背景及思想内容的研讨”“毛泽东诗词专题研究”四个部分，予以分别评述。此后再对“群体及流派研究”的相关成果进行梳理和评述。

（一）艺术风格与特色论析

此类研究的成果数量占比最大，而且多数都采取正副标题的形式，正标题基本是对作品整体的艺术风格和特色的概括，副标题则着重确定研究对象及其范围。总体来看，此类研究呈现出如下特点：

1. 研究对象时间跨度较大，不仅包含晚清民国的诗词作品，也包含建国后直至当今的诗词创作，基本涵盖了百余年来诗词发展的各个阶段。通过相应研究，不仅可获知个案作品或作家的艺术风格及特色，也可在一定程度上获知百余年来诗风、词风的嬗变轨迹。

2. 研究对象的身份跨度较大，既有较为纯粹的文人，也有以学术研究者、书法家、画家等身份名世者。尤其是当代诗词的作者，身份往往更为多元，且不限于文化界，也有其他领域的专业人员，如来自经济界的陈赤（陈卫《自由时代的旧体诗创作——兼评陈赤先生的〈浮世风花〉》）。这种现象，无疑促进了诗词创作风格的丰富性和兼容性，说明诗词创作已经逐渐成为大众文化表达的有机组成部分。

3. 诗词题材和体式的择取，呈现出较为丰富的样态。如丰子恺的题画诗（李雪《当代文人画新形式——丰子恺题画诗浅析》）、庐隐小说中的词（朱一帆《论庐隐小说中的词“别是一家”》），都属于题材的择取。而在体式的择取与表述上，研究者的意见不甚一致，如张德恒《天遣词人困播迁——论朱自清的旧体诗词》、姚泉名《摭谈闻一多的文言诗》、王征《论蔡世平旧体词创作的特质及其当代价值》、李真龙《天意昌诗待能手——论胡迎建五七言古风》等，皆为例证。此外，近现代“文人词”的艺术特质也得到了阐发。谭若丽撰文将“文人词”视为“文人之词”的下属范畴，认为“文人词”重视作品的内在精神和气质，重视神似而非严格的文本形式，创作者多用来表现自我情感、趣味，抒写性灵和思想情感；夏承焘的词，即是“文人词”的典型表现。

4. 个别诗人作品的专题研究，得以集中推出。除毛泽东诗词（见后文）外，本年度得到最多研究者青睐的诗作者是郑欣淼，共有 5 篇论文对其作品展开论析。其中 4 篇发表于《名作欣赏》2019 年第 8 期，分别是闫菲《郑欣淼〈病中杂吟〉十二首析论》、付聪敏《郑欣淼〈七十咏怀〉五首析论》、姚霞丽《郑欣淼〈双调·水仙子·原平四咏〉析论》、苌雨晴《郑欣淼先生〈忆江南·澄城杂咏〉析论》。除去这些细致的作品分析，更为宏观的考察，可参王国钦《以诗自传人生路　绮丽还登亮宝楼——〈郑欣淼诗词选〉品鉴》一文。

（二）主题、背景及思想内容的研讨

此类研究主要分析论述作品的主题、产生背景以及作品中蕴含的思想内容，其中研究作品主题的成果相对更多一些，约为其余二者的两倍。

1. 围绕特定主题的文本探究。研究者所涉及的主题较为丰富，有侧重时间者，如周于飞《郭沫若旧体诗词中的抗日战争书写》一文；有侧重地点者，如季淑凤《论吕碧城的欧美游记词作》、付冬生《个人生命中的一次旧体诗创作高潮——抗战时期老舍在渝旧体诗创作》、丁英顺《董必武诗词话红岩》等论文；有凸显性别者，如王春《论郁达夫旧体诗的女性书写》一文；有凸显身体状况与创作之间关系者，如冀晋华《“当代李清照”沈祖棻的“病”与“词”》一文。

此外，在当代诗词作品研究中，主题类型的划分亦明显存在，如新田园诗（屈杰《南山霞送一尊红——周路平先生新田园诗艺术初探》）；军旅诗词（张金英《英雄谱里最关情——范诗银军旅词初探》、周兴俊《军魂与诗魂的交响——沈华维和沈华维的诗简评》）；边塞诗（杨景龙《“当代岑参”的新边塞诗派创作——星汉先生〈天山韵语〉评议》）；时政诗词（李昊宸《段维时政诗词创作论》）等。

2. 还原创作背景的诗人诗作研讨。研究者多数是从作者自身的遭遇及生活状态出发，探究其对作品创作的影响和意义。

如鲁微撰文分析了王统照的人生经历及在其旧体诗词中的投射痕迹，论述了王统照在传统与现代之间游离挣扎、在“自我”与“他者”之间徘徊游移的独特人格取向。包中华撰文分析了赵毓松《豪士行奉赠李劼人兄》一诗所映现的人际交往活动，从中透视出李劼人面对政治官场、教育事业的排斥和拒绝，以及对文学事业和实业活动的热爱和坚守。徐燕婷撰文考察了吕凤的作品及优渥的生活状态，将其词作界定为“封建社会末期的传统闺秀的传统之词”与“处于上流社会文化领域相对封闭的贵族文人之词”。

3. 文本意蕴的探研。研究者主要发掘诗词作品的思想意蕴和内在精神，或者对作者的创作思想进行论析。如吴海文、潘剑锋撰文分析了陶铸诗词的民本思想及其历史价值；刘梦芙撰文论述了梁东诗词的儒家文化精神；王德兵、戴文秀撰文论析了朱蕴山革命诗词的人民性；段玉亭撰文对俞平伯晚年创作旧体诗词进行了心理解读；秦燕春撰文考察了熊希龄的诗词写作与教育理念等。

（三）艺术技巧分析

此类研究主要对作品的艺术技巧和艺术手法进行分析论述，大致侧重在三个方面：叙事方式、语言技巧、意象运用与意蕴塑造。

1. 叙事方式个性化分析。如李艳敏撰文认为，俞平伯的旧体叙事长诗通过女性化笔法和自叙传写作模式，既向世人表白了自己对国家的忠诚，又表现了他以自身经历勾勒社会历史事件的史诗性写作追求；此种叙事性特色是俞平伯对其新文学创作叙事缺陷的有益补充。

2. 语言技巧现代化分析。如周建民撰文论述并归纳了聂绀弩旧体诗的语言技巧：采用各类语词、方言词、音译外来词和成语、俗语等入诗；对仗工稳，炼句精巧自然；精心运用修辞方式，娴熟运用同字或间隔反复的手法，使得诗句的主旋律回环往复，韵律和谐；重内容表达而不拘泥于形式，在格律上常有突破；语言风格亦庄亦谐，呈现出一种多样化的辩证统一。

3. 意象运用与意蕴塑造突破性研究。如杨卓、胡迎建的论文，在总体上涉及了当代旧体诗词的若干文本意象及相关意蕴；蔡晓伟撰文分析了叶玉森《樱海词》31 首中的意象铺展、典故融合等艺术特色；崔淼撰文归纳出叶嘉莹《迦陵诗词稿》中佛教语辞的使用、佛教哲理的观照、佛禅意境的呈现等三个层次的意蕴生成方式。

（四）毛泽东诗词专题研究

毛泽东诗词一直备受学界关注，研究成果相对丰厚，故列为专题，予以评述。本年度研究，主要在四个方面进行：文本考释、作品思想解析、作品艺术分析、翻译与传播研究。

1. 文本考释。王树人于本年发表多篇文章，考证毛泽东诗词作品及相关意象。据其研究，毛泽东曾以郭沫若的名义，为自己创作的《忆秦娥・娄山关》词写注释；毛泽东《七律・答友人》中的“友人”在确指为周世钊之前，与乐天宇也颇有渊源；毛泽东曾用“杨柳”意象来缅怀两位革命烈士；毛泽东也作过一些打油诗，并有相应的文字记录。

2. 作品思想解析。廖小春、伋静等人撰文，解读了毛泽东诗词中的人民情怀与革命情怀；于建玮撰文分析了毛泽东诗词中的政治信仰；王波平、张焕琴等人撰文，阐发了毛泽东长征诗词的精神意蕴；张兴德撰文研究了毛泽东诗词中的革命乐观主义精神。华小勇、林雪雁等人，也从不同角度论述了毛泽东诗词中的相关思想意蕴。此外，研究者亦关注到毛泽东诗词中的史诗意蕴。唐先义、黄文富撰文，分别解读了新民主主义革命史、苏区反“围剿”战争与毛泽东诗词的关系；贺桂梅撰文，则采取了更为宏阔的视角，认为毛泽东诗词表现的不仅是“个人时间”的“事件史”，更是“社会时间”的“群体和集团史”，展现了毛泽东“天下”世界观的政治主体想象。

3. 作品艺术分析。张兴德撰文分析了毛泽东诗词对中国古典诗词引用、化用和借鉴；李光荣、张惟撰文分析了毛泽东诗词中的咏雪作品及其艺术风格；刘迅、郑乃菡撰文探讨了毛泽东诗词的影视审美特征；胡天娇、徐俊忠撰文，着重研究了毛泽东诗词中的古人与神人意象，认为都是人民主体的映现。汪建新在《学习时报》发表了 5 篇文章，分别论述了毛泽东诗词中的喜怒哀乐、赤橙黄绿、古往今来、“个十百千万”、炮火硝烟等艺术要素，为深入理解作品意蕴提供了多样的基础。

4. 翻译与传播研究。本年度相关成果较多，大致涉及到几个方面：

（1）英译个案研究方面，张焕新、刘紫荆撰文对比研究了《沁园春·雪》的五个英译本，探讨了译文与原文的契合性；陈琳撰文以许渊冲的“三美理论”赏析辜正坤对《沁园春·雪》的英译，探析相应的翻译原则；代正利、曾清撰文对比分析了《清平乐·会昌》的两个英译本，探究了译作的翻译手法与策略。

（2）英译整体观照方面，不仅有不同英译本之间的对比（如朱文英、韩江洪《毛泽东诗词1958年英译版与1976年官方英译修订版对比》），还有翻译策略、译者思维等研究（魏艳、刘明东《传播学视阈下湖湘旅游文化走出去翻译策略探索——以〈毛泽东诗词〉英译为例》；滑彦立、李圣轩《毛泽东诗词英译译者主体性研究》），也出现了英译研究的总体评述（李正栓、王心《毛泽东诗词英译研究综述》）。

（3）其他译本及传播方面，张清华撰文指出，最早的毛泽东诗词外文译本出版在苏联；孙道凤则介绍评述了日文文献中毛泽东诗词的译介情况；胡慧梳理了国内外毛泽东诗词跨文化传播的历程和现状，构想并拟定了开展研究的内容和思路。

（五）群体及流派研究

相比于个案研究，群体及流派研究的成果数量虽然不多，但学术含量往往较高，在多个方面都有深入推进。为便论析，以下分为三个方面分别予以介绍。

1. 群体交往及活动。晚清民国作家群体的交往活动，是本年度相关研究的重心。谢永芳通过分析晚清民国时期岭南词人的域外创作互动，发现其基本存在于岭南词人之间、岭南词人与汉文化圈词人之间，是一种近乎全封闭运行机制的域外文学交流现象；孙文周对近代四川的春禅词社进行了研究，揭示了词社的唱和方式、题材表达、艺术风格等多个方面的特色；王星、欧阳丹研究了黄侃的词学交游脉络，评述了其向前辈求教、与同辈论艺、于后辈教学相长的情形；王彪则研究了朱自清与吴宓、浦江清、萧公权等学衡派诗人的交往情况。

2. 流派论析。本年度研究论文涉及到众多流派及相关作品，既有创作宗尚为基础的宋诗派，又有南社、今雨雅集社、德清俞氏、皖人、福州十才女、延安五老等派别。赵家晨论述了宋诗派的抗战词及其多方面意蕴，指出其对中国现代文学具有补写意义；王士春分析了南社诗人悼念宋教仁的诗作中所运用的意象艺术；丛海霞、马大勇从家学传承与文学新变的角度，分析了晚清民国时期浙江德清俞氏家族的词作，透视出近世词学传承与转变的若干轨迹；范志鹏考述了西安今雨雅集社的成员及其活动、创作；任荣论述了民国皖人旧体诗词创作的三重风貌：文学家族家集数量众多、创作主体社会身份多元、创作思想继承诗史传统；刘荣平分析了民国时期福州十才女旧体诗词创作及其典型意义，探讨了其共同性；林栋论述了“延安五老”（董必武、林伯渠、徐特立、谢觉哉、吴玉章）的旧体诗词，重点分析了其用字、意象、意境中的新气象、新精神，认为这些作品开拓了新的表现领域。

3. 题材类型研究。如果说流派是基于已经成型并取得共识的艺术特性，那么，题材类型的确认，则只需依靠相似相关的群体特性。本年度民国女性诗词和画家诗词较受关注。彭敏哲撰文分析了民国女性诗词写作的三大群体（闺秀、名媛、学者）在作品中流露的思想观念和审美倾向，认为三者交错并存，折射出旧体文学的变革和女性诗词的演进趋势；徐燕婷则以民国女性词集为中心来观照民国女性词的发展流变，其文中将此过程分为三个阶段（1912–1927，1927–1937，1937–1949），分别论述了女性词作的风格，揭示出女性词创作在民国由低谷到高潮继而衰退的变化过程。叶澜涛本年发表多篇论文，分别探讨了现代画家诗词中的咏物主题、咏史怀古主题、怀人主题、身份认同和文人意识，推进了相关研究。

此外，民国时期的济南书词也受到学者关注，国家玮撰文分析了抗战前夕济南书词的勃兴现象，认为其中蕴含着民众对未来稳定治世的预期和想象。当代诗词创作的题材类型，如田园诗（以及新田园诗）、军旅诗以及新疆汉语诗词创作等，也得到了学界的关注与研讨。

三、诗词发展史的考察与构建

关于诗词发展史的考察和研究，对于准确了解和把握百余年来中华诗词的发展演变过程意义重大，对于构建完整的中华诗词发展史而言，是必不可少的学术工作。本年度诗词发展史的研究，主要从三个方面展开。

（一）作者及作品的“发现”与重研

学界对于诗词发展史的认知和构建，是逐步开展的。这就意味着，新材料的发现、发掘与既有材料的探究与研判，包括纠正以往的误判与不当之处，是诗词发展史研究中必要也是重要的组成部分。本年度相关研究，在不少地方都有所推进。

1. 新材料与新发现。所谓“新材料”，并不是说其创作年代新，而是基于其进入诗词发展史研究视野的时间而言。如赵林涛在《中华读书报》发文披露了新见的顾随和叶嘉莹晚秋杂诗六首，因向不为人注意，故未被学界论及。至于“新发现”，主要集中在对作品的真正归属上。汪梦川撰文对《南社丛刻》

中误收的四首诗词进行了考辨，纠正一些相关问题的讹误；赵郁飞撰文认为，晚清女词人左又宜《缀芬阁词》六十五首词作中，剽窃作品多达五十七首，其文学史地位应重估；陈鸿祥撰文认为，曾被判定为王国维作品的《落花诗》，真正作者是明代书画家沈周，而“王国维《落花词》”，实乃无实名可稽之伪作。

2. 创作谱系及作品意蕴的发掘完善。在创作谱系方面，张恩岭和王丽歌的《张伯驹词作简谱》、赵郁飞《陈小翠年谱》、刘文菊《揭阳籍女词人张荃生平与创作考略》等文，均有相应的创获。在发掘作品意蕴方面，何群撰文对《郁达夫诗词笺注》部分注释进行商榷，表达了自身对于相关作品的理解；顾农、李莹分别撰文对鲁迅的旧体诗《悼柔石》《无题》（一枝清采妥湘灵）详细解读，得出了新见。

3. 作品的历史定位及价值研讨。马大勇《诗词整体观照下的〈涉江词〉》、陈友康《无上法从散原授——说马曜诗》、杨景龙《解构、重塑七律一体的诗歌史面目——聂绀弩先生〈散宜生诗〉叙录》等论文，分别从诗词发展史的角度对沈祖棻、马曜、聂绀弩的相关作品进行了定位和评价，增进了相关认识。

（二）诗词发展的脉络与流变

该部分研究是诗词发展史研究的重心所在，因需前后瞻顾，并观兼采，故撰述不易。本年度相关研究数量不算多，但在多个方面都有所推进。

1. 民国诗词发展的相关脉络研究。其中既有况周颐、陈柱、冯振等个案的分析，也有对于民国诗词的整体观照。如彭玉平撰文评述了况周颐的“听歌之作”与梅兰芳的关系，并对其中的遗民情怀以及民国沪上词人的风格趋向和共同心志作了论述；李昇撰文分析了陈柱、冯振二人的唱和作品，认为二人的旧体诗突破了晚清学人的诗歌特点，注重表达真性情，是对古代学人之诗的新变与超越。又如，胡迎建撰文对20世纪前五十年旧体诗的流变态势进行了概述；朱惠国探讨了民国词的界定与分期问题。凡此，均对厘清民国诗词发展的脉络有所助益。

2. 当代诗词的发展演变。当代诗词创作总量较大，但梳理其发展演变态势的研究成果并不很多，其中既有以点带面的研究，也有长时段的观察与评述。如姚泉名、王祖琪分别以何革绝句和朱雪里诗集《河山行咏》为基点，撰文探讨了革新与回归等问题；朱一帆撰文论述了女诗人师承传统的现代演变对旧体诗词创作的影响；李文朝在《新中国七十年中华诗词的复苏、振兴与发展》一文中，对中华人民共和国成立70年来中华诗词的发展态势做了总览。

3. 对诗词发展的未来走向思考与展望。其中包含多个方面：（1）侧重探讨创作与时代的关系。主张诗词创作应面临时代、表征或反映时代精神者，有宋湘绮、汪冬霖、王崇庆、蔡世平、郑欣淼、顾浩等人；主张诗词作品应融入主流文化、走向大众文化者，有潘岳、林峰、高昌等人。（2）侧重讨论传承与发展的关系。如杨志新、王贺、查建国、仝薇、金中、王悦笛等人，基本都认为当代诗词应在传承与巩固既有发展的基础上，多措并举，谋求更大的发展。（3）侧重诗体诗韵的思考。如吴欢章撰文认为，贺敬之对新古体诗的探索未始不是一条新路；吴宝军撰文认为，使用新韵是诗词创作的时代要求。

（三）诗词发展史专题研究

相关研究主要集中在诗词史的展望与构建方面。如施议对撰文认为，旧体诗词在1916到1976年间的阵地争夺战中出现了两次“生死轮回”，未来自有光明前景；英子发表两文，分别对传统诗词入史及网络诗词发展提供了见解。

另外，本年《心潮诗词》（评论版）第12期以专刊形式，发表了多位领导及学者文章，表达对于中华诗词入文学史的思考和看法。马凯同志对诗词“入史”工作的理念和操作实践提出了指导意见和建议，范诗银、罗辉等也倡导更多专家学者投入此项工作中，众多专家围绕“入史”工作的意义、思路、方法、具体操作等多个方面展开了探讨。钱志熙认为诗词入史需要厘清现代以来学术史的背景、逻辑及相应的观念；曹顺庆、辜佳丽认为，古体诗词在现当代语境中有“失语症”，需重建话语体系；陈友康认为应突破新旧之争的局限，从中国诗歌发展与文化发展的高度来看待诗词入史问题；杨景龙重点谈了诗词作品的“经典化”及其标准；李红谈论了“入史”的评判标准、文体界定、思维观念等方面；高昌认为当代诗词体现着新的文学质素，需要新的文学视角来审视；赵安民认为文学史应及时记录当代诗词文学的发展；查洪德、刘圆婧认为作品选评是写好文学史的前提；张海鸥等人介绍了《二十世纪旧体诗词史》工程的研究准备与编写思路；马大勇介绍了自己撰写《近百年词史》的经验和相关构想；王贺认为研究现当代诗词发展史，需界定研究对象和寻找适当的方法；姚崇实、王国钦针对如何“入史”，分别提出了各自建议。

此外，本期也刊发了“现当代诗词文学史地位大家谈”，蔡世平、杨志新、程毅中、梁东、陈国恩、党圣元、李遇春、文贵良、李怡、周兴俊、胡迎建、刘梦芙、徐洁等人，围绕相关问题发表了各自的看法，涉及现当代诗词入史的评价标准、话语体系建设、具体实践操作、观念与审美差异、文学传统的创造性转换、社会文化意义等多个方面的重要问题。

四、诗词批评史的开掘与构建

本年度诗词批评史的研究，成果较为丰厚，既有批评史料的挖掘考论，又有批评史脉络的发掘与梳理，还有当代诗词批评史的发展与构建，三个方面并存共进，体现出良好的研究态势与学术活力。

（一）批评史料的发掘考论

批评史料是构建批评史的基础，对于批评史料的挖掘考论，在某种程度上决定着批评史研究所能达到的广度和深度。本年度相关成果，从不同角度都对批评史的构建提出意见和方法，可谓各具特色，可大致分为三个方面，予以评介。

1. 序跋评点类。如刘梓楠《傅批〈分春馆词〉考论》一文，涉及并评述了朱庸斋（1921–1983）《分春馆词》中的富静庵批语。凡此都为学界提供了相关的批评史料。

2. 书信类。楼培《汪东致盛静霞论词丛札考释》一文，考察了汪东致盛静霞未刊手札 12 通，内容主要是二人关于词体创作的切磋讨论；程希《任中敏致唐圭璋遗札十通考释》文中，披露了扬州大学档案馆所藏的十通书信，并对其中的词学思想进行了考察；施志咏《周宗琦与施议对论词书札》一文，则集中论述了周、施二人作为词学忘年交的书信交往及相关内容。此外，德国学者柯世浩与中国诗人“李子”（曾少立）关于诗词的网络通信，亦以《“李子体”网络诗词通信选》之名正式发表，其中展现了相当多鲜活的批评史料。

3. 谈话论说类。如赵宏祥对陈应群《耐充室词话》的辑校，陈匪石《旧時月色斋词谈》的辑佚，均已节选发表，为深研民国时期的词学批评提供了新材料；刘成群则对自己的著作《词说文学史》的创作理念及写作过程进行了概述，为当代词学批评提供了“一手材料”。

（二）批评史脉络的发掘与梳理

学界关于批评史脉络的发掘与梳理，成果较多，论述也各有侧重，有基于作者要素者，有基于作品要素者，也有基于群体观念者。

1. 基于作者要素的批评史研究。本年度相关研究成果丰硕，多位重要词家都进入了研究者的视野。王凯撰文认为，俞陛云的词学观主要集中于“词格”“蕴藉”“浑成”三个范畴，能有效兼顾思想内容与艺术形式两个方面，反映出晚近词坛浙、常两派余绪共存与交融的时代潮流，助推了传统词学向现代词学的转型；刘晓丽、杨雨撰文比较了王国维与况周颐共同的求“真”词学观，认为王国维以“小我”之真来追求普世“大我”的善，况周颐则以“性灵”统摄“真”与“善”；杨志君撰文梳理了吴宓的诗歌批评成果，对其批评形式、标准、方法、成就都作了评述；昝圣骞撰文发掘了梁启勋以“变”为核心理念的词史观、以意境为核心范畴的词艺观，及其对词体体制的研究与贡献；郝文达撰文梳理了民国词人赵尊岳的生平和词学活动，对其词体观、鉴赏论与作词法批评都进行了归纳和评述。

此外，王纱纱撰文分析了民国词人谢玉岑的文化取向与词学宗尚；陈水云撰文评述了夏承焘先生的治词业绩及成就；孔现红撰文讨论了吕碧城对梦窗词的接受；韩大强讨论了鲁迅对唐代“诗家三李”的接受；柳晓珊梳理了新世纪以来学界对郭沫若旧体诗词的研究成果；刘军、傅铿、苏迅等人，分别撰文评述了施蛰存、唐德刚、梁鸿志的诗词缘分。

2. 基于作品要素的批评史研究。这类研究主要立足于诗词批评著作或具有批评性质的文献材料，发掘其批评史意蕴。如胡永启发表两文，其一讨论了夏承焘点读词籍的方法，另一评述了夏氏词籍评点的词学理论和文献价值；严寿澂撰文论述了施蛰存《北山楼词话》中论词的要义；向卫国撰文分析了顾随《驼庵诗话》中的诗歌美学体系；王湘华梳理了毛泽东对唐宋寓居湖湘的文人诗词所做的圈画评点，探究了其中的诗艺观；习婷以王蕴章的诗话《燃脂余韵》为基点，来透视民国时期的女性词批评；金春媛撰文研究了张伯驹的记戏诗词，揭示其论曲识韵的特点与美学意蕴。

此外，王国维的《人间词话》，仍旧是研究者的重点选择。刘平撰文探究了《人间词话》初刊本中诗词对举同论的现象，认为王国维此举是为建构自己的“境界说”，并为之张目；宋湘绮、欧烨撰文分析了王国维“境界说”中意境与境界的差别；张其俊从意象链入手，对王国维“意境说”进行了解析构建。

3. 基于群体观念的批评史研究。如刘慧宽、王贺撰文评述了建国 70 年来关于晚清民国旧体文学研究的态势，尤其是研究观念、研究方法与学术机制的转变；胡建次、李甜甜以晚清民国的论词绝句为考察对象，分析了当时词学观念的演变；胡迎建撰文对民国旧体诗的创作理论与批评进行了评述。

此外，分段分派展开研究，也为学者所采用。如李德强在新旧论争的背景下，对民国前期的诗学批评作了专文评述；胡建次撰文分析了民国中期传统词律论的辨说，认为其主要体现在三个维面：偏于协律、偏于破律、协律与破律相结合，三者相互补充，将词律论推向了一个新的境界；澳洲学者寇志明围绕吴盛青教授的专著《现代“拟古主义者”：1900—1937 中国诗词传统的延续和创新》，深入分析了当时的“旧派诗人”与其继承者；王彪从新旧论争的角度切入，讨论了学衡派诗学观的初步建构。

（三）当代诗学理论的发展与构建

与当代诗词创作的繁荣相比，当代诗词批评史的发展尚不尽如人意，无论是批评史料还是批评的理论体系，都处在不断的构建过程中，这也是诗词理论批评在未来需要增强的部分。

1. 当代诗词批评史料的宣示与开掘。关于当代诗词批评的史料，总体上较为丰富，而相关史料的建设，应是当前及未来学术工作中大有可为的领域。本年度相关成果，可分为几类分别论述：

（1）序跋类。如钟振振为曹辛华编纂的《全民国词》（第一辑）作序，提点出《全民国词》编纂的缘起和学术意义；陈尚君为刘文祥《扶墙集》作序，既叙述了其与作者的交往，又对《扶墙集》之特点有所评骘。此外，郑欣淼为蒿峰《云起楼诗存》作序、张海鸥为蒋蕴慧《闲吟词》作序、王崇庆为黄希川《笔影墨痕诗词续集》作序、梁东为《林从龙诗词选评》作序，都兼顾到作者和作品两个方面的评论，为当代诗词批评史提供了鲜活的史料。

（2）访谈类。如邓菀莛发表了其对钱鸿瑛的访谈录，不仅梳理了钱氏自身的学词之路，而且谈到了词的艺术构成、词史的若干问题，还对词学研究进行了展望，是珍贵而又极具学术价值的史料；蒋寅和陈斐发表了二人关于近现代诗词研究与创作的问答，对诗词的生存处境、传承与创新、“现代性”、写作语言等诸多问题都有深入的论说和见解。

（3）专题研究类。如研究叶嘉莹诗词批评的三篇文章，王鹤主要从叶嘉莹人生经历出发探求其诗词精神；杨梅英主要论析了叶嘉莹诗评的特色；宋亚伟专门讨论了叶嘉莹词学理论中的“歌辞之词”，认为其概念仍有模糊之处。莫真宝撰文分析了当代诗人郑欣淼诗学观的三个维度：诗词的价值与功能、诗词的艺术特征、个人经验与时代精神的关系。

（4）综述类。其中学术会议综述占大多数，如第一、二、三、四届“当代诗词创作批评与理论研究”青年论坛的综述，均发表于《当代诗词研究》第 2 辑，包含着对历届论坛的总结和评述；黄仁生、王春撰文对第三届“中华诗词古今演变研究”学术研讨会的成果进行了综述；凤宇、王彪对国家社科基金重大项目“多卷本《中国现当代旧体诗词编年史》编纂与研究及数据库建设”开题报告会作了介绍和评述；杨赛对国家艺术基金古谱诗词传承人才培养项目进行了综述；宋湘绮对首届“两岸经典吟诵传播与当代诗词创作研究”高峰论坛进行了综述。此外，申慧萍撰文对近十年（2006—2016）旧体诗词的研究态势作了综述。

2. 当代诗词批评体系的研究与构建。本年度相关研究成果不多，但都言之有物，着力于推进和完善当代诗词批评体系。比如王巨川撰文评议了当代诗词的创作形态及其作品批评；宋湘绮既撰文评述了当代诗词的创作主张与批评标准；又撰文比较了当代诗词批评标准中的意境和境界的关系，认为施议对“境外之境”的提法为当代诗词文学批评提供了阐释空间；周于飞对网络旧体诗词研究体系的建构作了思考与前瞻；汪超撰文认为，近年来词学研究在不断进展的同时，仍存在一些问题，研究者需要建构开放的知识网络、尝试词学研究的时空延展、注意域外汉籍、注意数字人文的发展趋向、保持阅读与思考等，其建议为当前及今后的词学研究指明了方向。关于数字人文的发展，本年度在技术上有所进展。如吴斌等人撰文展示了以短文本的古文特征向量为基础的迁移学习模型 CATL-PCO，以及该模型准确分析诗词的情感倾向并进行分类的应用操作，反映出数据技术对于诗歌研究的推助和革新意义（《基于迁移学习的唐诗宋词情感分析》）。张晶等人运用事件相关电位技术，分析了诗句鉴赏中顿悟的认知机制，认为顿悟具有特殊加工机制，是一个意象重组、将诗句的原有表征整合更新为一个新的表征的过程（《诗句鉴赏过程中的顿悟：来自脑事件相关电位的研究》）。

第三章　诗词文献整理

2019年出版的现当代诗词文献，包括对现当代作家诗词作品的整理与研究现当代诗词的论著两大类。整体来看，这两方面的成果都是引人注目的。不仅数量多，而且出现了新的特征。于此，从文献概况、特点、价值等方面进行概述，以便学界。

一、2019年现当代诗词文献整理概述

2019年出版大量的现当代诗词文献，按存在类型来分，大致有丛书类（9种）、汇编类（100余种）、别集类（260余种）、专著类（20余种）、集刊类（4种）等。

其一，2019年出版的现当代诗词丛书类文献，涉及民国词集、家族诗词文献的出版及民国已有词集丛书的重印及当代诗词的新编及重印等方面。对民国词集进行系统整理者，如《全民国词（第一辑）》（浙江古籍出版社于2019年2月出版）。该丛书为“全民国词”编纂的第一期工程，是曹辛华主持的国家社科基金重大项目“民国词集编年叙录与提要”的重要阶段成果，套装共15册，收录民国时期有代表性的词人近300家，规模超过400万字，可为民国词史、民国文学文化研究提供基础史料，并推动民国旧体诗词作品的全面整理，具有很高的学术价值和文献价值。又如《民国闺秀集》（上海古籍出版社于2019年11月出版）。该丛书为徐燕婷、吴平所编，是一部民国时期女性词集的文献集成，收录了初次结集或出版时间在

1912—1949年之间且作者于民国年间尚在世的所有女性作家的别集、合集，包括排印本、稿本、抄本等。该丛书所收录的50余种女性词集，以结集或刊印时间为序对民国闺秀集进行影印，大部分尚未见刊于目前已有的汇刻丛书。同时，每部集子前面附有词集提要，含作者小传，包括姓名、籍贯、字号、家世、经历、词集版本等，可便读者查考。对家族诗词文献进行大规模整理者，如《成都阳川孙氏文献汇刊》（国家图书馆出版社于2019年6月出版）。该汇刊是四川省著名收藏家孙恪庶整理的其祖父孙培吉、其父孙握之先生的著述文本，有日记、课艺、诗词文集、论著、杂稿，另有其收藏的家族相关档案文献、手札、印鉴、字画等200多种文献资料。这些文献，可使我们看到当时成都乃至四川近代社会的一个侧面。

中华诗词学会、中国书籍出版社、采薇阁书店三家联合组织的“中华诗词存稿”丛书（共80种）分名家专辑（60位）与地域专辑（20种）两大部分，是对当代诗词的较大规模的整理出版。2019年出版的第一批41种:《刘征诗词: 三十年自选集》（刘征著）、《欧阳鹤诗文选》（欧阳鹤著）、《李汝伦诗词选》（李汝伦著）、《影珠书屋吟稿》（周笃文著）、《郑伯农诗词选》（郑伯农著）、《杨金亭诗选》（杨金亭著）、《沈鹏诗词》（沈鹏著）、《竹枝斋诗稿》（段天顺 著）、《南园词稿》（蔡世平著）、《天山东望集》（星汉著）、《杨逸明诗词集》（杨逸明著）、《说剑楼诗词》（王亚平著）、《苇航集》（赵京战 著）、《屐痕心迹》（罗辉著）、《刘麒子诗词选》（刘麒子著）、《观花听鸟集》（王改正著）、《清风颂》（赵焱森著）、《怀抱诗灯》（刘庆霖著）、《石音集》（范诗银著）、《秋枫诗词选》（李书文著）、《武正国诗词选》（武正国著）、《岁月拾韵》（张岳琦著）、《蘧庐吟草》（王充闾著）、《拾慧斋诗词选》（李栋恒著）、《梁东诗词选》（梁东著）、《鸟巢集》（张桂兴著）、《李树喜诗词选》（李树喜著）、《帆影湖星集》（胡迎建著）、《悟牛斋诗词选及诗评》（厉有为著）、《劬劬斋吟稿》（张克复著）、《毅德阁吟稿》（彭嘉庆著）、《高昌诗词选》（高昌著）、《一三居存稿》（林峰著）、《饮河集》（江岚著）、《师之集：赵安民诗词》（赵安民著）、《诗潮蔚蓝》（宋彩霞著）、《何鹤诗词选集》（何鹤著）、《李清安诗词文选》（李清安著）、《魏律民诗词选》（魏律民著）、《吉林诗词卷》（吉林诗词学会编）、《军旅诗词汇编》（红叶诗社编）。

又如《二十世纪诗词名家别集丛书》。该丛书由王翼奇、刘梦芙主编，2019 年收录了《南州二王诗词集》，该诗词集为王易、王浩所著。王氏家族素有家学渊源，王易之父王益霖为晚清进士。王易为江西四才子之一，其弟王浩，为民国著名诗人。王浩之子王迪纲，亦诗词书法均佳。王易、王浩、王迪纲三人诗风皆质朴劲峭，该书将此三人诗词集收为一本，家学传承，江西才子的风采，从中可窥一斑。

其二，2019 年出版的现当代汇编类诗词文献，主要有纪念庆典类、地域类、特定专题类、社集类等。

纪念庆典类，包括赞美祖国、讲述地区发展、献礼母校等。赞美祖国者，主要礼赞了中华人民共和国成立 70 周年以来的伟大成就。如中国书籍出版社与《诗刊》社为庆祝中华人民共和国成立 70 周年共同策划、《诗刊》社选编的《诗咏新中国——

〈诗刊〉历年作品选》，分诗词与新诗两大部分，选录《诗刊》历年作品，作为庆祝中华人民共和国献礼。如《第二届中华诗词有奖征集获奖作品集》(中国书籍出版社于2019年7月出版)，旨在纪念改革开放40周年、庆祝中华人民共和国成立70周年、迎接中国共产党建党100周年，进一步落实党的十九大精神。以诗词讴歌祖国、礼赞生活、纪颂英雄、壮吟新时代。又如《蒙化新韵》（巍山县诗词楹联协会、巍山县美术书法协会编，云南美术出版社于2019年1月出版），所选录作品讴歌了我国社会主义建设事业所取得的巨大成就，讴歌了改革开放以来的辉煌业绩和伟大的新时代，讴歌了各个时代的模范人物和他们的典型事迹，洋溢着热爱党、热爱人民的无限深情。另外，《祖国颂歌》（王学新、韩存锁主编，花山文艺出版社于2019年11月出版）、《美美中国诗文选》（中华诗词研究院编，中国书籍出版社于2019年9月出版）、《辉煌七十年》（湖北人民出版社于2019年9月出版）等，也都歌颂了70年来中华人民共和国取得的伟大成就，表达了对新中国的热爱，可谓国庆70周年的献礼之作。纪述地区发展的诗词文献，主要记录了当地在改革开放40年之后所发生的巨大变化。如《汾湖新唱》（吴琦主编，江苏凤凰文艺出版社于2019年4月出版）、《翰墨历程》（万卷出版公司于2019年8月出版）等，分别歌颂了汾湖高新区和吴江区的新面貌、新中国成立后沈阳的新变化新格局。纪念母校者，表达了对母校的思念与感恩。如《鹿情思》（《白鹿情思》编委会编，江西教育出版社于2019年11月出版），全书分为“追念母校之情”“铭记教诲之恩”“倾诉同窗之谊”“感怀生活之丰”等四个方面，通过江西师范大学中文系四位老师和三十余位学生的文章或诗词，表现了对母校的怀念。《学勉情怀》（《学勉情怀》编纂委员会主编，北京理工大学出版社于 2019 年 8 月出版），通过选录学勉人的诗文，向母校学勉中学 120 周年献礼。

以全面展示某地自然、历史、人文为旨归，2019 年还出现了一批地域类汇编文献。如《新丰古今诗词选》（张京泉主编，光明日报出版社于 2019 年 1 月出版），收录了新丰历史上有记载的诗词和楹联作品，展示了新丰人文历史状况，是了解新丰传统文化和变迁发展历程的一个窗口。又如《弋江历代诗词》（弋江区党史和地方志研究室编，黄山书社于 2019 年 10 月出版），整理了弋江区历代诗词，时间从唐代到新中国成立前，展现了弋江区自然、人文的历史风貌，是该地区地方历史文化的一次挖掘、整理，可为研究弋江、宣传弋江文化提供资料。《古今诗人吟姜堰》（郁胜天编，团结出版社于 2019 年 6 月出版），收入了古人及作者今年吟咏姜堰的诗词作品，描绘了姜堰的风景名胜、亭台楼阁，自然风光、自然资源，人文景观、非遗文化等。此类文献，还有《武平古今诗词选注》（陈厦生主编，社会科学文献出版社于 2019 年 10 月出版）、《粤海风华 · 当代岭南诗词选》（张汉松编，花城出版社于 2019 年 1 月出版）、《诗词达人写寒亭》（政协潍坊市寒亭区委员会编，光明日报出版社于 2019 年 10 月出版）、《三明诗词选编》（林日上编，福建教育出版社于 2019 年 5 月出版）、《渠县好诗词》（曲轩编，四川人民出版社于 2019 年 10 月出版）、《萍乡历代诗汇》（李汝启编，线装书局于 2019 年 1 月出版）、《吴桥诗词选编》（王鸣翔编，团结出版社于 2019 年 1 月出版）、《长汀现当代诗词选》

（吴启蒸、廖文福编，团结出版社于 2019 年 7 月出版）等。

围绕抗战、家风、禁毒等正能量主题，2019 年出现了多种专题类汇编文献。如《常熟抗战诗文选》（常熟市档案馆编，古吴轩出版社于 2019 年 6 月出版），以抗战为主题，分设“悲壮”“抗战”“欢歌”三部分，真实记录了 1931 至 1945 年中国抗日战争在常熟的具体情况，抒发了广大群众、战士的喜怒哀乐及他们对日军暴行的血泪控诉。《家风诗词》（王兆鹏、郭红欣主编，华中科技大学出版社于 2019 年 3 月出版），以家风为主题，收录了与家风相关的诗词，对作者和创作背景做了介绍，提炼了核心家风。这是对中华家风文化的梳理，这些诗词更是中华家风的精髓和高度凝练。《铿锵护净土·云南禁毒宣传诗词选》（云南省禁毒委员会办公室等选编，云南人民出版社于 2019 年 7 月出版）则以禁毒为主题，编选禁毒诗词，旨在深入贯彻落实习近平总书记关于禁毒工作系列重要指示精神，开展毒品预防宣传教育。

此外，还有专门收录诗词学会会员或社团社员作品的社集类文献。如《豫东诗词》（徐永学编，团结出版社于 2019 年 6 月出版），收录商丘市诗词学会会员的作品，主要有商丘诗家、吟友飞鸿、归德吟坛、珠联璧对、新诗选粹、诗潮回声、诗词评论、商丘诗词学会信息动态等内容。《那片星云那片天》（零俊光编，团结出版社于 2019 年 7 月出版），收录广西天等县福新镇中心小学新星诗社新老会员及社友的旧体诗词。《凤栖梧桐》（浙江古籍出版社于 2019 年 8 月出版），收录桐乡市凤鸣诗社 38 位社员的诗词书画。《耆英集》（广州市黄埔区文学艺术界联合会编，崇文书局于 2019 年 1 月出版），为黄埇诗社中年满 60 周岁且诗词楹联具有一定水平社员的诗词精品结集。此外，《月光集》（日中文学会编，东北大学出版社于 2019 年 5 月出版）、《江花红胜火》（靖江市马洲诗社编，江苏凤凰文艺出版社于 2019 年 1 月出版）、《科海歌吟》（金关波编，团结出版社于 2019 年 1 月出版）、《晚晴集》（惠阳区老干部书画家协会淡水分会编，岭南美术出版社于 2019 年 1 月出版）、《九洲雅集》（曹艳玲编，团结出版社于 2019 年 3 月出版）等，也属此类。

其三，2019 年出版的现当代诗词别集类文献约 260 余种，既有当代作家的诗词别集，又有对民国时期作家诗词重新整理的别集。其中，当代作家的诗词别集不仅数量多，占别集总数的十之八九，而且主题多样，呈现出可喜的创作态势。

当代作家的诗词别集，按其主题侧重不同，大致可分为以下四类。一是侧重表达爱国爱家、爱山水、爱亲友等真挚情怀的诗词别集。如《浪花集》（高德源著，团结出版社于 2019 年 8 月出版），涵盖亲情友谊、游踪寄意、桑梓吟章、缅怀纪念、感事咏物、节庆咏怀等，表达了诗人执着事业，爱祖国、爱家乡、爱山水、爱亲友的真挚情怀。又如《张中夫影词集》（张中夫著，百花文艺出版社于 2019 年 9 月出版），分上、下两篇，赞美新时代，歌颂伟大祖国欣欣向荣的新景象。上篇《牧心》以中国及世界著名景点 50 个为对象，讴歌祖国的壮美山川。下篇《养神》以 50 朵花为对象，赋词寓意盛赞今日中国百花盛开，人民幸福，让生活如花似锦，锦上添花。《原林新声》（谢根明著，团结出版社于 2019 年 11 月出版），分“桑梓情怀”“时代风云”“旅游览胜”“风谣杂咏”“缅怀纪念”“文友唱和”“警句联对”

七部分，表达了作者热爱祖国、热爱家乡、热爱社会主义制度、热爱新时代和热爱人民的思想感情。《铧山居诗词》（许济民著，陕西人民出版社于2019年出版），热情歌颂祖国的自然风光，歌颂改革开放、实现中国梦所带来的翻天覆地的巨大变化，抒发了对祖国对人民的深厚感情及对美好生活的憧憬和展望。此外，《宋有才诗词选》（宋有才著，时代文艺出版社于2019年2月出版）、《陈静诗词选》（陈静著，时代文艺出版社于2019年7月出版）、《痴心向天歌》（董志智著，北京出版社于2019年8月出版）、《奥林闲吟》（韩用学著，世界知识出版社于2019年8月出版）、《竹叶轩诗词作品选》（王卓云著，重庆出版社于2019年9月出版）、《无弦堂吟草》（吾如仪著，成都时代出版社于2019年5月出版）、《吴文昌诗词选》（吴文昌著，时代文艺出版社于2019年1月出版）、《家国情怀录》（管群华著，百花洲文艺出版社于2019年1月出版）、《山海情缘诗词集》（钟训成著，团结出版社于2019年出版）、《任河吟韵》（覃铭恺著，团结出版社于2019年3月出版）、《青龙风土诗记》（纪立功著，群言出版社于2019年9月出版）、《大沽河的水与月》（崔瑞芬著，山西经济出版社于2019年9月出版）、《击壤流韵》（梁容琿著，文汇出版社于2019年9月出版）、《海天渔唱集》（左贞镠著，安徽文艺出版于2019年2月出版）等，均属此类文献。

二是侧重描摹自我人生经历的诗词别集。如《自娱诗草》（邓进滔著，吉林出版集团股份有限公司于2019年6月出版），描述了作者人生旅程中的大部分经历，并抒发了作者本人的真实感受、梦想和追求，是一本把诗、人生和旅行结合起来的诗词集。《沈鹏诗词》（沈鹏著，中国书籍出版社于 2019 年 1 月出版），记录了作者旅游、出访、展览、创作、交友、抒怀、悼念等诸多文化活动的真实历程。《幽怀吟记》（江树泉著，中国书籍出版社于 2019 年 8 月出版），涉及作者常年生活的方方面面，抒发了对社会、人生、教育各个方面独到的感悟和体会。《天风吟》（钟海涛著，海燕出版社于 2019 年 4 月出版），内容涉及人生抒怀、交游酬酢、览胜吊古、游历感怀与个人翰墨体会。此类文献，还有《迦陵诗词稿（增订版）》（叶嘉莹著，中华书局于 2019 年 1 月出版）、《南园词稿》（蔡世平著，中国书籍出版社于 2019 年 9 月出版）、《张岳琦诗词选》（张岳琦著，时代文艺出版社于 2019 年 2 月出版）、《野风诗词选》（野风著，中国文史出版社于 2019 年 8 月出版）、《羡云居诗词选》（罗炽著，华中师范大学出版社于 2019 年 10 月出版）、《青泽诗词》（罗嘉木著，成都时代出版社于 2019 年 5 月出版）、《浮生集》（江志东著，团结出版社于 2019 年 5 月出版）等。

三是侧重表达特定职业感受的诗词别集。这些诗词文献，真实记录了作者在宣传、医院、地质、学校、司法、林业、环保、气象等不同部门的切身感受。如《张福有诗词选》（张福有著，时代文艺出版社于 2019 年 3 月出版），记录了一个宣传工作者于文化人类学田野调查的全过程和新成果。《杏林琐记》（林武强著，广东旅游出版社于 2019 年 4 月出版），是作者从医过程中对医学精神、诊疗活动、医患关系等方面的思考、感悟和心得，反映了一位长期奋战在临床一线的医生工作过程中的精神风貌。《乌蒙砂石集》（宋信琮著，地质出版社于 2019 年 7 月出版），描写了从事地质勘查工作数十年来的地质生活，表达了对工作的热爱。《诗图话昆虫》（谭江丽著，陕西人民教育出版社于 2019 年 1 月出版），用诗的形式描写了昆虫的起源和进化、昆虫的界定与人类的关系、昆虫的形态、昆虫常见目科的分类识别、热爱自然保护生态和生活偶得等，为读者科学讲述了昆虫学的专业知识。《生程吟咏》（郝侠君著，安徽文艺出版社于 2019 年 5 月出版），反映了作者从事教育事业的经历和感悟。《生活即诗》（葛健著，黄山书社于 2019 年 2 月出版），表现了一个司法工作者的正直人格、职业操守。《林间撷韵》（张凤桥著，河北人民出版社于 2019 年 6 月出版），展示了基层森林警察的工作环境和心理感受，描绘了基层林业工作者为生态文明和绿色家园建设付出的艰辛，刻画了当地农村、农（牧）民的生产生活场景。《落日落尽》（李兆华著，长江出版社于 2019 年 1 月出版），表达了一名环保工作者对自然的热爱。《气象文化丛书・小记抒怀》（谢璞著，气象出版社于 2019 年 8 月出版），则抒发了作者对气象工作的热爱。

四是侧重描写、评说中国历史或歌咏革命历史精神的诗词别集。前者，如《诗说历史》（丁伟著，团结出版社于 2019 年 1 月出版），作者分两部分描述中国历史，第一部分自远古传说至南北朝结束，第二部分自隋朝建立至清朝衰亡，涵盖了华夏五千多年的主要历史事件和历史人物。旨在为祖国呐喊，为中华讴歌。《韶华诗词选注》（李少华著，内蒙古大学出版社于 2019 年 5 月出版），是作者近年来研读中国历史和中华哲学的一些感悟，内容从上古时代的神话传说，一直到近现代史，用旧体诗词的形式对历史上重要人物和重要历史事件进行评说。《敬水契文集》（李秀武著，北京工艺美术出版社于

2019 年 4 月出版），则以作者用甲骨文原创的 90 首诗词，对历史人物加以评说。后者，如《诗咏长征》（赵忠抗著，华文出版社于 2019 年 1 月出版），歌颂了长征精神，歌颂了长征中战士的浴血奋战、英勇杀敌以及红军二万五千里长征的胜利经过等。对于继承和发扬伟大的长征精神，在社会主义建设和发展新的长征中实现伟大的“中国梦”，具有一定的宣传教育作用。

除上述当代作家的诗词别集外，2019 年还出版了对民国作家的诗词进行重新整理的别集近 20 种。如《月夜》（沈尹默著，长江文艺出版社于 2019 年 2 月出版），全书分为“新诗篇”和“旧体诗词篇”两部分，共收入了作者近 200 首新旧诗词。又如(《涉江诗词集》，沈祖棻著、程千帆笺注，凤凰出版社于 2019 年 10 月出版），包括《涉江词稿》五卷、《涉江词外集》一卷、《涉江诗稿》四卷，由程千帆整理笺注。沈祖棻的诗词与程千帆的笺注相得益彰，使得《涉江诗词集》别具文学与史学价值。除了沈尹默和沈祖棻，民国时期梁启超、吕碧城、柳亚子、谢玉岑、马君武、周学熙、黄曾樾、宾步程、黄稚荃、李克明、幸邦隆等人的诗词文献也得到了重新整理。

其四，2019 年有关现当代诗词研究的专著类文献，涉及诗词史、诗词研究史、诗词家、诗词理论等方面。有关诗词史的研究专著，如《晚清民国女性词史稿》（赵郁飞著，时代文艺出版社于 2019 年 6 月出版），书写了 19 世纪末至 20 世纪中叶约 50 年的女性词史历程，展现了此时段的文学生态。作者认为，晚清民国女性词史是以李清照为开山的千年女性词史的衍绎承传，足以同此前的千年分庭抗礼，甚或驾而上之。有关诗词研究史的专著，如《毛泽东诗词研究史》（何联华著，中国社会科学出版社于 2019 年 1 月出版），作者首次全面系统地记述和探讨了从 20 世纪三四十年代至 21 世纪之初毛泽东诗词研究的基本行程、研究要事、代表论著和知名学者的贡献等方面情况。全书分历史行程概述、研究要事摘记、代表论著选评、首批学者简志四编，每部分内容均按时序排列，构建了一部毛泽东诗词研究简史的基本框架。有关诗词家研究的专著，如《毛泽东的诗赋人生》（曾珺著，中国言实出版社于 2019 年 6 月出版），从毛泽东的少年时代写起，一直写到毛泽东逝世，详细解读了毛泽东在不同的人生阶段所写的诗词。通过诗词这一媒介，把毛泽东和他所处的大时代完整地呈现给读者。又如《大千三十·张大千一九二九年交游考及其他》（万君超著，浙江人民美术出版社于 2019 年 4 月出版），梳理了 1929 年 32 位文化名流与张大千之交往、渊源等细节，其中包括曾熙、叶恭绰、溥心畬、吴湖帆、谢玉岑、谢稚柳等人，同时收录了这些人的传记资料、诗文集、年谱、传记及碑传录等。

有关诗词理论研究的专著，涉及现当代诗词的创作、评论与鉴赏及民国诗词学学术问题等。探讨现当代诗词创作者，如《经典之重写与重探》（徐玮著，中华书局于 2019 年 7 月出版），讨论了晚清民国间词人在创作方面对唐宋词经典的吸收、摹写、重写与回应。《天下词》（侯卫星著，中国文史出版社于 2019 年 11 月出版），为作者学习创作诗歌的体会感悟，可为今人从事诗词创作提供有益的参考与借鉴。对现当代诗词评论、鉴赏者，如《诗词微旨》（赵云翔著，团结出版社于 2019 年 4 月出版），通过对古代优秀的诗词鉴赏，挖掘中华民族独特的精神标识。通过对现代人创作的诗词作品进行鉴赏，展现现代社会下的诗词创作特点与时代特征。同时，探索了一条结合新的时代条件传承和弘扬古典诗词文化的道路。《燕山诗话》（罗孚、高林编，生活·读书·新知三联书店于 2019 年 4 月出版），通过评介新文艺家如俞平伯、胡风、冯雪峰、聂绀弩、王力等的旧体诗，开启了一种亦诗亦文、夹叙夹议的“诗话风格”。《鼙鼓声中涉江人·沈祖棻词赏析集》（张宏生编，南京大学出版社于 2019 年 9 月出版），精选沈祖棻存世词作 110 首（组），特邀词学界的一批学者对其进行了细致全面的解读。探讨民国诗词学学术问题者，如《民国时期重要词学理论批评衍化与展开研究》（中国社会科学出版社于 2019 年 12 月出版），考察了民国时期词学对古典词学的承纳与衍化及在此基础上的阐说和建构情况，在对多维词学流程展开的论说中，共构出民国词学的主体性样态与关键性结点。在历时与共时的相互融合中，使民国时期词学的理论骨架与批评筋络得到比较清晰的呈现，发掘出一个已然存在却未被深入系统抉发的词学思想传统与结构体系。从一个独特的视域，多方位展示出中国文论转型与发展的纵横交集及历史脉络，充分彰显了民国时期词学的理论价值、历史地位及现代意义。又如《民国时期词律批评研究》（刘少坤、王立娟著，北京科学出版社于 2019 年 8 月出版），以“民国词律批评”为研究对象，以民国现代高等教育的蓬勃发展为背景，从“词谱批评”“词韵批评”“词乐理论研究”“唱词实践”四个维度架构了民国词律批评体系，进而总结了民国词律批评的学术史地位及意义。又，《晚清民初中晚唐诗派研究》（黄培著，凤凰出版社于 2019 年 9 月出版），以清末光宣诗坛以及民国初年的“中晚唐诗派”为研究对象，揭示了整个诗派的发展流变、诗歌的效法对象、诗学门径、创作内容等，揭示了其在新旧交替的时代背景下于诗学方面的努力。

其五，2019 年的集刊类文献，涉及现当代诗词的创作、研究等方面。如《诗词中国 · 第 6 期》（诗词中国丛刊编辑部编，中华书局于 2019 年 8 月出版），旨在“搜集当代最动人的诗句，收录最权威的诗法，分享最有趣的诗话”。分“自由谈”“名家说诗”“古诗欣赏”“合璧联珍”“名家诗词钞”“海外诗鸿”“观点”“新诗”“山水诗踪”“清雅诗怀”“诗界动态”等栏目。又如《中华诗词研究 · 第 5 辑》（中华诗词研究院编，东方出版中心于 2019 年 5 月出版），由“前沿速递”“诗学建构”“诗史扫描”“诗教纵横”“中外交流”等 5 大栏目组成，共 23 篇文章。《南开诗学 · 第 2 辑》（孙克强编，社会科学文献出版社于 2019 年 6 月出版），分“特稿”“诗歌研究”“诗学理论”“域外诗学”“诗学文献”“研究动态”“研究综述”等七个栏目。上述集刊，通过多个栏目的开设，汇集了大量有关现当代诗词创作与研究的文献。

其六，值得注意的是，2019 年度的网络诗词文献也得到了长足发展。随着微信的普及，微信公众号成了诗词创作与评论的重要平台，此类公众号有“中华诗词研究院”“诗词中国”“搜韵”“中山大学中文系”“云帆诗友会”“诗词水云轩”“诗词吾爱网”“小楼听雨诗刊”“西山诗社”“乐府”“光影”“风雅志”“听花榭”“黑水龙吟”“鸿雪”“诗刊子曰”“莨江诗社诗词微刊”“黑水龙吟诗刊”“金陵诗社”等。上述公众号，通过诗词比赛、发布专辑、推送文章等形式，催生了大量的网络诗词文献。这些文献，涉及诗词创作、诗词作法、诗词评论等方面。诗词创作方面，如“诗词中国”，曾于 2018 年 11 月至 2019 年 8 月成功举办了第四届传统诗词创作大赛，共评选出绝句、律诗、词、古风四个组别的年度创作奖项 431 名（其中，大赛主赛 279 名、青少分赛 152 名）。作为全国首个“高规格、大规模、全媒体”的古典诗词文化普及推广活动，“诗词中国”举办四届以来，共收到当代人的原创传统诗词投稿 41 万余篇。诗词作法方面，如“搜韵”，通过开设网络课堂（如“如何练好律诗中的‘对仗’”），保存了大量的诗词作法视频文献。这些网络诗词文献，为我们研究现当代诗词提供了重要资料。

二、2019 年现当代诗词文献的特点

2019 年所出现的现当代诗词丛书类文献，大多具有可持续发展的空间。大部分现当代诗词汇编类、别集类文献，具有很强的时代感。部分别集、专著类诗词文献，在主题、撰著方式和研究领域等方面具有一定的开拓性。

其一，2019 年所出版的现当代诗词丛书类文献大多承上启下，具有可持续发展的空间。2019 年所出现的丛刊，既是对以往文献的继续，又有助于后续文献的出现，在诗词学文献发展史上具有承前启后的重要作用。如曹辛华所编《全民国词（第一辑）》，即是对其 2016 年所编《民国词集丛刊》的承接。随着研究的深入，《全民国词》的第二辑、第三辑也将会陆续出版。又如《清末民初文献丛刊》，该丛刊于 2019 年以前已

出版170余种，2019年又由朝华出版社陆续出版20余种。由于该丛刊主要辑录1840年（鸦片战争开始）至1928年（北洋政府结束）之间的代表性文献，涉及诸多学术领域，预计选目约200种，故我们也将会看到属于该丛刊的文献在今后的陆续出现。其他如《中国近代人物文集丛书》也是如此。

其二，2019年出现的大部分现当代诗词汇编类、别集类文献具有很强的时代感，主要表现在作品主题对正能量的弘扬、以微信公众号的方式结集作品两方面。一方面，出现了大量弘扬正能量的红色主题类、教育主题类文献。2019年恰逢中华人民共和国成立70周年，红色主题类文献应运而生。如前述汇编类文献之《诗咏新中国——〈诗刊〉历年作品选》《第二届中华诗词有奖征集获奖作品集》《蒙化新韵》《祖国颂歌》《美美中国诗文选》《辉煌七十年》等，别集类文献之《张中夫影词集》《原林新声》《铧山居诗词》《宋有才诗词选》《陈静诗词选》等，都从不同角度歌颂了70年来中华人民共和国的伟大巨变，表达了爱国主题，是国庆70周年的献礼之作。教育主题类文献，如前述汇编类文献之《家风诗词》，通过对与家风相关诗词的收录，梳理了中华家风文化。除红色主题和教育主题外，2019年出版的别集类文献，或描摹自我人生经历、或表达乡土情结、或传达哲理，以弘扬和传承中国古典诗词优秀文化为主旨，表达作者热爱生活、热爱大自然的感情，也充满了正能量。另一方面，微信平台在某些诗词集文献的结集中发挥了重要作用。随着时代的发展，微信不仅是诗词爱好者进行创作和交流的重要平台，而且在诗词集的汇编方面也发挥着重要作用。如《时光的风物》（游走天路主编，线装书局于

2019 年 1 月出版），就是由“作者联盟”微信公众平台原创作者发表稿件所汇成的诗词文集，共收录蓝亦波、黄木兰、陈景南等 19 位诗人及作者的诗、词、散文计 300 余篇。又如《灌河微澜》（江苏人民出版社于 2019 年 6 月出版），全书共开设 6 个栏目：“风雅颂·古体诗词”、“新诗界·现代诗歌”、“慢生活·散文随笔”、“传真情·家长心声”、“青禾苑·学生习作”、“浮世绘·小小说”，精选“灌河文学”公众号开创 1 周年以来发表的 100 篇作品。虽然这类集子不是很多，但却昭示了一种新的打破时空限制的诗词结集方式，具有与时俱进的显著特征。

其三，2019 年的部分别集、专著类诗词文献，在主题、撰著方式和研究领域等方面都具有一定的开拓性。一方面，主题上的开拓。2019 年所出现的别集类文献，除延续传统主题外，还有新的开拓。此类文献中，除表达对生活和大自然热爱、歌咏历史、表达爱国爱家之情外，与以往不同的是，还出现了一批与宣传工作者、医生、地质学家、教师、律师、林业工作者、环保工作者、气象工作者等领域从业者紧密相关的别集类文献，如与宣传工作相关的《张福有诗词选》，与医护工作相关的《杏林琐记》，与地质勘查工作相关的《乌蒙砂石集》，与生物科研工作相关的《诗图话昆虫》，与教育工作相关的《生程吟咏》，与司法工作相关的《生活即诗》，与林业工作相关的《林间撷韵》，与环保工作相关的《落日落尽》，与气象相关的《气象文化丛书·小记抒怀》等，充分展现了 2019 年度诗词创作的新变化。另一方面，通过特别的撰著方式，向经典致敬。如《吕长春格律诗词续集》（吕长春著，新华出版社于 2019 年 3 月出版），旨在传承中国古典文化，用现代人新的审美观对唐诗进行新的审视和观照。通过对48900余首唐诗的认真阅读和思考，逐一对照进行写作，融入自己的人生经历和社会实践，重新创作了拟唐诗，向古典致敬，是继承传统与发展创新相结合的一次实践。又如《代雨东诗词三百首》（代雨东著，作家出版社于2019年8月出版），选取作者代表诗词作品三百首，集结成册，呈现了较为整全的面貌，也以三百为数，是为向“诗三百”“唐诗三百首”承续的中华文化表达一份当代敬意。再一方面，研究领域的开拓。研究专著类文献，广泛涉及诗词史、诗词家、诗词理论等方面，并开始关注诗词与演唱的关系问题。前述《晚清民国女性词史稿》《毛泽东诗词研究史》《毛泽东的诗赋人生》《经典之重写与重探》《性别与文化·女性词作美感特质之演进》《民国时期重要词学理论批评衍化与展开研究》《民国时期词律批评研究》等一批研究专著，继续开拓着现当代诗词的研究领域。更重要的是，还出现了探讨古诗今唱问题的文献。如《声乐演唱与诗词歌曲研究》（夏毅和著，九州出版社于2019年9月出版），作者对声乐演唱与诗词歌曲进行了详细论述。从声乐演唱的专业技巧入手，分别探讨了声乐演唱的技巧、思维运用与情感培养。分析了中国诗词歌曲的演唱技巧，阐述了中国诗词歌曲的历史发展、基本特征、风格影响与呈现方式。对诗词歌曲代表作曲家及作品的演唱进行了分析。该著通过研究古诗词艺术歌曲演唱的当代发展，剖析了中国经典诗词歌曲的演唱方式，不失为诗词研究领域的一大开拓。

三、2019 年现当代诗词文献的价值

2019 年所出版的现当代诗词整理类文献，能为现当代诗词研究奠定坚实的基础。汇编类、别集类及专著类文献，对今后的现当代诗词研究具有重要的启发作用。集刊类文献，有利于展示现当代诗词创作和评论的实绩。

其一，2019 年所出版的现当代诗词整理类文献，能为现当代诗词研究奠定坚实的基础。一方面，可为现当代诗词研究提供全面立体的文献。如《清末民初文献丛刊》，该丛书因所收录文献涉及诸多学术领域，故此“清末民初文献小百科”可为现当代诗词研究者全方位、立体式的研究提供广阔的学术背景和视野。另一方面，可为现当代诗词研究提供珍贵的底本文献。如《沈祖棻诗学词学手稿二种》（张春晓主编，中华书局于 2019 年 1 月出版），该稿责编曾至南京与沈祖棻先生家属共同整理目验，包括两部分。一是《七绝诗论》毛笔小楷誊清稿一册，有少量圈改痕迹，并偶有程千帆修改。目录列“渊源第一”“家数第二”“特质第三”“格律第四”“制作第五”“类别第六”六项。二是手抄大鹤山人校本《清真集》卷上，毛笔恭楷，并过录汪东、黄侃二先生批注。此稿系对沈祖棻先生手稿的首次影印，可为沈氏研究提供第一手文献。另，《彊村丛书》及上述之《清末民初文献丛刊》等，以影印的方式保存原刊本的形态，都可为研究提供有价值的底本文献。再一方面，可为现当代诗词研究提供校刊精良的文献。如《邛县古诗汇》（花山文艺出版社于 2019 年 8 月出版），编者在历代邛县旧志、艺文志的基础上，以《四库全书》《续四库全书》《四库禁毁

书丛刊》《清代诗文集汇编》为基础工具，上自先秦，下至民国，以成诗时间先后为序依次编纂。共汇编自先秦至民国年间的古诗 669 首，并一一对其进行校正和注解，成为研究地方历史文化的重要参考资料。又如《金陵汉诗》（邓攀编，南京出版社于 2019 年 9 月出版），该书收录了从唐代至民国近 1100 年间东亚诸国近 40 位作者所作关于南京的近 200 首汉诗。书稿诗作来源主要选自古籍抄本（刻本），并经过编者的识读精校，部分录自当代质量较高的排印本。这些经过精校的文献，可为现当代诗词相关领域的研究提供保障。

其二，2019 年所出版的现当代诗词汇编类、别集类及专著类文献，可启示今后的诗词研究方向。一方面，汇辑同类专题的汇编类文献及与作者职业相关的别集类文献，便于启示学界开辟新的研究专题。汇编类文献如《祖国颂歌》《美美中国诗文选》《辉煌七十年》等歌颂 70 年来中华人民共和国伟大成就的汇编类文献，可开启 70 周年庆典诗词研究专题。《鹿情思》《学勉情怀》等纪念母校的的汇编类文献，可开启校庆诗词研究专题。《新丰古今诗词选》《弋江历代诗词》《古今诗人吟姜堰》等地域类汇编文献，可开启地域人文诗词研究专题。而《家风诗词》《铿锵护净土·云南禁毒宣传诗词选》等，则可分别开启家风、禁毒等诗词专题研究。诗词别集中，与医护、地质、教育、司法、林业、环保、气象等密切相关的文献，也可启示学界开展相应的诗词专题研究。另一方面，2019 年所出现的专著类文献，可为启示今后学界的研究方向。诗词研究专著类文献，涉及诗词史、诗词研究史、诗词家、诗词理论等方面的研究，既可为今后的类似研究提供参照，同时又便于学界思考其研究的空白与不足（如当代诗词史的抒写、现当代诗词的地域研究等）。尤其是2019年探讨古诗今唱问题专著如《声乐演唱与诗词歌曲研究》的问世，可从音乐文学的视角开启现当代诗词研究的新方向。凡此，于今后现当代诗词研究都具有重要的引领作用。

其三，2019年所出版的集刊类文献，有利于充分、及时地展示现当代诗词创作和评论的实绩，成为及时交流沟通的诗词平台。这些集刊，除刊登来自全国各地作者的诗词作品及评论外，还定期刊出当前国内诗词名家的诗词创作与理论、对来稿作品的点评等，是诗词爱好者交流互动的重要平台。如《南开诗学·第2辑》，可全面展示诗歌研究领域的近期成果，为诗学研究者搭建一个良好的平台，从而与学界同人共同探究诗情诗思，共同推动中国诗学研究的发展。《中华诗词研究·第5辑》，从研究与创作两个视域贯通古今，涉及中外，有利于引导和促进当代诗词创作与评论的健康发展。《新文学评论》（29、30、31），邀请各方学者和作家针对现当代文学评论、文学史发展、现当代旧体诗词等领域抒发己见。《诗词中国·第6期》既收录叶嘉莹、袁行霈、林岫、郑欣淼等当代文化学者的诗词作品，又选入第三届“诗词中国”传统诗词创作大赛的获奖作品，以探讨写作技巧、交流写作经验、赏析诗词作品为主。上述集刊，对促进当前诗词创作和评论的发展起到了重要作用。

第四章　诗词教育

习近平总书记在党的十九大报告中指出：“深入挖掘中华优秀传统文化蕴含的思想观念、人文精神、道德规范，结合时代要求继承创新，让中华文化展现出永久魅力和时代风采。”在全党、全国深入学习贯彻党的十九大精神，促进社会主义文化大发展大繁荣的大好形势下，2019 年的中华诗词教育工作稳步开展，“学会诗教”“高校诗教”“中小学诗教”“图书馆诗教”及“民间与网络诗教”齐头并进，取得了可喜的成绩。

一、学会诗教继续推进

2019 年中华诗词学会仍以国民诗教、校园诗教和社会诗教为三大区分，积极举办面对社会各阶层的诗词培训、讲座、研修班等活动，继续协助各部门、各单位深入开展“诗词六进”和“中华诗词之乡（市）、中华诗教先进单位”创建工作，同时注重发挥诗词比赛、诗社创立对诗教的作用，并大力协助教育部研制《中华通韵》，多层次、多方位、多途径地促进诗词教育的发展。

1. 积极举办各类诗词培训、讲座、研修班，培养诗词人才

2019 年中华诗词教育培训中心成功举办了第十五期函授班和第四届高级研修班。本期“函授班”延续往年模式，分中华

诗词研修班（高级班）与中华诗词进修班（普通班）两类，前者“聘请著名诗人、诗评家、诗学教授、诗词编辑担任导师，采取导师挂牌、限额招收方式。招生对象为格律、文字基本过关，有一定诗词基础、有较高文化素养者”，后者则以普通诗词爱好者为招生对象，安排由诗人、教授、诗词编辑所担任的辅导老师授课。两个班级学制均为一年，采取函授方式进行教学，经教师推荐的学员诗词作品、学习心得，教师点评及辅导文章，将刊发在培训中心创办的《函授专刊》（与《中华诗词学会通讯》合刊）上，以促进学员间相互交流，加强辅导。此外，《函授专刊》将不定期向《中华诗词》推荐学员优秀作品和典型的教师点评材料供刊发。本届“高级研修班”则从 2019 年 8 月 9 日至 8 月 15 日在陕西省府谷县隆重举行，培训中心聘请范诗银、罗辉、林峰、刘庆霖、王改正、孟建国、徐耿华、黄小甜等诗人、诗评家、诗学教授、诗词编辑担任导师，采取面授教学的方式，对来自全国各地上百名学员进行专业系统培训，最后颁发《结业证书》，以《函授专刊》为诗教阵地的纸刊同时发表学员作品、学习心得以及导师点评、辅导文章等，有效提高了学员们的诗词创作水平。“函授班”与“高级研修班”均为中华诗词学会为培养诗词人才、建设诗词队伍、探索诗词教育模式而进行的新尝试，师资力量雄厚，教学模式成熟，得到了诗词爱好者们的广泛支持。

地方各级诗词学会的诗词培训、讲座、研修班也持续展开，这些活动主要针对学会内部成员及其他诗词爱好者，内容丰富多样。如北京诗词学会专门设有“诗教课堂”，聘请专家、学者、诗人举办系列诗词讲座。2019 年 4 月 15 日，北京诗词学会邀请学会常务副会长褚宝增教授在北京市民政教育管理学院礼堂讲授“现代诗词作品点评”；9月3日，又邀请北京诗词学会副会长、北京航天航空大学副教授韩倚云主讲“诗词与科学”。又如2019年8月，杭州市诗词楹联创作骨干培训班（余杭站）在径山书院举行，来自省、市楹联学会的专家们为学员讲授了“追求诗性，涵养诗心”“语感训练与诗词的欣赏创作”“运用信息化手段提高诗词联曲创作水平”“诗词创作与修改”“剖析诗联的对仗手法”等课程。这些培训、讲座和研修班，营造了浓厚的诗词学习氛围，提高了诗友们的诗词鉴赏水平和写作能力。

2. 继续开展诗词“六进”活动，把诗教活动引向深化

2019年诗词学会继续协助各部门、各单位深入开展诗词教育进学校、进机关、进企业、进景区、进社区、进农村的“六进”活动，不断加大诗词教育普及力度，将诗词文化融入各行各业，把诗教活动持续引向深化。

山东省肥城市诗词学会非常积极开展“六进”活动，将诗词普及工作不断细化、深化，为此他们专门在博客和微信公众号上开设了“六进成果”专栏，至今共公布“六进成果”127期，仅2019年就有83期。其中“诗词进校园”是肥城市诗词学会“六进”活动的工作重心，截至本年12月，在学会领导下成立的中小学校园诗社共12个，每周都会委派中华诗词学会会员身份的老师给每个诗社上课，充当“诗词滋养心灵”的志愿者。诗词课从古风讲起，然后进阶至绝句、律诗的创作。每节课的学生作业都在学会博客和公众号上及时展示，优秀作品还被推

荐到《桃都诗词》和《桃花源》上发表。每位老师都是义务教学，不收取任何课酬，为弘扬诗词文化、推进诗词普及无私奉献。

“诗词进机关”是机关精神文明建设的重要内容，也是中华诗词学会的工作任务之一。2019 年银川市西夏区人民法院致力于打造国家级“诗词单位”，为此开展了形式多样的法院文化活动，如进行诗词书画作品创作展示、聘请专业老师为干警们讲授诗词基础知识、培养“干警诗人”等。11 月，中华诗词学会验收西夏法院“诗词进机关”情况，林峰副会长等人实地查看了法院诗词文化长廊、法治文化长廊、廉政文化墙、干警文体活动室及办公楼道文化布设，以及西夏法院干警诗词集《法衡韵道》和法院诗词文化工作影集等，高度赞扬了西夏法院浓厚的诗词文化氛围。

“诗词进企业”是打造企业文化、凝聚企业员工合力、提升员工素质、展示企业形象的有力抓手。如河北凯跃集团去年就着手创建“德归诗社”，并以微信群的方式进行交流。为提升古诗词写作水平，诗社还邀请了文安诗词学会老师来集团开展培训辅导，先后推出“古诗词入门讲座”“国学讲座”，激发创作兴趣，普及国学知识。德归诗社至今创作作品百余首，集诗成辑刊发于企业内刊《凯跃报》上，利用企业公众号专刊推送至社会各界，引起广泛关注。

“诗词进景区”，有助于提升景区文化内涵、加强旅游宣传效果。如惠城区将本土诗词文化的精华内容融入西湖主景区、丰渚园、东坡祠、高榜山挂榜阁以及红花湖景区的规划建设布局，在景区设置诗碑诗廊，恰到好处生成诗词文化新景观，让游客在景区游玩时随时感受诗词文化的魅力，接受传统文化的熏陶。有的地方则在景区刊物中增设诗词专栏，或在景区增设诗词创作室、诗词展板等，如阿尔山景区内刊《阿尔山风景线》的诗词专栏、杜鹃湖景点的“小木屋景区诗词创作室”和具有景区特殊地质特色的“火山熔岩诗词展板”都为景区营造了浓厚的诗词文化氛围，在 2019 年 7 月中华诗词学会对阿尔山景区“诗词进景区”验收工作中获得专家一致好评。

2019 年惠州市惠城区的“六进”活动也蓬勃开展，取得了优异成绩。其“诗词进社区”工作主要在桥西和水口街道两个重点创建单位上发力，分别成立了领导小组，制定工作方案，保证创建经费。为了在社区营造浓厚诗词氛围，惠城区采取横幅标语、宣传专栏、诗墙和诗词小景观等方式进行宣传，让诗词文化走进大街小巷。而在“诗词进农村”工作中，则将该区有历史文化底蕴的古乡村、古村落作为乡村诗教创建的重点，大力推动横沥镇的墨园村和黄沙洞村的诗词创建工作。横沥镇专门成立了丰湖诗社横沥分社，推动诗词文化与墨园村、黄沙洞村民俗文化融合发展，培养农民诗词爱好者和农民诗人，提升乡村的文化品位，助推乡村振兴发展。

3. 推动“诗教创先”活动的新跨越

《二十一世纪初期中华诗词发展纲要》提出：“中华诗词学会要密切与各地诗词组织的联系与合作，相互交流经验，共同推进诗词事业。试建诗词之乡、诗教先进单位、诗词培训教育基地等，学会以点带面的领导艺术。”2019 年，在中华诗词学会和地方诗词组织的协助下，全国的“中华诗词之乡”“中华诗教先进单位”数量再次得到大幅度增长。

有“中华诗词之市”之称的秦皇岛市在2019年的“诗教创先”活动中表现突出，成为全国仅有的三个诗词创建工作“满堂红”城市：北戴河区、山海关区被授予“中华诗词之乡”称号，市交通运输局、老年大学、秦皇岛银行、中粮华夏长城葡萄酒公司、海港区先盛里小学、海港区教师发展中心附属实验学校、海港区东港镇第三小学等7家单位被授予“中华诗教先进单位”称号。

4. 以赛促教、教赛结合

中华诗词学会、地方各级诗词学会每年都会举办大型的诗词比赛，对于繁荣诗词创作、促进诗词教育有积极作用。

2019年中华诗词学会成功举办了首届中国“华夏杯”全球诗词楹联大赛、第八届“华夏诗词奖”，并分别与甘肃省诗词学会、湖北省诗词学会、重庆市诗词学会共同举办了“玉门关”诗词全国征集活动、第二届“中国荆州·屈原诗词大会”和第三届“中国·白帝城”国际诗词大赛。

在中华诗词学会领导下，地方各级诗词学会所举办的诗词比赛层出不穷，这些赛事通常采取与地方政府、企业合作的方式进行，收效良好，如江西省诗词学会与中共宜春市委宣传部共同举办的“韩愈杯”全国诗词大赛，甘肃省诗词学会与中共武威市委共同举办的全国凉州诗词楹联创作大赛，郑州市诗词学会与新郑市委宣传部共同举办的首届“乐天杯”全国诗词楹联大赛，山西省诗词学会与晋中市委宣传部、祁县县委等共同举办的山西祁县“王维杯”诗词大赛，湖北省诗词学会与中共应城市委宣传部举办的“蒲骚杯”全国诗词有奖大赛，等等，这些赛事均有质量高、规模广、参众多、影响大的特点，以竞争、奖励的方式激发大家学习古典诗词的热情，达到了“以赛促教、教赛结合”的效果。

2019 年是中华人民共和国成立 70 周年，值此普天同庆的特殊时刻，全国各地的诗词学会纷纷用诗词比赛、征稿的方式为祖国母亲献礼，如吉安市庐陵诗词学会举办“堆花杯”庐陵诗词学会庆祝中华人民共和国成立 70 周年全国诗词大赛，攀枝花市中华诗词学会举办“庆祝中华人民共和国成立 70 周年”诗词创作大赛，山东诗词学会举办“庆祝中华人民共和国成立七十周年”诗词征文等，展现了建国以来社会主义精神文明建设的新高度。

此外，2019 年中华诗词学会、地方各级诗词学会所主办的许多诗词比赛还与传统书画比赛结合，呈现出诗词教育与书画教育相互融合、促进的新趋势。如 2019 年中华诗词学会成功举办第二届“沈鹏诗书画奖”大赛，与单纯的诗词竞赛不同，该赛事需考察参赛者诗、书、画三方面的综合能力，质量很高；《中华诗词》杂志社、《中国书画》杂志社联合举办了 2019 年“中华诗画大赛”，该赛事采取“为诗配画或为画作诗，或进行书法创作，或诵读诗词作品”等形式，汇集了感觉、视觉、听觉三种不同层面的艺术形态，显得更加丰富、有趣；中华诗词学会、河北省书法家协会等单位主办的“全国自作诗词书法大会”，其现场创作评审环节要求参赛者“同题作诗，限定诗体，并以书法形式写成作品”，形式新颖，颇有意义；由湖南省诗词协会、湖南省美术家协会、湖南省书法家协会等单位主办的第二届“英才梦·湘天华杯”全国青少年诗书画大赛也在

2019 年顺利展开，反响热烈。

5. 协助各类诗社的成立和发展

各级诗词学会领导成立的诗社是开展诗教工作、培养诗词人才、创作诗词精品的重要平台。2019 年，在中华诗词学会、地方各级诗词学会的组织或协助下，全国的诗词组织不断壮大，尤其是基层诗社的发展势头非常喜人。

随着“诗教创先”“诗词六进”活动的开展，许多基层诗社在诗词学会的组织下纷纷成立并迅速发展。以肥城市诗词学会为例，2019 年在其领导下成立新诗社就有 7 个，如湖屯镇钱庄小学明德诗社、湖屯镇初级中学岱南诗社、王瓜店街道初级中学大成诗社等。

浙江省天台县的诗词楹联协会全程助力该县“诗词之乡”创建工作，2019 年以来，积极创建基层诗社组织，目前已成立下属诗社 6 家，分别为红石梁诗社、文溪诗社、寒山诗社、赤城诗社、石桥诗社、机关诗社，各诗社活动踊跃，如赤城诗社是天台县也是台州第一个女子诗社，迄今为止共组织开展活动 86 期，其中诗词讲座 12 期，诗歌朗诵 3 期，诗会活动 6 期。

除了基层诗社，还有各种性质的诗词组织纷纷成立。如 2 月，枣庄市诗词联赋家协会组织部分在中古音韵传统下进行诗词楹联创作的文学爱好者成立“青檀诗社”，该诗社继承并沿用了明隆庆五年（1571）重阳节贾梦龙等人所发起创办的“青檀诗社”之名。据悉，成立当日即举办了中古音韵诗词楹联培训班首期讲座。3 月，经郑州诗词学会、郑州老年诗词学会的批准，郑州女子诗社成立。8 月，滨州市传统文化促进会、滨城诗词学会研究决定成立滨城诗词学会易安诗社，该诗社会员涵盖了滨城诗词学会所有女会员以及全国各地的一些知名女诗人。

6. 颁布《中华通韵》，推广诗词教育

《国家语言文字事业“十三五”发展规划》明确提出要“研究制定中华诗词新韵规范”，2016 年初，教育部、国家语言文字工作委员会委托中华诗词学会开展专项课题研究，经过近三年的研究论证、教学、创作实验并广泛向社会各界征求意见，同时吸收部分高校研究成果以及相关专家的意见建议，编成了《中华通韵》。2019 年 11 月 1 日《中华通韵》由教育部、国家语言文字工作委员会正式颁布。

据称，《中华通韵》是新中国语言体系中的新韵书，坚持面向教育、面向现代化、面向未来，服务广大师生、诗词爱好者阅读和创作诗词等韵文的广泛需求，为优秀传统文化的繁荣发展和全民族文化自信提供坚强支撑。该规范以《国家通用语言文字法》《汉语拼音方案》《通用规范汉字表》等语言文字法律法规和规范标准为依据，以音韵学理论和诗词创作实践为基础，有利于引导广大人民群众更加热爱、学习和创作诗歌，也有利于专家学者对新韵作品的研究，是适应语言发展变化和时代进步的重要成果和新时代中华传统诗词持续发展的新标志。该规范的实施不会取代旧韵书，将在尊重个人选择，“知古倡今、双轨并行”的原则下，与当前使用的旧韵书并存。提倡和引导使用《中华通韵》，将推动中华诗词新韵使用的规范化，更好地满足新时代韵文需求，助力全民族文化素养的提升，

促进中华优秀语言文化的传播和发展。

二、高校诗教成效斐然

高校是开展诗词教育工作的重要阵地。2019 年高校诗教主要着眼于诗词课程建设，在开展讲座、研修班、论坛和会议等活动，举办诗赛和创建诗社以及发展吟诵和诗词创作等方面，都取得了新进展。

1. 高校诗词课程建设不断完善

高校开设诗词写作课的目的不仅是为了在大学课堂普及诗词知识、提高学生的鉴赏和写作水平，还在于通过诗教去提升气质，培育高尚的人文精神和雅正的审美情趣，增益高等教育的诗性内涵。

相比诗词学会，高校拥有更为专业的教学条件、师资力量以及学习和接收能力更占优势的教学对象，因而更有利于开展诗词教育工作。据 2017 年和 2018 年《中华诗词发展报告》统计，全国约有四十多个学校开设专门的诗词写作课，比如中山大学的“格律诗词写作”、北京大学的“诗词创作与理论”、武汉大学的“诗词写作课”、首都师范大学的“诗词写作”、韩山师范学院的“诗词格律”等皆为老牌的诗词课程，均有专业的师资、教材及由课程带动起来的学生社团。2019 年高校诗词课程建设不断完善，又有不少高校开设专门的诗词课程，如中国人民大学的专业必修课“古代诗文写作”、江西师范大学的学校公选课“诗词对联写作”等。

许多高校的国画、书法系也开设了诗词写作课，以满足专业培养的需求。中国美术学院在上世纪60年代率先由陆维钊先生倡设诗词课，如今诗词题跋已成为中国画与书法艺术学院的传统课程，对于提高美院学生的古典素养有不可替代的作用。此外首都师范大学中国书法文化研究院开设的研究生必修课“诗词格律写作”（叶培贵主讲），北京语言大学艺术学院开设的“诗词题跋赏析与创作”（韦树定主讲），长沙师范学院美术与设计学院开设的“诗词写作”（李莹波主讲），南京艺术学院书法系开设的“诗词楹联”（袁裕陵主讲），宜春学院书法艺术学院开设的“诗词鉴赏与题跋”，西安美术学院中国画学院书法系开设的“诗词写作”（贺文荣、金中、马千里等主讲），湖南人文科技学院书法系开设的“诗词对联写作”（陈天佑主讲）等，都配备有专业的诗词老师、教材，教学效果良好。

2. 讲座、会议、论坛

高校还通过大力举办讲座、会议和论坛等诗教活动，营造诗词环境、激发诗词热情、提高诗词水平。

2019年5月，中山大学中文系邀请南京师范大学钟振振教授、香港中文大学黄坤尧教授、武汉大学尚永亮教授、南京大学程章灿教授在中文堂举办了主题为“旧体诗词艺术的若干问题”的学术讲座，四位教授结合自身的创作经验和研究情况从不同角度切入，传道解惑。

5月22日，中国社会科学院文学所研究员陶文鹏先生做客广西民族大学，在中文楼主讲“中国古典诗词的鉴赏与写作”，以自身四十年唐诗宋词的研究经历及写作经验，为学生讲授如何欣赏诗词、创作诗词的问题。

高校不仅是教学机构，同时也是科研平台。近些年来，不断有高质量的诗词论坛、学术会议在高校举行。

2019 年 11 月 18 日至 24 日，中南大学文学与新闻传播学院、中南大学中华经典吟唱研究与传播基地、中南大学当代诗词创作批评与理论研究中心联合主办首届“两岸经典吟诵传播与当代诗词创作研究高峰论坛”，来自海峡两岸的 40 多所高等院校，30 多个研究机构、社会团体的 100 余名专家学者、师生代表参加了活动。本次论坛实现了当代诗词创作和评论的“面对面”，达成了“要加强诗词教育和优选，要从诗词教育内容、诗词教育传播、诗词教育管理三方面抓落实，在传统诗教的现代转型中促进诗词艺术的现代转型”的共识，对推进诗词教育发展有重要意义。

3. 举办高质量的诗词比赛，以诗词竞技带动诗教发展

高校诗词比赛是激发学诗热情、显示创作能力、提高诗词水平的重要活动，不仅是活跃校园文化、丰富大学生活的需要，更是推动诗词教育发展的需要。2019 年的高校诗词比赛在借鉴历届赛事经验的基础上，机制更加完善、规模更加宏大，涌现出许多优秀的诗人、诗作。

2019 年由中华诗教学会（筹）主持、中山大学中文系主办的“花城印记杯”中华大学生研究生诗词大赛（第十一届）取得圆满成功。本届赛事共收到 1002 份有效作品，其中律诗 372 首，词 205 首，新诗 425 首。参赛作品数量前十名是：中山大

学 29 首、南京大学 28 首、中国地质大学 12 首、复旦大学 7 首、贵州大学 6 首、韩山师院 6 首、河北师大 6 首、四川大学 6 首、北京大学 4 首、武汉大学 4 首。还有香港 11 首、澳门大学 4 首、台湾大学 10 首。境外多所高校参赛作品有：伦敦 2 首、法国 1 首、美国 3 首、马来西亚 1 首、日本 2 首。

2019 年由上海交通大学主办的第四届全球华语大学生短诗大赛在参赛人数、影响范围方面是诸多赛事中最为突出的，自大赛举办以来就得到全球大学生和诗歌爱好者的关注。4 月 9 日短诗大赛正式启动，5 月 31 日截止征稿。历经 53 天，全球华语大学生短诗大赛第四季共计收到来自全球 1785 所高校的 26561 份投稿作品，日均来稿逾 500 首，有 10 首以上作品参赛的高校超过 500 所，阅读量高达 1.3 亿。经过层层筛选，88 首作品从 2.6 万多首参赛作品中脱颖而出，分获特等和一、二、三等奖，获奖作品编为《人生总要写得像首诗》，将由人民日报出版社出版。

华中师范大学与中华诗词学会、中华诗词研究院、湖北省学生联合会联合举办的“聂绀弩杯”大学生中华诗词邀请赛已历四届，第四届于 2019 年 11 月举行颁奖活动并由当地电视台直播。此赛事注重“海峡两岸”参与度，评审过程不匿名。

中国地质大学主办第三届全国高校“爱江山杯”中华通韵诗词创作大赛，与前两届用今声韵创作不同的是，本届赛事第一次要求使用中华通韵，意义独特。2019 年 11 月获奖结果公布，共评出一等奖 1 名，二等奖 2 名，三等奖 4 名，优秀奖 8 名，网络最高人气奖 1 名。

这种“以赛促教”的方式在高校诗词教育中具有非常显著

的效果以及重要的意义。通常比赛都会设定主题、体裁以及投稿时间，最后由评审专家评出高下，这些形式类似于古代科考的诗赋，参赛者由此获得了严格的创作训练，赛后的结果公布及获奖点评又是互相学习、自我审视的重要过程，因而诗赛成为高校诗教中不可或缺的部分。

4. 高校诗社活动精彩纷呈

一般高校都设有隶属于学生社团联会的文学社，给诗词文学爱好者提供交流、学习的平台，但这并不能满足有古典诗词学习和交流需求的学生，因而部分高校还成立了专门的旧体诗社，这类诗社植根于传统，规模虽小但发展潜力巨大，是高校诗词教育的主要阵地。

据统计，截至 2019 年，中国高校的旧体诗社有近百个（详见附录），主要分布在北京、广东、湖北、上海、陕西等高校，比较著名的诗社有中山大学岭南诗词研习社、北京大学北社、武汉大学春英诗社、四川大学望江诗社等。近年来新的诗社不断成立，比较活跃的有北京师范大学才社、中央民族大学观复诗社、北京航空航天大学绿园诗社、西安美术学院明湖诗社等。

2019 年 9 月，北京交通大学成立了颇有特色的微社，该社以“发展高校诗社，联络广大青年诗人，尽微薄之力，在校园内传播诗词文化”为宗旨，目前共汇集了来自北京交通大学、中国地质大学（北京）、中国矿业大学（北京）、中央民族大学、石河子大学等院校的二十多位成员。据微社章程规定，诗社取消统一社课制度，改为“师徒制”和“擂台制”两种活动：“师徒制”先由社内选拔导师组成员，新入社的学员选择对应的导师进行诗词学习、提交作业；“擂台制”则指不定期举办擂台赛活动，以师徒制为基础，每位导师与所带领的学员组成“战队”与其他战队比赛。这种活动形式对于有效地提高社员写作水平、培养高校新生诗词力量很有裨益。

社刊是诗社内部发行的刊物，是进行诗词作品展示、诗词理论交流的平台，优秀的社刊对于诗社的建设和发展具有重要意义。

中山大学岭南诗词研习社社刊《粤雅》创办于2006年，长江学者吴承学教授担任“指导”，中山大学陈永正、张海鸥、彭玉平等教授具体指导，岭南诗词研习社主持编辑。每期集中刊发诗社“社课”作品、师生日常作品、国内著名诗家作品，并辟有切磋品评理论探讨专栏。至2019年，《粤雅》已出版9期，繁体字竖排版，格调古朴典雅，是目前高校学生诗社颇具标志性的旧体诗词刊物。

北京大学北社社刊《北社》，至2019年已出版第二十五期，与中大《粤雅》南北并立，展示着中国当代高校学生旧体诗词创作水平和诗词活动情况。

首都师范大学周南诗社社刊《周南》也是质量较高的诗词刊物，2019年刊印第三期。此外还有西安交通大学沧浪诗社的《濯缨集》《漱流集》等。

随着网络媒体的发展，越来越多的诗社创建了微信公众号，以微刊发布诗词活动。“长安诗社”微信公众号以北社、岭南诗词研习社、春英诗社为基础，实际是校际联合诗社，自2015年以来分期推出学生诗词，已发表上百期。

诗社的社课、评点及联谊活动是提高社员写作水平、增强情感交流、活跃社团气氛的主要方式。大部分诗社都会定期举行社课，有的社课会邀请老师评点或互评，并在公众号发布。

有些诗社还会举行诗社内部或与外社的联谊活动，如 2019 年 9 月，中国政法大学 345 诗社、北大北社、人大新风雅诗社、首师大周南诗社、清华清莲诗社、北航绿园诗社、北师大才社、民大观复诗社、交大微社等来自北京市的九所高校诗社举行线上联谊雅集，共分杜甫“天上秋期近，人间月影清”诗句为韵，成诗近百篇在公众号发表；12 月，这些北京高校的诗社又与复旦曦社、上海财大苏菲诗社、同济大学同济诗社、华东政法同人国学社等上海高校的诗社举办“岁末京沪联吟”活动，风雅有趣，展现了当代大学生的优秀的诗词涵养和精神风貌。

5. 高校“诗词吟诵与创作”步入新阶段

（1）中华古诗文吟诵和创作传承基地

吟诵作为传统的诗词诵读方式，是诗词传承与发展的重要载体，有巨大的二次创作空间，不仅可以在涵咏间增强对作品的理解和记忆，对诗词的创作亦大有裨益，因而也是推动诗教发展的途径之一。目前的吟诵教育主要集中在高校和中小学，如首都师范大学一直致力于吟诵的传播和教学，自 2004 年起就开始有关诗文吟诵的抢救和研究工作，2010 年，该校承接国家社科基金重大项目“中华吟诵的抢救整理与研究”，截至 2018 年底，该项目遍访全国各地吟诵者，共采录整理了 1000 多位老先生的吟诵资料，其中有 600 多人为吟诵传人，积累达数万小时的音视频资料，以及大量文字记录和文献资料。2019 年，首都师范大学与上海大学作为教育部第一批全国普通高校中华优秀传统文化传承基地，同时成立了“中华古诗文吟诵和创作传承基地”，标志着在吟诵教育带动下的诗教工作进入新阶段。

（2）中华诗词经典吟唱课程

许多高校开设了诗词吟诵与写作课程，并在网络平台展示。比如由黑龙江大学刘冬颖教授主讲的“中华诗词经典吟唱”在“慕课”开讲，2019 年开设第二、三次课。该课程从中国传统诗乐教育着眼，倡导传承“诗教”，在现代社会重拾歌诗传统。课程以吟唱为视角，梳理了中国古代文学史上诗词与音乐的关系，总结了《诗经》、楚辞、汉乐府、唐诗、宋词的音乐特点。课程负责人将其还原吟唱的古诗词吟唱音、视频穿插于课程之中，更增添了课程的美感。又如由江苏师范大学李昌集教授开设的“中国古典诗文朗诵与吟诵”已成为国家精品课程，2019 年第五、六次课在“慕课”开讲。本课程系统讲解古诗文朗诵和吟诵的规则要领及其特有的古典风味，解析传统吟诵的特质和形式要素、传统吟诵调转化为普通话吟诵的方法要领。

三、中小学诗教呈现新势头

传承和弘扬中华优秀传统文化是中华文明永续发展的不竭动力，国家始终高度重视加强中小学生传统文化教育，在制度建设、课程建设、宣传引导等方面开展了一系列工作。2019 年，教育部印发了《中小学加强和改进中华优秀传统文化教育工作方案》，从课程教材建设，实践体验活动、考试评价、师资队伍建设等 8 个方面提出 22 项任务，推动各级教育行政、教科研等部门和学校加大工作力度，强化中华优秀传统文化教育。其中，提出了“举办中小学生书写活动、诗词大会、中国节庆日诵读活动等，打造一批‘最美读书声’等校园诵读品牌，推出一批中小学优秀传统文化社团。组织诵读、书法、诗词等名家进校园活动”，“指导编写出版《中华经典诗词分级诵读本》，建设‘中小学语文示范诵读库’‘中华经典资源库’，推动与语文教材同步使用”等多条与诗词教育相关的要求。在教育部的引领下,全国上下的中小学生诗词教育正在积极展开，为赓续中华民族传统文脉而努力。

1. 中小学诗词课程教材建设加快进程

“全面修订义务教育各学科教材，特别是在统编道德与法治、语文、历史三科教材中充实中华优秀传统文化教育内容”是教育部近年来的工作重心。2019 年春季起，全国中小学将使用教育部统编教材，在本次的统一改版中，古诗词成为中小学语文教材中增加幅度最多的内容，其中小学一至六年级古诗词增加至 128 篇，相比之前的教材剧增了 87%；初中教材中古诗词也增加了一倍，达到了 51%。这意味着古诗词即将成为语文的核心内容。

古诗词比重在语文教材增加的同时对中小学诗词课程的建设提出了要求，愈来愈多的学校开始重视诗词诵读、鉴赏、讲解乃至格律诗词写作教学，将之发展成为校本课、第二课堂甚至第一课堂。比如湖北省教育厅 2015 年就计划在全省部分高校和 9 个市州的部分中小学进行教育试点，并逐步推开。又比如人大附中开设了诗词写作课，由解村、昌盛编著的《走进古典诗词写作》是人大附中语文组特色课程建设成果之一，影响力很大。

有些中小城市学校的诗词课程建设也值得关注，比如江西省寻乌中学聘请了赣南诗人赖竹林先生为诗教专职教师主讲诗词写作，在高一年级和初一年级各四个班中进行，每班每两周一课时，列入课表，走进第一课堂。自编教材《中学诗词读写》，每生一册，做到能够系统、持续地讲读各种体式的诗、词和楹联，并指导学生进行诗词写作。

2. 积极培养中小学诗教人才

培养诗教人才、促进诗教队伍建设已是大势所趋。2019 年多次举办针对教师群体的大型诗词教学会议、研修活动和比赛。比如 1 月份，“首届中国诗词教学大会”（中国教育国际交流协会未来教育研究专业委员会、中国教育报刊社人民教育家研究院主办）在湖南长沙举行，来自全国各地的 30 余名古诗词教育专家汇聚于此“以诗论剑”，通过示范课堂和专题报告，与来自全国 29 个省（市、自治区）的 1200 余名校长、教师、教研员探讨古诗词教学的方法与方向。

4 月 19 日至 20 日，中华诗词研究院和北京市海淀区教育科学研究院、海淀敬德书院联合主办了面向海淀区中小学教师的第三届“中国诗词赏析与创作”专题研修活动。中华诗词研究院联合地方教育机构共同开展旨在培养中小学教师诗词欣赏与写作能力的专题活动，是探索央地结合开展业务工作模式，实现自身社会功能的有效途径；也是中华诗词研究院拓展业务范围，更好地为社会提供文化服务的有力举措。

“迦陵杯·诗教中国”诗词讲解大赛是教育部、国家语言文字工作委员会启动的“2019 年中华经典诵写讲大赛”系列四大赛事之一，是深入落实《中华经典诵读工程实施方案》的品牌活动。自 3 月中旬开赛以来，全国有近万名教师参加了各省初赛，经过激烈角逐和综合比拼，各省共推荐选拔 1300 多作品进入全国复赛。经大众网络投票和全国近百位专家评审，210 位优秀教师脱颖而出，进入全国现场总决赛。2019 年 8 月 22 日，“迦陵杯·诗教中国”诗词讲解大赛全国总决赛在南开大学省身楼二楼报告厅隆重举行。与其他诗歌诵读活动不同，本次大赛旨在传承中华优秀传统文化，深入挖掘中华经典诗词中所蕴含的民族正气、爱国精神、道德修养和艺术魅力，引领古典诗词教育发展，是近年来唯一面向中小学在职教师、以古典诗词讲解教学为主要内容的国家级赛事。

3. 中小学的诗教活动日益丰富

中小学诗词社团是丰富学生文化生活、培养诗词情感、促进素质教育发展的重要平台。近年来，全国中小学诗社数量迅猛增加，据统计，截至 2019 年，仅江苏无锡市区就有 23 所中小学成立了 23 个诗社，其中 2019 年上半年成立的就有 5 个：锡梅实验小学“雪梅诗社”、梅村实验小学“香梅诗社”、新安实验小学“新雅诗社”、后宅中学“唐明诗社”、硕放实验小学“大墙门诗社”。此外还有丹江口市丹赵路中学“静乐诗社”，承德县第四小学“滦阳诗社”，福州市福州一中“三牧诗社”，重庆市酉阳一中“三湾诗社”，甘肃省宕昌县旧城中学“鹿鸣诗社”，衡水市志臻实验中学“望山诗社”等诗社在地方诗词学会的协助下纷纷挂牌成立。

与此同时，各种诗词比赛、讲座、吟诵活动也在如火如荼地进行。诗词比赛是中小学诗教活动中影响最大的一种，目前中小学诗词比赛主要分两类，第一类以记忆、背诵为主，效仿央视《中国诗词大会》模式，如2019年浦东新区科普诗词大会、2019年首届广州小学生诗词大会、2019年荆州市中小学生诗词大会、2019年石家庄市诗词大会、2019年江西少年诗词大会（第三季）等；第二类是诗词创作比赛，旨在为中小学生普及诗词格律知识，倡导学习诗词创作的风气，如2019年“白牛杯”首届长三角中小学生传统诗词创作活动、上海市第十一届中小学生古典诗词创作比赛等。另外，许多学校以开展专题讲座的形式提升学生诗词欣赏和创作水平，这种讲座虽然规模不大，但操作方便、可实施性强，是中小学诗教的主要活动之一。

吟诵在中小学诗教中也起着巨大作用。这种中国式的读书法，有助于诗文记忆，并以“寓教于乐”的形式让学生感悟到古典诗词的魅力。近年来，吟诵在中小学不断推广，国家越来越重视吟诵教育。2019年，由首师大牵头的语文吟诵项目开始启动，该项目将为12个年级的国家统编语文教材全部古诗文配备吟诵教学资源包，包括吟诵录音、吟诵符号、吟诵谱、解读鉴赏、教学设计、课件、习题等，面向全国中小学生推出。

传统吟诵也在许多地方中小学教育系统推广，得到了较好的保护与传承。“唐调”是唐文治先生对历代文气理论进行总结之后，在桐城派古文理论基础之上，创造出来的一种读文实践，是传统吟诵里影响最大的一支。上海杨浦区教师进修学院很早就将“唐调”吟诵定为培训科目，要求语文老师学习，迈开了传统吟诵进课堂的第一步。“华调”为河南华锺彦先生传承的吟诵调，目前多个中小学成立了“华调吟诵教学示范基地”。此外，四川调和山东调也不示弱，还有福建、广东、湖南、江苏、浙江等地一些方言吟诵进校园也有起色。

四、图书馆扮演诗教新角色

习近平总书记指出：“图书馆是国家文化发展水平的重要标志，是滋养民族心灵、培育文化自信的重要场所。”作为搜集、整理、收藏图书资料以供人阅览、参考的机构，图书馆不仅有保存人类文化遗产、开发信息资源的职能，同时肩负着继续教育和社会教育的重要使命。近年来，图书馆提供和传递信息的职能逐渐稳定，而教育功能所占的比重日益提高，面对倡导学习型社会的今天，图书馆在传统文化教育尤其是诗词教育上所发挥的作用越来越大，经常性地通过举办与中国古典诗词相关的公开课、论坛、会议、讲座、比赛等活动来丰富群众文化生活，推动社会主义精神文明建设不断深入发展。

1. 积极探索诗词公开课的建设

随着数字图书馆推广工程的进行，部分图书馆通过整合自身与社会、高校的资源，并利用网络媒体开设诗词公开课，在当下诗教工作中扮演着新角色，典型的如“国图公开课”，它依托国家图书馆海量馆藏资源，采取线上线下相结合的互动模式，以专题形式推送多种形态的学习资源，为社会公众的终身学习和全面发展提供内容丰富、结构系统、教学优质的国民通识在线课程，打造互联网时代图书馆社会教育与阅读服务平台。2019年，中国国家图书馆与中宣部文艺局开设了“诗词格律十二讲”，以诗词基础知识普及为目的，全面系统地介绍古典诗词的基本知识和创作技巧，共分为古典诗词情思与艺术论、诗骚传统介绍、古体诗的形与魂、近体诗格律讲解、初盛唐五律和七律、绝句的创作、词的格律与创作等七大部分。该课程邀请诗词领域权威专家陶文鹏、过常宝、钱志熙、钟振振等，带领公众赏读古典诗词名作，了解掌握古典诗词格律常识并能进行格律诗词创作。该课程目前在“国图公开课”官网及“哔哩哔哩”等网络媒体上线。

此外国图诗词公开课还有杨庆存的“中国古代诗词与中华民族文化”、康震的“古典诗词与中国智慧”，武汉图书馆公开课有莫砺锋的“唐宋诗词与现代人生”，天津图书馆公开课有谭汝为的“古典诗歌的意境与鉴赏”，等等。

2. 公益诗词讲座、研修班推动诗词的大众化

图书馆所举办的诗词讲座、研修班等是其开展诗教工作的最主要方式。据考察，香港公共图书馆、广州图书馆的诗教活动起步较早、持续时间较长，具有一定的典型性和示范性。

香港公共图书馆自2012年开始举办公益性的诗词讲座，为初学者讲解诗词写作的基础知识，培养欣赏韵文的兴趣和提升中国语文运用的能力，迄今为止所举办的讲座约有上百场。2019年3月，香港骆克道公共图书馆、沙田公共图书馆、瑞和街公共图书馆、荃湾公共图书馆、大会堂公共图书馆、荔枝角公共图书馆等图书馆共举办了12场讲座，邀请了黄坤尧、刘

卫林、王忠义、陈志清等诗词创作、研究专家授课。这些公益性讲座以粤语进行，地域性较强，不仅讲授基本的诗词格律知识，还深入探讨具体的诗法、词法，对提高香港民众的诗词写作水平有极大帮助。

广州图书馆自 2014 年起，以刘逸生、刘斯奋家族藏书为依托，在北 9 层广州人文馆举办“刘斯翰先生诗词系列”讲座，每月一讲，以古代诗词赏析交流为主题，邀请藏主之一——刘斯翰先生（岭南学者、诗人，文学研究员）主讲。讲座连续举办四年，截至 2019 年 4 月已成功举办 61 期，成为广州市单一主讲人、持续时间最长、固定听众最多的品牌沙龙，得到诗词爱好者广泛认可并推崇。“羊城学堂”是广州图书馆面向社会公众的公益性讲坛，也经常性地举办名家诗词讲座。2019 年 11 月 9 日、16 日上午，“羊城学堂”邀请中山大学教授张海鸥先生讲授苏轼的岭海诗词，与大家分享了诸多苏轼富于温馨积极的生命意蕴的作品。

此外，其他图书馆在 2019 年举办的诗词讲座也非常多，比如 9 月 15 日，吉林省图书馆邀请吉林外国语大学文学院副教授郑春明开展讲座，其主题为“中国古典诗歌概要”；10 月 13 日，许昌市图书馆三楼报告厅举办了诗词系列讲座第一讲之“中华格律诗的谋篇布局”，由李国庆主讲；10 月 19 日下午，广东中华诗词学会理事赵秀敏在东莞图书馆市民大学堂，给诗词爱好者带来一场主题为“诗词创作探微”的讲座。活动由东莞市文联主办，东莞中华诗词学会承办，东莞图书馆协办，是第三届东莞全民尚艺节系列活动之一。

潍坊市图书馆联合潍坊市诗词学会、潍坊学院中华诗词与传统文化研究中心举办“中华诗词与传统文化”系列讲座，已于2017年、2018年两年度成功举办五场，是潍坊市图书馆为满足新时代人民日益增长的文化需求，鼓励公众走进图书馆，掀起全民读书热潮而举办的诗词饕餮盛宴，讲座以“赏中华诗词，寻文化基因，品生活之美”为宗旨，帮助读者领会中华诗词文化精髓，透过诗词之美，弘扬传统文化，传承和弘扬社会主义核心价值观。2019年继续邀请著名专家、学者为讲座嘉宾，分别于4月、6月、9月、10月、11月开展了5次活动，反响热烈，赢得了广大市民、诗词爱好者的一致好评。

3. 主办诗词比赛，扩大诗词影响

香港公共图书馆自1991年开始举办“全港诗词创作比赛”，目的是提高市民运用中国语文和欣赏韵文的能力。比赛单年比诗，双年比词，适逢2019年属单年，即比试律诗。由康乐及文化事务署香港公共图书馆主持举办的2019年第二十九届全港诗词创作比赛（律诗）已是第十五次的“律诗比赛”，比赛分学生组和公开组，学生组参赛者来自各大专院校及高中生，公开组参赛者则来自社会不同阶层，学生组入选作品经选出后，评判团会约见作者，作者出席，并即席对联，藉以定出优胜作品。题材由参赛者自定，五言或七言律诗不拘，韵则限用“六麻”及“十四寒”二种。本届比赛共收到投稿作品一千多份，经专家匿名评审，最终选出冠军、亚军、季军及优异奖和特别奖二十人。

五、民间与网络诗教方兴未艾

2019 年的“诗词热”居高不下，民间与网络诗教活动也方兴未艾，精彩纷呈。有些电视媒体的诗词节目呈现出明显的大众化、民间化、网络化的特点，也归入此类。

1. 民间书院的精英化诗教

随着大众对古典诗词学习需求的不断上升，以书院为代表的民间教育机构逐渐占领着诗词写作培训市场，其中不乏优质的书院，充当诗教主体的角色，如北京雒诵堂、沈阳家学馆、信古国学堂、苏州菊斋私塾、成都桐梓林书院、瑞安翼中国学堂、北京诚明堂，等等。其中雒诵堂一直致力于青少年国文教育，尤其重视诗教，培养了大批诗词理论修养和创作水平兼善的学员，学员李子琳在首届《中国诗词大会》上以优异成绩获得亚军。沈阳家学馆亦致力于诗词教育，2019 年所开诗词类课程有“高考考纲诗词”通解、《唐诗三百首》精讲、《声律启蒙》漫谈、诗词写作和作文辅导等，颇受欢迎。信古国学堂堂主是唐调吟诵研究专家和传承人，亦有丰富的诗词创作经验，所开诗词课将传统吟诵与诗词创作进行结合，颇具特色。这些书院有一定的精英化教育趋向，继承了传统私塾的优点，同时具有现代性，经常利用微信公众号、微博等网络平台与大众互动，是民间诗词教育的重要阵地。

2. 诗词类电视节目继续推动诗词普及

2019 年诗词类的综艺节目持续升温。据悉，2019 年第四季《中国诗词大会》节目报名人数从第一季的 3 万人壮大到 30 万人。央视综合频道 10 场首播平均收视率为 1.28%，平均上星排名（所有上星频道同时期播出的各类节目排名）第 3 位。2 月 14 日总决赛在综合频道播出收视率达 1.5%，冲入同时段上星排名第 1 位。截至 2019 年 2 月 18 日，节目在央视综合频道和科教频道累计不重复观众规模达到 3.89 亿人；视频播放量和微博阅读量超过 6.67 亿次，其中视频播放量比第三季增长 54.7%，微博阅读量猛增 262%。《中国诗词大会》自播出以来就取得良好的社会反响并受到主流媒体普遍肯定。人民网刊文指出，节目“以强烈的感染力和向心力，唤醒亿万中国人心中的诗意和梦想，让平凡人的诗意人生在国家舞台上尽情绽放，在寓教于乐中彰显中华文化底蕴和诗词文化厚度”。

3. 新媒体时代下诗教的发展

2019 年知名诗词品牌“诗词世界”微信公众号所开设的诗词写作课程持续热络，目前它旗下的教学平台“诗享课堂”关注量有 5.9 万人，诗词课程上百种，其中不乏优质的精品课程，如“诗词基础班”“五律写作班”“七绝特训班”“填词基础班”等，邀请浙江卫视首届“向上吧诗词”决赛总冠军、青年诗人杨强先生主讲，反响很好。

诗词门户网站“搜韵”也开设了“搜韵课堂”，其中“十分钟趣说对联”“诗词格律精讲”为免费课程，目前约有 6 万次点播量；还有种类丰富的收费课程，分单课、系列课两类：单课如“4 种方法把名物组合成意象，教你写出有意境的诗”“为何你的诗句缺乏‘诗味’”“五大步骤，教你用古人的方法写诗”“为何读了这么多诗，写作水平仍没有提高”等均有 5000 以上的点播量；系列课如“61 节读诗课：让你比别的诗友更懂诗”“五律句法讲解 30 讲”“如何写好端午诗词”“如何写好咏史诗”“如何用诗词咏清明”“七绝写作训练营”“五律句法章法训练营”“填词小令训练营”等，皆有大量的学习人次。

截至 2019 年 12 月份，在“喜马拉雅”音频分享平台中，关于诗词写作直接相关的“专辑”就有一二十种，其中包括“诗词写作入门”“走进古典诗词写作”“格律诗词写作教程”“诗词写作教程”“诗词格律与写作”“旧体诗词写作”“诗词写作与欣赏”“格律诗词创作”“古典诗词写作”“诗词格律概要”“诗词格律启蒙”“诗词格律初阶”“诗词格律十讲”等；与诗词写作相关的“声音”多达 800 多种。

4. 蔚为大观的民间诗赛、诗社

2019 年的民间诗词赛事百花齐放，精彩不断，仅“诗天下”APP 就承办了“如醒堂迎春诗赛”“虚云寺咏梅诗词大赛”“第四届海岳杯传统诗词大赛”“2019 年海峡两岸汉字节‘金沙书院杯’诗词联谜大赛”及协办“首届‘天下峨眉　大乘弥勒’海内外诗词楹联大赛”等五种高水平的比赛。

2019 年举办全国茅台诗词大赛是本年度最为热门诗赛之一。赛事特聘请中华诗教学会（筹）会长张海鸥教授主持。从 8 月发布至 10 月 12 日截稿，共收到旧体诗词 15466 首（其中诗 9101 首，词 6365 首），作者来自全国各地及美国、加拿大等国家和地区，共评出金奖 1 首、银奖 3 首、铜奖 5 首、优秀奖 58 首、入围奖 98 首。本次大赛高手云集，佳作迭出，雅正传统，声誉颇佳。

民间诗社虽不依靠官方机构，但自发性的诗词活动令人瞩目，是诗教发展中不可忽视的力量。有些知名诗社聚集了当下中国大部分旧体诗词精英。此外还有2004年在杭州成立的留社、2005年在北京成立的居庸诗社、2007年在南昌成立的江右诗社、2007年成立的铭社、2013年成立的唐社、2014年成立的承社、2015年在四川成立的岷社、2017年在安徽成立皖雅吟社、2017年在西安成立的乾社等等，都是活跃于线下和网络的民间诗词团体。

有些民间诗词公众号致力于推送当代优秀诗人的诗作，如“乐府之妃豨谁和”“小楼听雨诗刊”“云帆诗友会”等。其中“乐府之妃豨谁和”尤以推送青年诗人的诗作著名，目前已推送数百位诗人的上万首诗词，阅读量59.5万，对精品诗词的传播和雅正文化的赓续作出了贡献。

六、结语

2019年，学会诗教、高校诗教、中小学诗教、图书馆诗教、民间与网络诗教多方面、多层次、多角度地推进诗教工作。

“学会诗教”主要侧重于诗词教育的大众化、基层化，尤其是“诗词六进”与“诗教创先”活动的开展，将诗教工作落实到基层，渗透到全国各地，是促进社会主义精神文明建设的重要举措，而本年度中华诗词学会与教育部、国家语言文字工作委员会通力合作颁布的《中华通韵》则是里程碑式的大事件，势必对未来的诗词发展产生深刻影响。

“高校诗教”则在普及的同时还致力于诗词的精英化教育，这体现在对诗词文体的尊崇、格律的坚守、古典精神的继承等方面，如各高校所开设的诗词写作课均严格遵循平水韵、词林正韵，以“花城印记杯”中华大学生研究生诗词大赛（第十一届）及“女儿香·蒹葭杯诗词邀请赛”等为代表的高校诗词赛事均以赓续传统诗教的风雅精神为目的。

“中小学诗教”则与应试教育联系紧密，主要以诵读、欣赏、知识了解为主，在此基础上展开适当的格律创作。本年度最显著的进展是全国中小学将使用教育部新版统编教材，古诗词成为中小学语文教材中增加幅度最多的内容，诗教的重要性再次凸显，同时也对诗教队伍的建设提出了新要求。

图书馆在诗教中所扮演的角色比较特殊，作为社会公共文化空间，它具有公益性、大众化的特点，肩负着继续教育和社会教育的重要使命。中国香港公共图书馆的诗教起步很早，随后继起的中国大陆图书馆亦不甘示弱，广州图书馆、深圳图书馆在近十年来均有持续性高质量的诗词讲座，如 2019 年在深圳图书馆举办的第二期“诗词鉴赏与写作研修班”，纯公益教学，社会反响良好。

“民间与网络诗教”则体现了网络时代及市场经济背景下诗教的新特色。2019 年《中国诗词大会》已开展至第四期，“诗词世界”“搜韵课堂”“喜马拉雅”等网络新媒体不断更新诗词课程，民间培训机构的诗词教学以及民间诗社的发展均非常可观。

当然，这些“诗教单元”既各自分工，又彼此关联、相互合作，如学会诗教开展的“诗词进校园”活动是中小学诗教重要内容，中华诗词学会研制的《中华通韵》首先将中小学作为试点；高校举办的一些面对中小学教师群体的诗词（吟诵）培训活动是培养中小学诗教人才的重要举措，许多高校的诗词讲座经常延请诗词学会的名家授课；图书馆作为公共空间，是中华诗词学会、高校、中小学以及其他诗教主体举办公益活动的重要平台；而“民间与网络诗教”则更为复杂多元，与各类诗教主体有着盘根错节的关系。总而言之，中华诗词学会、高校、中小学、图书馆、民间与网络在开展诗教活动的过程中，经常性地进行资源共享、优势互补。

2019 年的诗教工作取得了一定的成绩，当然也存在着许多问题，如师资短缺、诗教发展不平衡、诗教产品良莠不齐、大众媒体与诗教事业的互动有待继续深入、诗词教育成果不显著等等。

总体来说，2019 年的诗教工作成绩与问题同在、挑战与机遇并存，相信在党和国家的政策指引下，未来的诗教工作会不断完善，更好地助力社会主义文化的大发展大繁荣。

第五章 诗词文化活动

2019 年，在党中央和国务院的亲切关怀下，中华诗词研究院、中华诗词学会和各省、市、自治区诗词学会遵照十八大以来中央关于文化建设的各项方针政策，服务大局，把握方向，让中华诗词这种最精美的文学艺术形式走进千家万户、走进坊间里巷，让传统文化真正走向社会、走向人民大众。让广大群众在寓教于乐的过程中，享受到诗词的美感，得到诗词的陶冶。而传统诗词也在社会的不断传播和推动下，扩大了诗词的影响力和受众面，使传统诗词得到了更大程度的普及和推广。本章拟从诗词发展概况、诗词活动特点和诗词活动意义三方面回顾和总结，以期还原 2019 年中华诗词活动的总体风貌。

一、诗词发展概况

2019 年，在习近平总书记新时代社会主义文艺思想指引下，在党的十九大报告中对中国特色社会主义文艺理论重要精神的鼓舞下，在中宣部、国务院参事室、中国作协等有关部门领导下，全国各地的诗词活动此起彼伏、方兴未艾。根据去年相关资料统计分析，全国各地的诗词活动。主要表现在以下几个方面：

（一）诗词事业融入党委政府工作，推动社会文化发展

为了贯彻落实习近平总书记关于弘扬中华优秀传统文化系

列重要讲话精神，促进中华诗词事业蓬勃发展，推动各级政府部门文化建设，带动地方社会文化发展，诗词事业正逐步融入各级政府部门中心工作，出现了诗词事业和政府工作齐头并进的喜人景象。中华诗词研究院、中华诗词学会、各省市诗词组织与中央各级党委机关部门以及各地方党委政府等进行了多种积极密切的沟通和合作，扎实严谨、成效显著。3月下旬，《诗刊》社与中央社会主义学院（中华文化学院）联合举办了“首届中华诗词复兴论坛”，反响热烈。2019年6月3日由中华诗词研究院主办、荆州市人民政府承办的“中国荆州·中华诗学论坛”在湖北荆州长江大学举行。6月13日至14日，由中华诗词学会、中华诗词研究院、重庆市诗词学会、中共奉节县委员会、奉节县人民政府主办的第二届中华诗人节在奉节举办，来自内地及港、澳、台的专家学者、诗人词家共500余人出席活动。6月28日，上海诗词学会和浦东新区唐镇政府合作，组织采风创作活动。7月6日，江西省诗词学会和宜春市委宣传部共同主办了“宜春韩愈杯全国诗词大赛”。同年7月，江苏省诗词学会积极推动诗词进机关活动。7月15日，国家教育部、国家语委颁布《中华通韵》，11月1日正式在全国实施。这是由教育部立项，中华诗词学会独立研制完成的新语言环境下的新韵典，也是中华人民共和国成立70周年以来，首次由国家颁布的诗词用韵标准，具有里程碑意义。11月8日，由中华诗词学会、河北广播电视台、中共秦皇岛市委、秦皇岛市人民政府联合主办的“秦皇山海”全民诵读大会在秦皇岛海港区举行。青海省诗词学会继续与青海电视台合办“遇见最美诗词”栏目，受到了社会各界好评。

近年来，随着全社会对中华优秀传统文化的日益重视，诗词渐渐进入了人们的日常生活，成为人们休闲娱乐的一种新形式。各种主题诗会、采风创作、交流合作等诗词活动日益频繁。各地围绕中华人民共和国成立 70 周年开展了丰富多彩的讴歌庆祝活动。内容丰富，形式多样，规模空前，扩大了中华诗词的影响，为当地文化建设增添了活力。2019 年 4 月至 6 月中华诗词研究院举办了“中华诗词网络平台系列活动之‘美美中国’作品征集活动”。7 月 20 日，解放军红叶诗社与东莞市东江纵队历史研究会、东莞市科技经济促进会联合主办了“东江剑魂颂”诗歌朗诵演唱会。10 月 15 日，中华诗词学会推出了庆祝中华人民共和国 70 华诞系列丛书：《〈中华诗词〉25 年优秀作品选》、《第二届沈鹏诗书画获奖作品集》、“中华诗词存稿”5 种、“诗画颂中华”2 部，并在现代文学馆举行了首发式和诗书画作品展览。10 月 26 日，湖北省诗词学会和湖北省荆门聂绀弩诗词研究基金会联合举办“全国知名诗家荆门采风行”活动。中华诗词文化学院“校园诗教，和谐育人”项目入选浙江省高校文化育人示范载体；“诗教文化”项目获“2019 年全国职业院校校园文化建设‘一校一品’示范基地”。

关注社会热点，投身公益事业，逐渐成为诗词学会发展的新趋势、新能量。全国各地的诗词学会有相当一部分人员热心公益事业，把社会公益活动作为学会的一项重要工作来做，让传统文化渗透到公益活动当中，融入到群众生活当中。让传统诗词带着社会的温暖走向千家万户，走向天南海北。比如北京诗词学会向福利院送春联、福字 200 多副，赠书 500 多册。向永定门接济服务管理中心赠书 200 多册。向北京市民政局老干部活动站赠书200多册。9月7日，北京诗词学会参加了“2019北京公益慈善汇展”活动。8月下旬，山东诗词学会党支部组织党员至禹城市冷家店社区开展精准扶贫、进村入户活动，拿出4万多元资金，为20家在册贫困户、老党员、军属送上了慰问金和生活物品。香港诗词学会筹集善款港币19万元、人民币5千元救助病困诗友，慰问住院治疗的诗友1人，慰问亲属辞世的诗友4人。江西诗词学会积极开展文化扶贫，向革命老区江西省赣州市兴国县东村乡政府、东江村委会赠书406册。2019年中秋节，黑龙江省诗词学会开展“以诗心暖归心”为哈尔滨监狱服刑人员捐月饼活动。哈尔滨监狱还为省诗协赠送了锦旗。曾被黑龙江省诗协筹款救助的白血病儿邱健辉已彻底康复。天津市诗词学会组织会员到养老院慰问演出，等等。

诗词学会积极参与到社会公益活动当中，将传统文化和现代生活紧密结合。既拓展了诗词文化的传播渠道，也扩大了诗词爱好者的受众面，使更多的普通群众得到中华优秀传统文化的熏陶。勇于担当、敢于奉献的高度责任感，使诗词学会树立了良好的社会形象，为中华传统诗词事业的发展奠定了坚实的群众基础。

公益诗词文化活动的不断开展，会让更多的诗词善举走向社会，让更多的诗人词家走向文化前沿。同时，也让广大人民群众了解到诗词当中的时代气息。这种相互促进、相互糅合的模式对于中华文化的延续和传承都有着相当大的积极意义。

（二）凸现诗词社会功能，各种比赛征稿层出不穷

诗词大赛在讴歌时代风貌、弘扬时代正气、赞美时代楷模

等重大题材上发挥着积极作用。另外也是诗词界推动诗词创作、挖掘诗词精品、发现诗词新人的重要举措。2019 年，全国各种诗词大赛、诗词征稿、诗社评比如火如荼。各诗词组织和主办单位利用诗词刊物、诗词网站、QQ 平台、微信公众号等新旧媒体举办各种形式的诗词比赛和诗词征稿。在全国范围内掀起了新的诗词创作热潮，有力地推动了诗词创作水平的提高。比如国家级的比赛有：中央电视台第四季《中国诗词大会》持续升温，受欢迎的程度说明了传统诗词之所以经久不衰和它所具有的独特的永恒魅力。2018 年 11 月至 2019 年 9 月中国出版集团、中央电视台、中华书局、中华诗词研究院、中华诗词学会、中国移动共同举办了“诗词中国”传统诗词创作大赛。2019 年 4 月至 6 月中华诗词研究院举办了中华诗词网络平台系列活动之“美美中国”作品征集活动。2019 年 5 月至 9 月，《诗刊》与江苏徐州市委宣传部合作举办“诗词达人咏徐州”全球诗词大赛。2019 年 7 月中华诗词学会、中华诗词研究院、湖北省学生联合会、湖北省荆门聂绀弩诗词研究基金会、华中师范大学联合主办了 2019“聂绀弩杯”大学生中华诗词邀请赛决赛。2019 年 9 月，由中国文联和四川省人民政府共同主办的第七届“巴山杯”全国新农村诗词大赛在达州开幕。2019 年 12 月由中华诗词学会和深圳市委宣传部联合举办了第三届寰球华人中国梦深圳杯诗文大赛。海南省诗词学会与省农垦茶业集团成功举办“海垦茶叶杯”庆祝中华人民共和国成立 70 周年全省会员征文比赛。

各省、市、自治区和各机关部门主办的诗词大赛主要有：2019 年解放军红叶诗社在《解放军报》支持下，举办了第三届

“红叶杯”军旅诗词佳作征集评选活动。2019 年 4 月，山东诗词学会开展国庆 70 周年诗词征文活动，共收到来自全国 27 个省市的诗词作品约 1800 篇，有 17 个省市的 153 名作者获奖。2019 年 6 月由宁夏水利厅主办，宁夏诗词学会、宁夏水利博物馆、《朔方》杂志社承办的“塞上古渠杯”全国诗词大赛拉开序幕。2019 年 6 月山西诗词学会举办“王维杯”全国诗词大赛。2019 年 9 月广东省诗词学会发起并组织 2019 年“新月杯”全国青年诗词邀请赛。2019 年湖北省诗词学会在襄阳市委市政府的大力支持下承办第三届孟浩然田园诗词大赛等。

2019 年，全国范围诗词竞赛明显较往年为多，都以歌颂中国梦、服务全社会、反映正能量为主题。诗词比赛和当今社会的紧密结合，强化了诗词的社会功能，提升了传统诗词的社会地位，激发了人民群众的诗词热情，为弘扬传统，传承经典作出了贡献。而各省市自治区的诗词比赛，大多能结合本地优势，融入地方特色，创作出一批既有传统文化气息又有鲜明地域特征的诗词作品。这些既古又新、形象生动、贴近生活、充满乡土情结的诗词作品，丰富了区域文化内涵，活跃了区域文化氛围，加深了区域文化底蕴。为传统文化的普及和推广打下了良好的基础。

（三）拓展诗词思路，各种研讨培训、诗乡打造形势喜人

诗词理论研究一向被视为中华诗词发展的重要组成部分。自 2011 年中华诗词研究院成立以来，全国的诗词理论研究得到了体制上的保障，各大专院校和文化机构的诗词研究得到了

加强。传统诗词理论研究出现了前所未有的良好局面。2019 年的诗词理论研究、培训讲座都在不同程度上有了新进展。随着诗词研究的不断深入，诗词的理论基础不断夯实，诗词知识结构不断优化，诗词的未知领域不断拓展。当代诗词研究的持续推进，对指导当今诗词创作，推动诗词事业发展都具有重要意义，并逐渐成为国家文化战略的重要内容。2019 年 11 月 27 日，中华诗词学会、中华诗词研究院、《诗刊》社在北京联合召开了传统诗词座谈会。马凯同志到会并讲话。他在会中讲了十个问题，既有诗词创作，也有理论研究；既有新韵实践，也有诗人培养。谈得很全面，很具体，并且提出了“把传承、繁荣和发展中华诗词当作事业来干”的理念，给传统诗词界以极大鼓舞和勉励。2019 年 1 月中华诗词研究院举行《中华诗词写作教程》定稿工作会议。2019 年 5 月 11 日至 12 日，中华诗词研究院在上海市奉贤区主办第四届中华诗词古今演变研究学术研讨会。2019 年 6 月，中华诗词学会和中华诗词研究院在诗城奉节召开“促进当代中华诗词入史学术研讨会”。2019 年 12 月 29 日，中华诗词研究院召开“中华诗词现当代发展史”专题研讨会。一系列诗词学术会议的成功举行，一系列诗词新观点、新见解的提出，为当代诗词事业的建设和发展提供了庞大的可资借鉴的理论支撑，对诗词的未来走向具有一定的引领作用。

继承经典，弘扬传统；普及诗词，鼓励创作。全国各诗词学会、文化团体纷纷举办各种类型的诗词讲座、创作培训。2019 年，北京诗词学会组织专家诗人去区县诗社讲课。天津市诗词学会通过网络平台、面授等形式多次举办诗词基础培训班。山西省诗词学会与山西省图书馆联合推出古典诗词讲座，面向社会大众，传播诗词知识。陕西省诗词学会推出“长安诗词大讲堂”，邀请国内诗词名家举行诗词知识讲座。各类诗词讲座的推出，不仅陶冶了人们的情操，丰富了人们的生活，而且传播了诗词经典，展示了诗词魅力，提升了诗词受众的鉴赏能力和创作水平。

2019 年是全国中华诗词之乡建设重要的一年。随着中华传统文化的全面回归，随着广大人民群众对经典文化的迫切需求，各级地方政府都把“中华诗词之乡”建设作为政府的一项中心工作来抓。中华诗词学会在原有基础上，加大诗乡建设力度，积极服务于政府的文化工作，扩大诗词建设成果，形势喜人。如 2019 年 3 月，广东省广州市花都区、梅州市大埔县、五华县和梅县区雁洋镇获颁“中华诗词之乡”奖牌。安徽省绩溪县、凤台县城关镇、砀山县、宣城市电投公司和霍山县文峰学校获得“中华诗词之乡”和“诗教先进单位”荣誉称号。甘肃省敦煌市通过中华诗词学会、甘肃省诗词学会专家组验收，成为甘肃省继临洮、通渭、岷县之后，第四个荣获“中华诗词之乡”称号的市县。2019 年 11 月 13 日，“中华诗词之乡”落户银川市西夏区，宁夏回族自治区诞生了第一个“中华诗词之乡”。2019 年河南省的宜阳县、新郑市被中华诗词学会命名为“中华诗词之乡”。吉林省通化县获得“中华诗词之乡”荣誉称号。中华诗词之乡的有序推进，使中华诗国诗花满地，缤纷无限。

（四）坚持齐头并进，诗词出版研讨活动，网络、微信等新旧诗词媒体不断发展

经过数十年的砥砺奋进、创新发展，中华诗词的研究、创

作成果不断涌现，无论是古籍文献整理，还是当代诗词作品创作，都呈现出欣欣向荣的良好态势。2019 年随着众多诗词书籍的出版和当代诗词作品的发表以及网络微信等新媒体海量诗词作品的推出，无不昭示着诗词的黄金时代已经来临。这些充满古典意味又极具时代特征的诗词载体，让诗词洋溢着前所未有的蓬勃生机。比如：2019 年 8 月至 9 月《诗刊》社与南方出版社出版《90 后诗词选》一书并在《诗刊》社举办首发式活动。2019 年 9 月底，《诗刊》社与中国书籍出版社共同策划的《诗咏新中国——〈诗刊〉历年作品选》出版，新书首发式暨出版座谈会 9 月 24 日在中央社会主义学院召开。2019 年江苏省诗词学会参与中国毛泽东诗词研究会编选的由教育出版社出版的《毛泽东诗词学生读本》公开发行，该书配发了毛泽东诗词的解说和朗诵音像光盘。

大量诗词作品研讨活动和网络微信等新媒体、新平台的问世，基本反映了目前我国传统诗词研究和创作的多元生态。也让传统诗词从阳春白雪逐渐走向普通群众，成为人民群众文化生活的组成部分。既丰富了人民业余文化生活，又推广了传统经典诗词。

诗书画印是中国传统文化的瑰宝，而诗书画并举更是历代文人墨客毕生追求的一种艺术境界。有感于诗书一家，诗画同源，全国各文化部门、诗词学会都在着力培养诗书画人才，提供诗书画舞台。比如：2019 年，中华诗词学会举办了第二届沈鹏杯全国诗书画大奖赛。2019 年初启动“赣籍开国将军百战图”大型创作活动第二期工程，至 8 月，由江西省诗词学会承担诗词创作的任务基本完成，9 月 27 日在江西省美术展览馆开幕。

2019 年甘肃省诗词学会与甘肃省电视台在兰州金轮书画苑联合举办了“甘肃省诗词学会庆祝中华人民共和国成立 70 周年诗书画雅集展”。这些诗书画活动的开展，满足了广大诗书画界朋友的良好愿望，也符合广大群众的文化需求，为诗书画艺术走向民间奠定了良好的群众基础。同时，也为诗书画全面型复合型人才的培养提供了可资借鉴的范本和参照。

互联网时代各种新媒体的问世，标志着新网络时代的到来。它们的广泛使用，使人民群众生活更加丰富多彩，更加便利快捷。同时，也为传统诗词开辟了一个新的宣传舞台。使诗词的传播日益广泛，诗词的刊发更加多元。最大限度地实现了人们的诗词梦想和创作需求。中华诗词研究院的官方网站和微信公众号就是推广中华诗词的重要平台，既有宣传展示功能，又有信息保存作用。2019 年 11 月 20 日，中华诗词研究院文献数据库建设与维护（一期）项目成果顺利通过专家验收。其公益性、社会性功能得到进一步体现。中华诗词学会网站、《中华诗词》杂志微信公众平台进一步加强，中华诗词学会和《中华诗词》杂志的社会影响有了新的提高。其他各省市，如海南省诗词学会开通了“海南省诗词学会网站”和《琼苑》微刊公众号。陕西省、湖南省、河南省等诗词学会都于 2019 年相继建立学会网站、公众号、微信群等新媒体平台，及时发布学会活动信息，不断推出专题栏目，开展各种形式的讲座、社课、创作、点评等诗词活动，进一步拓宽了创作园地，促进了会员创作，吸引了广大的诗词爱好者。

今天，各地诗词学会大多建有自己的网站和微信号。通过新媒体推广中华诗词已经呈现出全面开花的喜人局面。而新媒体快速、便利、高效的特点是传统媒体所无法比拟的。兼之以线上线下的互动方式和社交功能更是被越来越多的广大诗词爱好者所认同。网络诗词的影响和辐射已经超越了传统纸媒的宣传和渗透力度。

二、诗词活动特点

2019 年的诗词活动，重视经典传承和社会服务。中华诗词研究院、中华诗词学会紧密联系实际，把传统诗词和社会建设高度融合。在弘扬中华优秀传统的同时，服务于当前的经济社会发展。各级诗词组织都能与政府部门、机关团体、企事业单位等有效合作，举办形式多样、主题鲜明的诗词活动。这些活动基本上都能围绕政府部门的中心工作，有的放矢，积极助力。具有鲜明的时代感和创新意识，深得各界人士好评。

（一）政府行为和社会功能进一步显现

在中华人民共和国成立 70 周年之际，举国上下，一片欢腾。诗人词家们更是热情洋溢，引吭高歌，创作了一大批反映中华人民共和国建设成就，讴歌城乡变化的诗词作品。各诗词学会更是以此为契机，举办各种主题诗会，诗词创作、吟诵、诗书展览等。比如：10 月 15 日，为庆祝中华人民共和国成立 70 周年，展示中华诗词的发展成就，由中华诗词学会主办的第二届沈鹏诗书画奖作品展暨中华诗词纪念丛书首发式在北京中国现代文学馆举行。北京市军队离退休干部诗词研究会举办了“礼赞 70 年，筑梦新时代”诗、书、画展览，并出版庆祝中华人民共和国成立 70 周年诗词集。2019 年 11 月 5 日湖北省荆门聂绀弩诗词研究基金会、湖北省中华诗词学会联合党支部组织党员和驻会工作人员赴红色老区大悟县开展“不忘初心，牢记使命”学习教育活动，接受党史和革命传统教育。2019 年 11 月 16 日福建省诗词学会党支部组织全体党员开展“弘扬古田会议精神，加强党的政治建设”主题实践活动。

用诗词来反映新时代，讴歌新生活，助推正能量，已成为诗词界的共同心声。当代诗词也通过大量有生命力、有使命感的作品来弘扬传统，让更多的群众感受到传统文化的精彩，使诗词的影响力进一步扩大。

（二）海内外诗词互动增强，理论交流日见频繁

2019 年，诗词的海外传播有了新动向，诗词的全球化发展迈开了新步伐。如 2019 年 9 月 27 日至 10 月 2 日，由全球汉诗总会主办，全球汉诗总会澳大利亚分会协办的“全球汉诗国际学术研讨会”在悉尼召开。11 月 8 日，美国纽约诗词学会会长、中华诗词学会顾问梅振才先生来南昌，应邀至江西师大为新雅诗社作“诗词在海外”演讲。海内外诗词界的良性互动，为中华诗词走向世界作了有益的尝试。香港诗词学会微刊社，先后推出多期诗词精粹和时事专题如反对“港独”、止暴制乱等，旗帜鲜明，大力弘扬正能量，产生了较大的社会影响。

随着国内诗词研究的不断深入，各种诗词研讨会的成功举办为诗词理论研究作了新的拓展。2019 年 5 月 18 日解放军红叶诗社召开了“弘扬五四精神军旅诗词研究座谈会”。2019 年 12 月 10 日由中华诗词学会、中国王维研究会、山西诗词学会

共同主办的第五届“王维温庭筠诗歌研讨会”在山西祁县开幕。还有全国各大专院校举行的各种类型的诗词研讨会都为中华诗词理论研究的挖掘和推进作了有益的贡献。

（三）重视青年诗人培养，保持诗词稳固发展

青年是诗词的未来，青年强则诗国强。打造诗词新军，培育诗词新人，是中华诗词持续繁荣的基本方针。多年来，各级诗词组织通过多种手段挖掘新人、发现新人，着力栽培，不遗余力。诗词大赛，讲座培训，正逐步进入到大中小学校园，校园诗人亦如雨后春笋蓬蓬勃勃。中华诗词学会多年来就一直坚持青年诗人的培养，从 2001 年开始，每年举办青春诗会，重点扶持诗词青年，到目前为止已经为国家输送了 200 多位优秀青年诗人，现在他们大多活跃在国内一线诗坛。比如：2019 年 4 月 12 日中华诗词杂志社主办的“2019 中华诗词青春诗会”在江苏盐城举行。2019 年 5 月，山东诗词学会启动了山东省优秀诗人评选工作，选出了首批 30 名山东省优秀诗人。6 月 28 至 29 日，广东中华诗词学会青年委员会在佛山市南海区主办了“第四届广东中青年诗词论坛”。2019 年 9 月 6 日至 8 日新疆诗词学会青年诗人笔会暨诗词创作座谈会在石河子某团“军燕景区”召开。2019 年，四川省诗词协会、《岷峨诗稿》社在九寨沟县举办了第四届四川青春诗会。由此可以看到，青年诗人的培养正日益受到重视，青年诗人正健康成长。

（四）传统与时代接轨，继承与创新并重

传统诗词的刊发多年来一直借助于纸质媒体的平面传播。

由于传统纸媒容量小、周期长、形式呆板，缺乏互动。所以其发行量和影响力都大不如前。而互动式新媒体的出现正好弥补了这一不足。因为新媒体信息量大，更新快捷，刊发方便，且能及时看到读者反馈，故一面世便广受诗词界欢迎。中华诗词研究院、中华诗词学会、《中华诗词》杂志、《诗刊》社、《诗词中国》等各大网站、微信公众号都在第一时间刊登读者来稿，传播诗词信息。满足了广大读者的需求，顺应了当今时代的发展，产生了良好的社会效益和诗词影响。其他如国学网、搜韵网和另外一些电子工具的出现，让诗词编辑和诗词创作变得更加容易。还有各种微刊、微博、QQ 群、微信群和电子杂志、手机诗词 APP 等新媒体平台的使用，让传统诗词一夜之间，无所不在。

虽然新媒体占据了诗词发表的大半壁江山，但由于其随意性和自便性的特点，所发诗文质量良莠不齐，诗文水平高下失衡。而传统纸媒因由三审三校制，层层把关，故其诗文质量便远高于新媒体。这也是传统纸媒的权威性所在。现在新旧媒体已经有了一些结合，并初见成效。今后如何让两者更完美地交融，为中华诗词传播做出更大的贡献，仍然是我们思考的课题。

三、诗词活动意义

中华诗词源远流长，博大精深。是中华民族特有的文化瑰宝。数千年来，一直承载着砥砺精神、陶冶情操、塑造品格、丰厚学养的传统功能。当下全国诗词活动的蓬勃开展，对于践行社会主义核心价值观，弘扬中华优秀传统文化，实现中华民族伟大复兴的中国梦，意义重大，影响深远。

（一）诗词活动的普及是中华民族文化自信的象征

党的十八大以来，习近平总书记高度重视中华优秀传统文化的传承与弘扬，提出了中国特色社会主义植根于中华文化沃土、坚定文化自信、促进文明交流互鉴、构建人类命运共同体等一系列著名论断，并将中华民族数千年来积累下的伟大智慧，贯穿在新时代治国理政的新理念新思想新战略中。中华优秀传统文化以崭新的姿态呈现在世人面前，而且正以自已独特的内涵和价值闪烁着永不熄灭的光芒。2019 年 11 月 1 日，教育部、国家语委联合颁布《中华通韵》在全国正式实施。这是国家推动传统文化教育的一项重要内容，也可以视作中华诗词进入国家文化战略的生动体现。也是国家传统文化建设进程中具有里程碑意义的文化事件。

其次，诗词活动的普及有利于中国进行社会主义文化建设，有利于重建人们的思想体系和价值观念，有利于重塑文化自信心和民族自豪感。连续四届央视诗词大会的火爆场景，引爆了国内新一轮的诗词热潮，让国学经典重新进入人们视野。激发了国人对传统文化的热爱和追捧，也体现了国人重拾文化自信的极大热情。诗词社会的重新构建，也成为国人抵制西方快餐文化、低俗文化的坚强堡垒。

其三，中华诗词研究院、中华诗词学会等全国各大诗词组织积极联合地方政府和企事业单位开展各种形式的诗词活动。2019 年 6 月 7 日，山西诗词学会与山西省图书馆联合举办了庆祝中华人民共和国 70 周年暨端阳诗会诗词吟唱会。2019 年 6 月，由中华诗词学会、中华诗词研究院联合主办“第二届中华诗人节”在重庆奉节举行。湖北省诗词学会开展“诗咏长江”为主题的采风创作活动。河南诗词学会主办了“天下诗林大会”暨第二届“黄河诗会”。上海市诗词学会与上海市作协在上海图书馆举办了“开天辟地·中华创世神话”新史诗作品朗诵会，等等。各地此起彼伏的诗词活动，吸引了众多的诗词爱好者和普通百姓的热切目光，让他们看到了中华文化的精彩和精美。同时也为普及诗词知识、传播诗词经典，起到了助推作用，促进了社会主义文化强国建设和地方文化软实力的提升。

（二）诗词活动的普及是适应时代的需要

传统诗词是中华民族伟大的艺术杰作。回顾中华人民共和国成立 70 年以来，我们所取得的辉煌成就，祖国大地的发展变化，人民群众的安居乐业，城乡建设的日新月异，都在 2019 年的诗词活动当中得到了充分体现。赞美正能量、弘扬主旋律，歌颂真善美，鞭挞假丑恶，成为诗词创作的主要内容。2019 年 9 月《诗刊》参与“最美奋斗者”礼赞旧体诗词部分的征集工作;并在诗词增刊和诗刊诗词公众号发布部分优秀作品。安徽省诗词学会与省炳烛诗书画联谊会联合举办“国庆经典吟诵会”。福建省诗词学会党支部组织全体党员开展“弘扬古田会议精神，加强党的政治建设”主题实践活动。甘肃省诗词学会结合扶贫、生态保护，美丽乡村、特色村镇及老区和民俗文化建设，组织了多次别开生面的诗词交流活动。这些文化活动都用诗词记录重大事件，突出英雄模范，体现时代精神，既缅怀了老传统，又教育了下一代。另外诗词活动的社会公益性进一步加强。各诗词学会逢年过节都会组织诗书画家送诗联文化下基层。2019年西藏自治区诗词楹联学会与西藏自治区党委宣传部、自治区党委网信办等合作，通过新年送春联、送书画等活动向基层百姓表达祝福。诗词组织的社会公益服务，呈现出大众化趋势，诗词文化正被越来越多的人们所接受。

（三）诗词活动的普及使诗词创作研究进入良性循环

诗词活动的普及有利于诗词作品的产生和诗词研究的深入，每一次主题活动都会涌现一批优秀诗词作品。不管是诗词采风还是诗词雅集，也不管是诗词征稿还是诗词比赛，都会有诗词精品应运而生。2019 年 6 月 23 日中国宋庆龄基金会、澳门诗词学会、濠江中学、濠江兰亭书法协会联合主办“庆祝中华人民共和国成立 70 周年暨澳门特别行政区成立 20 周年——映日荷花：文化艺术交流活动”。2019 年 9 月 27 日至 29 日新疆诗词学会组织了“庆祝中华人民共和国 70 华诞走进乌尔禾”采风活动。2019 年 3 月 26 日至 29 日云南省诗词学会部分成员应云龙县邀请参加“诗词咏云龙”采风活动。这些活动都极大地激发了广大诗人词家的创作热情，使优秀作品和诗词活动交相辉映。另外各种诗词研讨会、座谈会、纪念会不断举行，也为当代诗词研究注入了新的活力，提供了更多的可能。2019 年 11 月 28 日，中华诗词学会和广东省惠州市委宣传部联合举办了“全国第 33 届中华诗词暨苏东坡诗词艺术研讨会”。研讨碰撞总会产生火花，一些新观点、新论断、新见解由此产生。诗词新论的集中涌现也极大地丰富了当代诗学研究，为诗词事业的未来发展作了理论上的铺垫。

（四）诗词活动的普及促进了散曲事业的发展

在中华诗词事业蓬勃发展、欣欣向荣的良好态势下，中华散曲事业亦随之发展壮大。自 2015 年 10 月，中华诗词学会散曲工作委员会成立以来，中华传统诗歌在当代形成了三峰并立，“各美其美，美美与共”的发展趋势，实现了完整意义上的传统诗歌复兴。近几年来，在原有基础上，全国各地散曲组织纷纷建立，各种散曲创作、学术交流、创建活动空前活跃。截止目前，全国已有 13 个省级散曲组织、10 多个市、县级散曲组织。散曲创作队伍发展到现在的五六千人。并且推出了一大批散曲精品，造就了一批散曲队伍，培养了一批散曲新人。成为中华诗词事业走向繁荣的新亮点。2019 年，各地散曲活动不断，内容丰富多彩。如北京诗词学会散曲研究会开展每月两次散曲讲评活动；6 月，江西省诗词学会散曲研究专业委员会协同女子分会再次组织会员代表赴上饶铜钹山采风和散曲座谈、交流。2019 年湖南省诗词学会以绥宁“中华散曲之乡”为亮点，大力开展散曲研讨创作。2019 年 11 月 21 日至 22 日河北省诗词协会散曲工作会议暨卢龙县创建河北省散曲之县推进会在秦皇岛市卢龙县举行。尚有许多市县在争创“全国散曲之乡”荣誉称号。由于中华诗词学会的大力推广，也令许多诗人词家爱上了散曲创作。散曲这一古老的艺术形式在诗词不断发展的进程中再一次引起了世人关注，相信在不久的将来，散曲会有更多的惊喜带给广大读者。

附录一　2019 年诗词创作情况统计列表

表 1　2019 年搜韵网国家 / 地区用户量及排名情况

国家 / 地区	用户数	用户占比
中国大陆	3669340	84.87%
中国台湾	225646	5.22%
日本	118990	2.75%
中国香港	88551	2.05%
美国	75462	1.75%
加拿大	22088	0.51%
新加坡	16909	0.39%
马来西亚	12610	0.29%
澳大利亚	12443	0.29%
中国澳门	11715	0.27%

表 2　2019 年搜韵网各省用户量及排名情况

排名	区域	用户数	排名	区域	用户数
1	北京	423474	18	福建	95069
2	广东	354079	19	香港	88551
3	台湾	225646	20	天津	82947
4	山东	221564	21	黑龙江	78646
5	湖北	196788	22	甘肃	72878
6	江苏	191432	23	广西	66075
7	浙江	175210	24	重庆	61540
8	河北	173580	25	吉林	61062
9	河南	154336	26	内蒙古	55706
10	上海	149773	27	云南	51236
11	湖南	135820	28	贵州	50793
12	四川	127027	29	新疆	27559

（续表）

排名	区域	用户数	排名	区域	用户数
13	辽宁	123675	30	海南	22227
14	安徽	119551	31	宁夏	13041
15	江西	115924	32	澳门	11715
16	山西	111519	33	青海	10026
17	陕西	97580	34	西藏	4036

表 3　2019 年搜韵网城市 / 地区访问量及排名情况

排名	城市 / 地区	访问量	排名	城市 / 地区	访问量
1	北京	423474	19	石家庄	43112
2	上海	149773	20	兰州	41741
3	武汉	136855	21	太原	41524
4	广州	120652	22	佛山	39712
5	天津	82947	23	哈尔滨	38996
6	杭州	81031	24	中国香港	37363
7	成都	75338	25	南昌	36797
8	西安	72177	26	东莞	33986
9	长沙	71646	27	京都（日本）	33595
10	深圳	70631	28	长春	30844
11	郑州	67016	29	福州	29610
12	重庆	61540	30	厦门	28352
13	合肥	57349	31	昆明	27076
14	济南	53135	32	保定	26979
15	沈阳	52947	33	南宁	26602
16	苏州	52489	34	大阪（日本）	26435
17	南京	51440	35	宁波	24529
18	青岛	49778	36	贵阳	23993

表 4　2019 年搜韵网用户年龄情况

排名	年龄	占比
1	25—34	23.27%
2	35—44	17.44%
3	18—24	15.86%
4	45—54	15.13%
5	55—64	14.47%
6	65+	13.83%

表 5　2019 年搜韵网各项主要功能访问量排行情况

排名	功能
1	律诗校验
2	平水韵查验
3	词格校验
4	诗词检索
5	对联校验
6	对仗词汇查询
7	词汇典故查询
8	词林正韵查询
9	个人诗集
10	词牌查询

表 6　截至 2019 年搜韵网已收录诗词体裁情况

排名	体裁	数量	占比
1	律诗	6376	35.11%
2	绝句	6292	34.65%
3	词	3772	20.77%
4	古风	1494	8.23%
5	曲	97	0.53%

（续表）

排名	体裁	数量	占比
6	四言诗	50	0.28%
7	排律	37	0.2%
8	六言诗	14	0.08%
9	逸句	12	0.07%
10	偈颂	10	—
11	赞	5	—

表 7　截至 2019 年格律诗词用韵类型情况

用韵类型	数量	占比
平水韵	11434	90.28%
词韵	1050	8.29%
通韵	181	1.43%

表 8　截至 2019 年搜韵网已收录词作词牌使用情况

排名	使用词牌	数量	占比
1	浣溪沙	4843	5.28%
2	鹧鸪天	3196	3.48%
3	忆江南	2961	3.23%
4	菩萨蛮	2957	3.22%
5	蝶恋花	2687	2.93%
6	念奴娇	2556	2.79%
7	贺新郎	2456	2.69%
8	临江仙	2152	2.35%
9	满江红	2015	2.2%
10	竹枝	1811	1.97%

表 9　截至 2019 年搜韵网已收录创作题材（节日类）情况

排名	节日	数量	占比
1	重阳	8151	14.75%
2	春节	5634	10.2%
3	中秋	5166	9.35%
4	清明	4062	7.35%
5	元宵	3987	7.21%
6	寒食	3871	7.01%
7	除夕	3479	6.3%
8	端午	2714	4.91%
9	七夕	2492	4.51%
10	上巳	2133	3.86%

附录二　2019 年诗学论文摘要

（一）诗词文献整理与研究

1. 程希：《任中敏致唐圭璋遗札十通考释》，《词学（第 41 辑）》，马兴荣，朱惠国编，华东师范大学出版社 2019 年。

摘要：任中敏（1897—1991）先生与唐圭璋（1901—1990）先生皆为二十世纪著名的文史学者，在各自领域俱堪称一代宗师。二人同为吴梅先生弟子，一生私交甚笃。在长达数十年的交往中，两位先生始终肝胆相照，不离不弃。但因山水悬隔及其他客观原因，未便经常晤聚，故二人常以信札相往还，或切磋学问，或互诉衷肠，堪称学林佳话。编者在扬州大学档案馆偶然发现任先生致唐先生书信十通，皆为此前所未刊布者，颇具文献、书法、收藏、文史等多方面价值，不容埋没于故纸堆。故一一释读点校，并予以考订，公诸于此，以便学者研究之参考。信札编次以档案馆原编件号为序。

2. 刘梓楠：《傅批〈分春馆词〉考论》，《当代诗词研究（第 2 辑）》，宋湘绮，莫真宝主编，中南大学出版社 2019 年。

摘要：近几年来，朱庸斋的词作与词学备受学术界和诗词界的关注，其《分春馆词》再版多次，是现当代版本较多的词别集之一。朱庸斋挚友傅静庵曾对《分春馆词》亲手批点，其内容甚为丰富，主要涉及朱庸斋生平事迹、词作本事以及词作的艺术特色等方面，是深入理解《分春馆词》不可或缺的重要文献。不过已整理出版的各本《分春馆词》都没有关注和利用傅静庵的批点，实为遗憾。傅静庵批点对朱庸斋词作本事多有揭示，且能补《朱庸斋先生年谱》之遗；其对朱词取径、构思和风格特色的评鉴，对理解朱庸斋的词学思想及创作时间颇有裨益。傅批《分春馆词》应得到足够的重视。

3. 楼培：《汪东致盛静霞论词丛札考释》，《文学研究》，2019 年第 2 期。

摘要：汪东致盛静霞未刊手札 12 通，其时间跨度从 1945 至 1960 年，内容主要为汪、盛师弟切磋讨论词体创作，盛静霞后与夏承焘合作编注《唐宋词选》，亦多向汪东请益问学，得到汪东的详细指教。从中可见汪东词学功力深厚，汪、盛师徒关系融洽，亦稍稍折射出 20 世纪中期的时代变迁与学术转向。

4. 汪梦川：《〈南社丛刻〉误收诗词四首考述》，《天中学刊》2019 年第 2 期。

摘要：《南社丛刻》中有少量误收的作品，虽然早已被人指出，但是似乎并未引起当时南社社友以及后来研究者的充分注意。其中有四首误收诗词，不但其真正作者需要详细考辨，相关问题亦需深入分析，以纠正一些尚在流传的讹误。

5. [澳]寇志明著，卢姗译：《现代"拟古主义者"：再论"旧派诗人"与其继承者——论〈现代"拟古主义者"：1900—1937 中国诗词传统的延续和创新〉》，《长江学术》2019 年第 2 期。

摘要：吴盛青教授在《现代"拟古主义者"：1900—1937 中国诗词传统的延续和创新》这本书中，通过研究 20 世纪初至日本侵华战争爆发前夕词和诗的新变化，挑战了在 1911 年辛亥革命推翻清政府统治和倡导白话文的新文化运动兴起之后旧体诗已经失去它原本的地位和意义这一观点。吴盛青认为，20 世纪初期旧体诗的创作为诗人们提供了文本和社会空间，由此诗人们得以反思文学主体性、文学想象以及文体创新，并且重新确立集体认同感，加深文化记忆。这些观点固然不错，但我认为，旧体诗还为他们提供了更加权威的文化话语权，而且这样的话语权在一个瞬息万变的世界中显得愈发重要。书中富有逻辑性的阐述，包括对传统和现代二分主义的颠覆均具有启发意义。在这样一种全新的看似矛盾却又互相依赖的结构中，“传统”成为了一个具有生命力的领域。我们借由“传统”，可以探索“现代主义者”和“拟古主义者”之间动态的互相作用和对峙冲突；并且在高度美学化的形式和实践中，得以更加深入地了解“传统”的意义。

（二）诗人诗作研究

1. 马大勇：《诗词整体观照下的〈涉江词〉》，《词学（第41辑）》，马兴荣，朱惠国编，华东师范大学出版社2019年。

摘要：“再世易安”“学人与典范”等殊荣集于一身的沈祖棻，是二十世纪诗词研究界域“现代”“女性”标签之下获得最高关注度的一位。本文试图对当前沈祖棻研究中尚未及解决的重要问题作一探索，即以诗词双重观照为叙事立场，对沈氏心灵轨迹与文学创作进行整体性阐发。

2. 傅宇斌：《章句与文心：俞平伯的清真词研究》，《词学（第41辑）》，马兴荣，朱惠国编，华东师范大学出版社2019年。

摘要：俞平伯的清真词研究是当代宋词学术史研究中较为忽视的一环。作为词学大家，俞平伯在清真词的注释和考证上，均可补当代清真词通行校注本之失。在清真词的艺术批评上，俞平伯对清真词风格的发掘，对清真词的章法结构特点的把握，对清真词的用典研究，对清真词的声调批评，均有独具匠心之处。此外，俞平伯对清真词的艺术地位和影响的认识也有新的特点，均值得在周邦彦研究史上大书一笔。

3. 杨景龙：《“当代岑参”的新边塞诗派创作——星汉先生〈天山韵语〉评议》，《当代诗词研究（第2辑）》，宋湘绮，莫真宝主编，中南大学出版社2019年。

摘要：诗人星汉的《天山韵语》以吟咏新疆天山南北的自然景观和人文风貌为主，是一部地域色彩十分鲜明的当代旧体诗词集。诗人以内地和江南作为参照系，凸显了新疆地区景观的独特性。由新疆特殊地缘关系所唤起的民族意识与家国情怀，以及独有的诗歌意象，为星汉的新边塞诗打上了深刻的地域性烙印。星汉的新边塞诗汲取了古代边塞诗之精髓，同时生活气息浓厚，具有鲜明的时代色彩，与当代边塞新诗也略有不同，无疑是以岑参等人为代表的古代边塞诗、西域诗之现代嗣响新声。

4. 彭玉平：《梅兰芳与况周颐的听歌之词：民国沪上的艺文风雅》，《复旦学报（社会科学版）》2019 年第 1 期。

摘要：况周颐早年寓居京城，与梅兰芳父亲过往甚密。1913 年后，梅兰芳数度来沪演出，尤其是 1920 年，以梅兰芳为中心的香南雅集，不仅绘图以记其事，各家题图之作亦一时称盛。况周颐则从 1916 年开始作听歌之词，后合并此后数年之作而成《秀道人修梅清课》，其中《戚氏》《满路花》之外，以《清平乐》和《西江月》《浣溪沙》三组组词最具规模。况周颐的听歌之作不仅写梅兰芳的音容之美、演剧之高，也从中寄寓自己深隐的遗民情怀。以况周颐听歌之作为考察对象，不仅可以勘察其后期词在题材风格上面的新变，也从一个侧面可勘察民国沪上词人的艺文风雅及其遗老群体的共同心志，其价值值得充分肯定。

5. 莫真宝：《“以古人之规矩，开自己之生面”——郑欣淼诗学观的三个维度》，《中华诗词》2019 年第 1 期。

摘要：在郑欣淼看来，诗词不仅仅是中华文学园圃里一类重要的文学样式，而且是“中国文化的一种特殊表现形式”，是“中华文化的一个重要象征”，还是中华优秀传统文化中“最瑰丽”的部分，具有“为中华民族铸魂养神的重要作用”。相应地，郑欣淼论诗，不止将诗词视为文学活动，而是将诗词置于当前弘扬、传承和发展中华优秀传统文化的政策语境中，放在加强文化建设、树立文化自信的宏阔视野来看待。

6. 胡永启：《论夏承焘点读词籍的方法》，《中州大学学报》2019 年第 1 期。

摘要：夏承焘是现代词学大家，其所取得的卓异成就，得益于他长期进行的词籍点读。在内容上，读大家名家作品；在方式上，读评、读过、读校并行；在策略上，以发现问题、设定目标带动点读。以“笨”方法治学、持之以恒、坚持不懈和宁静的外部环境等是影响他治学进程的重要因素。由于点读方法及其影响因子存在着普遍性，适宜于普通的群体学习和借鉴。

7. 彭玉平：《论词体与其他文体之关系——以况周颐为中心》，《文学遗产》2019 年第 2 期。

摘要：词体在发展过程中，客观上形成了词体与古文、诗赋、小说等错综复杂的文体关系。况周颐在评骘词史、建构词学时，十分注重比较评析词体与其他文体之关系。从词具理脉的角度，提出“词亦文之一体”之说；对词曲异同以及金元剧曲排演词事做了细致的勾勒分析；从词的叙事特性出发，揭示了因本事而成新词、用词体演绎小说的基本事实，更以《天方夜谭》中《龙穴合窆记》一篇为例，通过对异邦文体言情方式的分析，提出了“小说可通于词”的重要论断。作为晚清民国最为致力于词学的词学家，况周颐在词体与骈文、填词与杂剧、词体与小说等方面多有新论，体现了民国词学的若干新变特征。

8. 周建民：《聂绀弩旧体诗诗体形式及语言技巧探析》，《江汉学术》2019 年第 3 期。

摘要：聂绀弩的旧体诗于旧体中注入新的内容与词汇，谓之“绀弩体”。表现为：灵活采用各类词性的词汇及语词、方言词、音译外来词和成语、俗语等入诗，体现其词语运用的开放性；对仗工稳，炼句精巧自然；精心运用某些表层形式特征明显的修辞方式，娴熟运用同字或间隔反复的手法，使得诗句的主旋律回环往复，韵律和谐；重内容表达而不拘泥于形式，在格律上常有突破，多有创新，这些创新构成了聂诗的“新声”特色；语言风格亦庄亦谐，呈现出一种多样化的辩证统一。

9. 崔淼：《〈迦陵诗词稿〉中佛禅意蕴的三个层次》，《中国韵文学刊》2019 年第 3 期。

摘要：叶嘉莹先生的《迦陵诗词稿》是其人生经历和情志心境的真实记录，在以儒家思想为价值取向的基础上，又融入了佛教思想的若干因素。书中韵文作品的佛禅意蕴可以分为三个层次：一是佛教语辞的使用，使作品吟咏的对象、蕴藏的情感鲜明生动；二是佛教哲理的观照，作者用诗歌形象对佛教的“缘起”“性空”等观念进行艺术化的阐发；三是佛禅意境的呈现，这类作品不一定出现佛教名词，但在艺术构思、审美方式上呈现出更深层次的佛教思维，表现出作者深厚的人格修养和生命境界。先生不同人生阶段的作品对这三个层次各有侧重，对其作品风格的形成起到重要作用，同时也反映了中国历史上佛教与文学的交融传统，是当代古典诗词创作中值得注意的现象。

10. 王贺：《“诗乃心声”与在场抒写——刘克胤旧体诗评论》，《泰山学院学报》2019 年第 3 期。

摘要：现代以来，新诗人转作旧体诗或兼作旧体诗者所在多有。作为转作旧体诗的新诗人，刘克胤以“诗乃心声”与在场抒写的创作理念为指导，徘徊在新旧语境之间，反思颠覆传统意象，抒写当代语境下鲜活与孤独的灵魂，以个人化的细腻体验呈现时代风采。这一创作形态对当代旧体诗创作具有借鉴意义。

11. 王凯：《“词格”、“蕴藉”与“浑成”——论晚清民国词人俞陛云的词学观》，《中国韵文学刊》2019 年第 4 期。

摘要：晚清民国词人俞陛云在积极融合浙、常两派词学思想的过程中，受时代风气影响，极力主张以“词格”“蕴藉”“浑成”评词。这成为他词学思想的重要组成部分。他以“词格”评词，推崇词格高的作品，对词作的审美特征格外重视；以“蕴藉”评词，强调词作含蓄蕴藉，与词之本色及常州词派“意内言外”有着深厚渊源；以“浑成”评词，对气高而浑、较少雕琢的唐五代词赞赏有加。俞陛云以这三种范畴评词，且能有效兼顾思想内容与艺术形式两个方面，反映出晚近词坛浙、常两派共存与交融的时代潮流。

12. 付冬生：《个人生命中的一次旧体诗创作高潮——抗战时期老舍在渝旧体诗创作》，《当代文坛》2019 年第 4 期。

摘要：老舍一生创作了 300 余首旧体诗。1938—1946 年间，老舍在重庆创作发表了近五十首旧体诗，约占其旧体诗创作的六分之一。可以说，在重庆的八年是老舍个人生命中的一次旧体诗创作高潮。他的旧体诗主要以赠答诗、乡居诗和思乡诗为主，约占在重庆旧体诗创作的三分之二。他此时的旧体诗主要围绕抗战主题展开，无论诗情、诗艺都达到了很高的水准，体现了他的诗才，有着独特的价值和意义。

13. 金春媛：《通与融：张伯驹诗词记戏探研》，《河南大学学报（社会科学版）》2019 年第 4 期。

摘要：当代十大词人之一张伯驹，擅长以诗词二文体来记录曲坛演艺状况，追忆民国至当代梨园中的人和事，赏音谈艺，自娱遣时；后人读之，如在目前。他的记戏诗词，主要存留于《红毹纪梦诗注》及《丛碧词》二集中。这些作品整体来看，特点有三：一是以诗论曲，赏音识韵；二是以词论曲，本色当行；三是以诗词这两个传统的韵文文体，深情雅致地记述了一代曲坛的兴衰发展历史。在跨越世纪的韵文创作史上，张伯驹的记戏诗词，既是他人生经历的诗意抒写，又体现出他融会贯通的创作特色，蕴含着丰富的美学意蕴。

14. 李昇：《现代学人陈柱、冯振旧体诗的古今承变及其价值》，《广西社会科学》2019 年第 5 期。

摘要：陈柱、冯振是在现代教育背景下成长，之后又在高校从事古代学术史教学与研究的典型现代学人，但都好作旧体诗，彼此间还经常唱和，是现代诗坛上学作旧体诗的代表。他们的旧体诗既继承了现代学人转益多师的诗学观，不墨守成规，不蹈袭宋诗末路，又突破了晚清学人“学之别体”的诗歌特点，即在学人性情的基础上抒写“情志心声”之诗，注重表达真性情，故他们的诗是学人诗中的诗人之诗，是对古代学人之诗的新变与超越。他们的学诗经历也给当代爱好诗词的人们提供了参考经验，故而具有一定的诗歌史价值。

15. 刘晓丽，杨雨：《镜与灯：本体论视域下王国维与况周颐求“真”词学观比较》，《湘潭大学学报（哲学社会科学版）》2019 年第 6 期。

摘要：王国维与况周颐的词学思想都有共同的词旨“真”，对赤子之心的认可、对女性真实情感的肯定、对艳词的青睐都是以“真”为旨归。然两者对“真”的思考从词学审美理想、创作方法以及情景表达的物我关系等角度来比较，有本质的不同。王国维受庄子和叔本华影响，认为词作之“境界”如镜子，是对审美客体理念以及主体心境与生活意志的再现，是以“小我”之真来追求普世“大我”的善；况周颐则认为“词心”乃向外烛照，注重词人主观情志的抒发，强调由内而外的真情流露，以“性灵”统摄“真”“善”，通过自我对客观世界的烛照来表现“词心”，是传统词学的集大成者。

（三）群体流派研究

1. 谢永芳：《晚清民国词人的域外词学活动——以岭南词人的域外创作互动为中心》，《词学（第 41 辑）》，马兴荣，朱惠国编，华东师范大学出版社 2019 年。

摘要：作为近代以来中外文学交流的组成部分之一，晚清民国岭南词人在域外越来越频繁地从事多种词学活动，成为彼时词坛的一个亮点。颇有意味的是，这些词学活动中的特定互动情形，即岭南词人与词学活动发生地词人之间的创作互动，并不像研究者所普遍期待的那样常见。在所属于汉文化圈的词学活动发生地，相关的词学互动甚至只存在于岭南词人之间、岭南词人与国内词人之间或者岭南词人与汉文化圈词人之间。这是一种基于近乎全封闭运行机制的域外文学交流现象，与近代欧美势力进入东亚之后汉文化圈逐渐瓦解的情况形成了鲜明的对比，也能够在一定程度上彰显中国传统文化独特而又顽强的生命延续方式和能力。

2. 赵家晨：《论民国宋诗派文人群体的抗战词》，《浙江师范大学学报（社会科学版）》，2019 年第 1 期。

摘要：民国之际，宋诗派文人群体于十四年抗战时所作的以抗战为主题的词作，既有对惨烈的战争场景、过程、结果的书写，亦有对自身飘零、民众流离苦楚的叹息，更有对抗战英模的颂咏。他们的抗战词继承了我国古代战争诗词纪实性的创作手法，擅长刻画具体人物以兴发情感，呈现出“沉郁”风貌，彰显出现代国家意识和民族意识。以宋诗派抗战词为代表的旧体诗词在抗战时期呈现出复兴之势，它们不仅鼓舞了中华民族众志成城抵御外侮的斗志，而且对中国现代文学具有补写意义。

3. 王士春：《论南社诗人悼宋教仁诗的意象艺术》，《陕西理工大学学报（社会科学版）》，2019 年第 1 期。

摘要：南社诗人悼宋教仁诗在意象运用方面取得了较高的艺术成就。其一，南社诗人们所选取的意象具有准确的象征性功能。其二，悼宋诗的意象运用呈现出三种鲜明的特征：从物质属性角度来看，诗人们主要使用自然意象以表征情意；从意象使用的继承性与创新性角度来看，诗人们所使用的意象绝大多数为传统意象；从意象使用的特殊性角度来看，诗人们还大量使用典故意象。其三，在意象组合方式上，诗人们主要使用并列式、对比式和递进式等组合方式组合各种意象，且各意象组合方式之间多相互交织。

4. 孙文周：《近代社团春禅词社考论》，《山西大学学报（哲学社会科学版）》2019 年第 2 期。

摘要：春禅词社是以赵熙为核心的由民国四川词人所形成的文学社团，亦名锦城词社、成都词社、锦江词社、丁巳词社、花行词社等。词社的唱和方式主要有书信和雅集两种。社作既以“绮语”达禅心，又表现了对战乱的厌恶及对太平的渴望，还描写了宴饮雅集的闲适生活及自然景物、四川风物。春禅词社的唱和类型多样，艺术风格亦喜亦悲，语言婉约中有刚劲。对春禅词社的考察，既有助于词作辑佚和编年，又有助于深化对民国四川词人活动的研究，还有利于对民初四川词坛的研究及民初四川词学研究的深化。

5. 王星，欧阳丹：《黄侃先生词学交游考论——以况周颐、汪东、龙榆生为中心》，《中国韵文学刊》2019 年第 3 期。

摘要：黄侃作为晚清民国学人词家，创作甚丰、交游甚广，小令追慕二李二晏，慢词取径清真梦窗。观其词学交游对象，年龄跨度较大。黄侃赓续前贤、启牖后学，既从况周颐、郑文焯等前辈耆老潜心问学、虚心求教；亦同汪东、吴梅等同辈密友结社雅集、砥砺词艺；且于龙榆生、俞平伯等后辈学生倾囊相授、教学相长。考察黄侃词学交游，为研究二十世纪初词人群体的精神面貌和交游状况提供了线索和价值。

6. 叶澜涛：《论现代中国画家诗人的咏史怀古诗词》，《浙江理工大学学报》2019 年第 3 期。

摘要：咏史怀古诗词主要借助古代典籍和历史遗迹来表达诗人的历史意识。中国现代画家诗人创作了大量的咏史怀古诗词，这些咏史怀古诗词可分为咏史诗词和怀古诗词两类。根据诗人寄意的差别，咏史类诗词可分为寄兴咏史和遣兴咏史两种，代表性的画家诗人有陈曾寿、余绍宋、潘天寿、陈小翠、钱名山等；怀古类诗词与之类似，也可分为寄兴怀古和遣兴怀古，代表性的画家诗人有陈曾寿、溥心畬、陈定山、张伯驹、吴湖帆等。通过分析他们的咏史怀古诗词，可以看出现代中国画家诗人突出的视觉倾向与强烈的历史反思意识。

7. 徐燕婷：《论民国女性词的发展流变——以民国女性词集为中心》，《北京大学学报（哲学社会科学版）》2019 年第 4 期。

摘要：以民国女性词集为中心来观照民国女性词，大致可分为三个阶段。从词集刊刻数量上看，中期时间短，词集刊刻数量多，前期和后期时间相对长，词集刊刻数量少，间接反映了女性词创作在民国由低谷到高潮继而衰退的发展变化过程。以女性词发展流变观之，第一个阶段，1912 年至 1927 年国民政府成立前，词集作者主要为官宦女子，词作集中表现为晚清闺秀词余风的笼罩与突围。第二个阶段，1927 年至 1937 年抗战爆发，词集作者主体以职业女性为主，词作集中表现在新学教育背景中词的因循与新变。第三阶段，1937 年至 1949 年中华人民共和国成立，这一时期词作呈现明显的两极走向：一类女性词彻底回归传统，另一类女性词则向现代词转型。在这整个发展流变过程中，又贯穿着民国女性词对特殊的历史阶段与特定的社会政治时局的观照和书写。同时，女性词由词人纯任性灵的书写逐渐过渡到有一定词学理论指导的有为而作。

8. 国家玮：《乱世中的治世想象——抗战前夕济南书词的勃兴及其文化政治》，《文学评论》2019 年第 5 期。

摘要：抗战前夕山东济南书词勃兴现象，应对着人在面对不确定性时的非理性状态（恐惧）被一种对“稳定”生活的共鸣（适应性预期）所克服的心理机制。“五卅”惨案带来的恐惧与生存危机、1930 年韩复榘履职后将山东当成独立王国经营及传统吏治方式的回归、大观园等大型商城的建立所带来的对“稳定”生活的预期，使济南在现代化建设基本停滞的情况下实现了人口迅速增长及日常生活的“复归”，而书词中活生生的“现世现报”、“青天治国”等巩固了世俗世界中“般配”“正经”等仪规传统，成为民众对未来“稳定”预期的心理基础。

9. 丛海霞，马大勇：《家学传承与文学新变：论晚清民国德清俞氏词》，《宁夏社会科学》2019 年第 5 期。

摘要：晚清民国时期，浙江德清的俞氏家族，一门风雅，享誉文坛，备受瞩目。然作为俞氏家学重要组成部分的词却未得到应有的重视。宏观而论，俞氏词人有显著的两大共性特征：其一，真情与寄托相融合，其二，自然与合律相观照。二者相辅相成，又各有侧重。微观而言，俞樾的《春在堂词录》堪为世纪末知识分子挽歌之绝唱，且从侧面展现了不同镜像中的社会百态，极具词史价值；俞陛云前期词多柔婉绮丽，后期逐渐转为悲凉萧瑟，这是社会巨变以及内忧外患的大环境在文人风格转变中的微观投射；成长于新旧文学更迭之间的俞平伯，一方面坚守词体当行本色，另一方面则积极在词中融入自由、平民等现代性元素，试图化解传统与现代间的矛盾，实现旧体文学的现代转型。综合而言，德清俞氏词是近世词学传承与转变的典型，是透视晚近词史内容与风格流变的独特窗口。

10. 任荣：《现代文学视野中的皖人旧体诗词探微》，《江淮论坛》2019 年第 5 期。

摘要：被纳入现代文学三十年文学视野中的民国皖人旧体诗词研究肇始于上个世纪八十年代。进入九十年代后，随着“安徽古籍丛书”的整理出版，研究范围进一步拓展。新世纪以来，在“中国古今文学演变”思潮的影响下，诗词集的整理力度加大，“安徽近百年诗词名家丛书”先后出版，研究对象和研究深度都得到拓展。民国皖人旧体诗词创作呈现文学家族数量众多、创作主体社会身份多元，创作思想继承诗史传统三重风貌。综览皖人旧体诗词之研究成果和创作成就，当前研究之问题和未来研究之突破体现于文献资料整理、研究重心调整和研究方法更新三个方面。

11. 刘荣平：《民国时期福州十才女旧体诗词创作及其典型意义》，《东南学术》2019 年第 6 期。

摘要：民国时期福州十才女的著作于近年来渐次整理出版，让世人了解到她们精通旧体诗词创作及多项艺事的才华。出身良好的家庭，受到很好的教育，是她们成功的基础条件。坚守旧体诗词创作并表现出一定现代性，既是她们的选择，也是何振岱指导的结果。她们中的八人被评为“修来绝世心灵”，首先是由于她们终生恪守儒家传统道德，其次是由于她们对诗心始终葆有敏感之心，再次是由于她们淡泊处世的态度。十才女的修心之道在当下诗坛颇具典型意义，而她们不断相互学习与切磋，则是“诗可以群”的典型案例。

12. 彭敏哲：《闺秀·名媛·学者——民国女性诗词的多元书写》，《学术月刊》2019 年第 8 期。

摘要：闺秀、名媛、学者是民国女性诗词写作的三大群体。新闺秀诗人显示出女性在新旧交融时代中的顺应与隐忍、流连和回望、反抗与革新。中国女子书画会成员以描绘洋派生活与女性才貌、袒露女子私情与同性情谊等方式，书写具有时尚特质和商业气息的名媛诗词，迎合市民阶级的审美趣味。中央大学女学者诗词跨越性别之界，形成士人身份的集体认同，继承文以载道、传道授业、为国分忧的士大夫精神，强调文学的经世致用。三者交错并存，既有对传统闺阁诗词的回顾与守望，也开拓出现代女性诗词的新局面，折射出旧体文学内部场域的激烈变革和女性诗词的演进趋势，并呈现与女性解放相一致的路径。民国女性诗词使得旧文学中潜隐的现代女性精神浮出历史地表，也弥补了片面从新文学角度研究性别意识变迁的不足。

（四）诗词译介与传播研究

1. 陈雪军：《邵瑞彭词作传播中的自我修改与词集刊刻》，《词学（第 41 辑）》，马兴荣，朱惠国编，华东师范大学出版社 2019 年。

摘要：晚清民国词作传播形式和途径更加多样化，一首作品往往会经历社集传播、报刊传播、信札传播到最后的词集刊刻等不同的传播形式和途径，在这个过程中，不断有修改和提高，并由此造成种种异文。邵瑞彭的词集传播与刊刻就为我们提供了这样一个活生生的案例，对于我们研究晚清民国词集的传播与刊刻有很大的价值。

2. 戴勇：《论〈中华诗词〉杂志权威传播地位的形成及表现》，《南昌师范学院学报（社会科学）》，2019 年第 1 期。

摘要：《中华诗词》杂志在新时期旧体诗词纸媒传播媒介中占据权威地位。《中华诗词》权威传播地位的形成主要源自于制度化权力与规范化权力的影响。制度化权力的表现是国家权力部门的规约，而规范化权力主要体现在《中华诗词》的卷首语及中华诗词学会的章程上。此外，《中华诗词》杂志还带有鲜明的民间色彩，其表现是杂志的协作单位有企业的深度参与。厘清《中华诗词》权威传播地位的形成及表现，可以明晰新时期以来旧体诗词传播媒介运营的嬗变，同时亦可明了旧体诗词文体在新时期勃兴的轨迹。

3. 仇俊超，曹辛华：《清末民国医药报刊诗词考论》，《山西大学学报（哲学社会科学版）》2019 年第 2 期。

摘要：清末民国各类中西医报刊中刊载了大量的诗词。以名医为核心，医生为主体，医药报刊为平台，雅好诗词的医生们形成了各类诗词创作群体乃至社团。清末民国医药报刊诗词内容丰富、风格独特：咏药、咏医、记病、行医、卫生诗以及各类本草歌诀具有鲜明的医药色彩；山水、送别等传统题材充满了“异国情调”；各类纪实之作极具“诗史”精神。这些诗词从不同角度开辟了新的诗境。清末民国医药报刊诗词对我们研究清末民国医药文学、构建清末民国文学史、搜集整理清末民国诗词文献皆具有重要的价值和意义。

4. 布莉莉：《文学资源的争夺战——〈光明日报·文艺生活〉与新旧诗论争》，《扬子江评论》2019 年第 4 期。

摘要：自“新文化运动”始，文言文、旧体诗词作为不断被征伐、踏倒的对象，不仅在文学生产和媒介空间中逐渐处于劣势，而且在道德上亦处于自卑与矮化状态，在“文 / 白”、“死 / 活”、“善 / 恶”、“真 / 假”、“现代 / 传统”的论辩框架中，诗词歌赋等古典文学被贬抑为阴暗、老旧、落后的影子，而白话文则以凌厉决绝的姿态迅速赢得文学场域中的“象征资本”，成为进步、光明的旗帜。新诗革命的成功，是以对古典诗词歌赋传统的隔绝和破坏为代价换来的，但是旧诗写作并未就此中断，而是以潜隐的姿态坚韧存续，除了旧文人群体对其抱有“骸骨之迷恋”外，受传统浸染、文化趣味、情感积习、语言惯性等影响，新文学阵营的人也将其作为私人情感表达、亲友酬唱吊贺的重要体裁，如鲁迅、朱自清、老舍、郁达夫等都创作了大量的旧体诗词。文学场域从来都是一个你争我夺的动态领域，面对新诗直白、浅露、缺少韵味等缺陷，很多诗人对旧体诗精炼纯熟的形式怀有“眷恋的失落”，后来随着“革命文学”的倡导，在“政治标准第一”的要求下，新诗（或曰白话诗）的艺术性成为最先被牺牲的、微不足道的东西，致使很多诗歌直接沦为政治口号的宣传与嘶喊，这就为旧诗反攻新诗提供了绝佳的口实。“百花时期”《光明日报·文艺生活》上关于“继承诗词歌赋传统”问题的学术论争，即是旧诗群体向新诗阵营发起的有关文学合法性和媒体资源的争夺战，某种程度上我们可将之视为五四时期“新 / 旧诗”论争在共和国的当代回响。

5. 蔡静：《清末民初文言译诗中的形意张力》，《中国现代文学研究丛刊》2019 年第 9 期。

摘要：清末民初是外国诗歌在华译介的发轫期，文言和传统格律诗体在当时的诗歌翻译中依然作为主流模式存在。这时期译者在中国传统文学文化的熏陶和民族中心主义情结的影响下，往往会在翻译过程中，展开诗歌创作的“偷梁换柱”：以中国传统文言诗的形与神诠释国外诗歌中的意与情，充分彰显汉语文言的表现力和渲染力，通过吸纳和同化的方式实现译诗中形意张力的重构与再现。

6. 吴化强：《诗词走出去　阿曼友情来——谈刘瑛诗词和她的诗集出版》,《第二届中国荆州·中华诗学论坛论文汇编》，中华诗词研究院，中共荆州市委宣传部，2019 年 6 月。

摘要：译介中华诗词，互联国际友情。采用中国格律诗词的独特艺术形式，热情讴歌中国和阿曼国家历经千年的商贸友谊，并请资深专家翻译，形成诗词中文与阿拉伯文双语对照出版的诗集尚属罕见。讲好中阿故事，传播中阿声音。《阿曼的五彩石——瑛瑶诗集》，顺应时代要求，为中华优秀传统文化走出去，实现“创造性转化，创新性发展”做出了成功探索，得到中外出版文化界知名人士、阿曼政府主要官员以书信方式的高度赞扬。人们对创新格律诗词走向国际书展的路子感到好奇。“若无新变，不能代雄。”指出文学作品随着时代创新变化的重要性，出版工作也是如此。阿曼苏丹国财政部主权基金会主席阿布杜萨拉姆在贺信中说：“诗人刘瑛博士的诗集是对跨越数世纪、延绵数千公里的丝绸之路的一个延伸，最好地展示了古丝路与当代文明的对话。”阿曼驻华大使阿卜杜拉·萨阿迪的贺词说：“这是诗人刘瑛博士的第一本诗集，每一首作品都使我为之动容，十余年来她无数次到访阿曼，阿曼早已成为她的第二故乡。中阿友好交往史可追溯至两千年前丝绸之路时代，她如今付诸青春热血使这伟大友谊得以传承发扬。”

（五）诗教研究

1. 祁丽岩：《高等院校诗教体系建构与实践探索——以广东高校为例》，《当代诗词研究（第 2 辑）》，宋湘绮，莫真宝主编，中南大学出版社，2019 年。

摘要：广东高等院校的诗教走在全国高校的前列，以中山大学、韩山师范学院、广东技术师范大学为主要阵地，经过二十多年的发展，已经形成了一整套完整的诗教运行和管理体系：将诗教纳入本学科人才培养方案，建立诗教长效机制；完善的诗教体系运行和管理机制，保障诗教有序进行；八方联动，建立“多维立体”的诗教平台；依托省厅教研教改项目和社会资源，使诗教可持续发展。三所院校三足鼎立，各有优势，各具特色，共同构筑了广东高校的诗教系统工程，广东高校在诗教实践上的积极探索与诗教体系的完整建构为高等院校的诗教事业开拓了一条具有可行性的发展道路。

2. 刘成纪：《中国传统诗教如何达至公共阐释》，《社会科学战线》2019 年第 2 期。

摘要：传统中国是诗与歌的国度。这种国家特性的形成，最根本地奠基于《诗经》阐释和《诗经》教化在中国历史中获得的公共性。从中国经学和文学史看，传统诗教的达成主要依托四个因素：一是《诗经》文本涵摄意义的普遍性，二是《诗经》文本的理想主义特质，三是它在解释中被规划进了中国礼乐文明的大传统，四是儒家教化与国家教育制度起了强力助推作用。就历史而言，评价这种阐释和教化方法是否具有理论和道义的正当性并不是一个重要问题，关键在于它铸造了传统中国的风雅特质和美丽韵致。其中，诗对社会政治、伦理建构的广泛参与固然有违于现代性的艺术自律观念，但它也就此生成了一种从诗出发的政治学和伦理学，一个风雅的中国正是因此而起的。

3. 于家慧：《“迦陵杯”与叶嘉莹先生的诗教传播》，《教育传媒研究》2019 年第 5 期。

摘要：传统诗教中蕴含的思想观念、人文精神与道德规范对于引领敦和温厚的社会风尚、培育心智健全的社会公民有许多可以借鉴之处。叶嘉莹先生学诗讲诗的经历正是中华传统诗教的生动实践。她的诗教思想体现了文学艺术对人之性情品格的涵养，给当代社会公民教育留下了宝贵的启示。

4. 方长安：《中国诗教传统的现代转化及其当代传承》，《中国社会科学》2019 年第 6 期。

摘要：自五四新文化运动始，“诗教”作为儒教传统失去了昔日的正统位置，在意识形态和话语系统中隐身。但它并没有消失，现代诗人传承了其政治伦理情怀和精神，以新文化启蒙和社会革命动员为诉求，解构《诗经》的经学本质，使古代诗教失去赖以进行的底本，为新文化启蒙和新诗出场清理场地，从而建构具有现代诗教特点的诗学体系。然而，在反传统语境中，现代诗教只能以现代文化启蒙、社会革命动员这种间接身份参与新诗建构，致使现代诗人未能处理好民族传统与西方诗歌经验、新诗创作与民族历史书写等关系，压缩了现代新诗参与人格培养和文化建设的空间。今天，我们应站在民族文化自信的立场，重新研究诗教传统，发掘其精髓，阐释其价值，处理好传承与创新的关系，以历史担当意识探索并建构当代的诗教文化。

（六）诗词理论研究

1. 胡迎建：《20 世纪前五十年旧体诗流变概述》，《中华诗词研究》第 5 辑，中华诗词研究院，复旦大学中文系编，东方出版中心 2019 年。

摘要：清末流派众多，如汉魏诗派、诗界革命派、中晚唐诗派、江左西昆派等。同光体是影响最大的诗派，南社是人数最多的文化社团。诗坛呈现短暂繁荣。至民初，流派畛域逐渐模糊。新文学运动兴起，旧体诗被冷落而边缘化，但仍有一批学人如学衡派与新文学领袖及其支持者论争。创作者也在追求新变以适应时代发展。其后旧体诗进入复苏阶段，不少在新文学运动时期作新诗的作家重又回头作旧体诗。同时有《采风录》《民族诗坛》等刊物登载大量旧体诗。至抗战时期旧体诗复兴，蔚为高峰。诗人队伍扩大，诗社团体纷纷成立，雅集频繁，唱和活跃。抗战救国是诗的主旋律。旧体诗沐浴着民族斗争的风暴，焕发了新的活力。由于时代、环境变化，现代生活内容进入诗人视野，带来诗作题材、意境、情趣的变化。诗的表现方法与艺术风格、境界方面，也有崭新的开拓与创造，表现为不变中有变，有了新的气息。

2. 朱惠国：《民国词界定与分期论略》，《中华诗词研究》第5辑，中华诗词研究院，复旦大学中文系编，东方出版中心2019年。

摘要：民国词的界定与分期，是民国词研究中最基础，却又长期没能得到有效解决的问题。民国词的界定须作两方面的区分：一是和晚清词作区分，二是和1949年以后共和国时期的词作区分。民国存续时间短，词人的创作往往跨越两个甚至三个时期，因此以发表时间为主，尽可能剔除其中可以辨别的晚清作品和1949年后创作的作品，是一种比较切合实际的做法。民国词的分期与社会重要历史事件有一定联系，但又不完全一致。从创作实际看，大致可以分为三期：1912年民国成立到1927年为第一期；1928年到1936年为第二期；1937年到1949年为第三期。

3. 周于飞：《关于网络旧体诗词研究体系建构的思考与前瞻》，《当代诗词研究（第2辑）》，宋湘绮，莫真宝主编，中南大学出版社，2019年。

摘要：进入21世纪以来，网络文学研究逐渐引起学术界的关注。目前对网络旧体诗词的研究，处于梳理文献和对诗人及其作品进行专题研究的初期阶段，有待更深层次的挖掘和分析。在未来的十年，网络旧体诗词研究要走向纵深研究，可以从以下三个角度入手：首先，做好基础资料的建设，建立网络旧体诗词研究数据库；其次，树立大文学史观，打通古今，把网络诗词放在整个中国诗歌发展的历史长河中进行考察；再次，对有志于从事网络旧体诗词的研究者来说，应当具备跨学科及交叉学科研究的视野和能力。从根本上说，建构网络旧体诗词研究体系，旨在创建一套有效且适用于网络旧体诗词的评价体系，而研究方法和研究视角上的创新和尝试，为建构这套研究体系提供了前提和可能。

4. 胡建次：《民国中期传统词律论的辨说与展开》，《社会科学研究》2019 年第 1 期。

摘要：民国中期传统词律论的辨说与展开，主要体现在三个维面：一是偏于对协律的标树之论，二是偏于对破律的张扬之论，三是主张协律与破律相结合之论。在第一个维面，一些词论家对协律的必要性不断予以强调，对如何协合音律予以探讨。在第二个维面，一些词论家对拘守声律之论不断予以批评与消解。在第三个维面，一些词论家从较为综合的眼光与更为平正的视点出发，对词律表现之道予以会通。上述几个维面，相互交融，相互补充，将词律论推向了一个新的境界。

5. 莫真宝：《从诗与音乐的离合看诗体之变迁——以度词 / 新词的文体属性为中心》，《艺术评论》2019 年第 2 期。

摘要：20 世纪初，新体诗与创作歌词分道扬镳，几乎彻底脱离了音乐，而旧体诗主要体裁古近体诗、词、散曲，也无法真正回到与音乐结合的时代，复因其格律限制，在表现现代生活与现代感情方面存在诸多不便，于是，诗歌界出现了不少调和新旧、改良体裁的呼声。王国钦先后提倡遵守《词林正韵》的度词和遵守《中华新韵》的度词新品牌——新词。虽然王国钦将其归入词文体中，追认古乐府为其源头，但是将度词 / 新词视为不依赖于音乐的纯文本制作，在创作歌词因商业化操作而日益走向“倚声填词”的今天，如果缺乏经典性文本确证其历史地位，那么，其于诗歌体裁演变之意义不容乐观。

6. 彭建楠：《20 世纪前期词体与新体乐歌的离合关系》，《中山大学学报（社会科学版）》2019 年第 3 期。

摘要：20 世纪前期词学家虽然因尊体的立场而徘徊在文学革命的边缘，但也意识到词体的存续危机，龙榆生、叶恭绰等主动寻找词体与新文艺相融的机会，提出以词体为参鉴范式创作新体歌词的构想。萧友梅、黄自等音乐家也希望以词体为“文化要素”，使本源于西方歌曲体裁的新体乐歌承接中国音乐文学传统。词学家与音乐家联合组织艺术社团，参鉴词体的特征创作了一批兼具声辞之美的新体乐歌，为新民族音乐的发展打开了一条路径，也增强了词体的时代性。但词体与新体乐歌植根于不同的文化环境，前者为传统士人阶层私享的古典文学体裁，后者则需发挥团结教育民众的社会功能。

7. 胡建次，李甜甜：《晚清民国词学观念的演变——以论词绝句为考察对象》，《江西社会科学》2019 年第 4 期。

摘要：晚清民国时期的论词绝句，普遍体现出两大倾向：一是在取径宗范上，表现为由习效姜夔、张炎转变为标举苏轼、辛弃疾；二是在艺术尊尚上，表现为由尊南宋抑北宋转变为抑南宋尊北宋。晚清民国时期词学批评与艺术宗尚在论词绝句领域的这两大变化，是不同社会文化、时代精神所催生与引导的结果，显示出我国传统词学所内含的生生不息之精神及所呈现之独特面貌。

8. 汪超：《多重网络中的词学研究》，《浙江大学学报（人文社会科学版）》2019 年第 5 期。

摘要：近 20 年来，词学研究有所进展，但仍存在一些问题。词学研究应在多重网络中展开。首先，词学是专门之学，但研究者仍需建构开放的知识网络。词乐研究虽有不少成果，但仍处于相对低潮。这与研究者受限于音乐知识，无法有效介入有关。词谱、词律等专门之学亦是如此。其次，可以尝试词学研究的时空延展，打造通观的“全息网络”，通过长时段的、大量的文本分析发现新话题。同时，注意域外汉籍，因为它们可以提供新文献，启发新视角，丰富文本网络。最后，要注意数字人文的发展趋向，要建设词学检索库，善用新技术，更新研究理念，以便及时因应。但数字人文终究只是辅助研究手段，技术取代不了阅读与思考，只有在传统研究的基础上，技术才能发挥更大的作用。

9. 习婷：《〈燃脂余韵〉与民国的女性词批评》，《中南大学学报（社会科学版）》2019 年第 5 期。

摘要：浙、常两派关于清代女性词的批评基本形成了“以清为美”与“怨而不怒”两种主张。先后发表于《小说月报》《妇女杂志》的《燃脂余韵》，肩负传承旧文学与旧文化的使命，其以“清”美内涵和悲情寄托等传统批评观推尊女性词体，并带有重构妇德的目的。现代女性词批评披沙拣金，既继承了古典词学的基本理论，又消除了道德评价的痼疾，向纯文学研究方向演进。在女性词批评由传统向现代转型的过程中，《燃脂余韵》发挥着承前启后的作用。

10. 刘慧宽、王贺：《“周虽旧邦，其命维新”：晚清民国旧体文学研究 70 年》，《台州学院学报》2019 年第 5 期。

摘要：晚清民国旧体文学是对 1840–1949 年间的旧体文学的统称，虽分属古代文学（含近代文学）与现代文学两大学科，却也拥有较长的研究传统。尤可注意的是，自 1949 年以来，这一领域的研究已发生不少新变：在研究观念上，由时间、文体限制下的“各自为政”，发展至古代、近代和现代文学界共同研究；在理论、研究方法上，由阶级、革命、人民性等分析模式，转而聚焦于文体、媒介、社团与跨学科研究；在学术机制方面，从原来的以文学史教学为主，变为受科研制度、项目基金、学术刊物等影响。种种迹象表明，该领域的研究已走向更为深入、广阔的天地，未来可期。

11. 朱钦运：《汉语新诗的“百年滋味”——以来自旧体诗词的责难为讨论背景》，《中国现代文学研究丛刊》2019年第8期。

摘要：自新诗在百年前诞生起，它与以旧体诗词为代表的古典诗歌传统之间的关系，就成为一个不断被提及而从未有定论的话题。无论是用古典诗词的美学标准或历史成就来衡量、校准新诗，还是以旧诗创作的“道统未绝”来反向证成对新诗合法性的质疑，甚或认为新诗自“新文化运动”以来的诞生夺取了文学的主流地位而挤压了旧诗的生存空间——这些命题都如话语幽灵般缠绕在关于新诗的认知上，同时也构成了人们看待旧诗在当代的生存处境的一大迷思。本文拟从以上命题出发，针对已满百年的新诗历史，基于古典传统及当代诗词对新诗在普遍意义上的责难，再行讨论这种“新”与“旧”之间的纠葛。

12. 徐钰茹：《化古而出新：民国旧体诗的新探索》，《文艺评论》2019年第9期。

摘要：晚清民国以来，诗歌的革新问题，迅速成为一个时代的主题。与新体诗强调时代性一样，旧体诗亦追求与时俱进。不同于新文学家将诗歌的革新寄托在“欧化”上，旧体诗家通常回顾传统，从古典诗歌中寻找原动力。“点化”和“改写”，都是中国诗苑的传统。在民国旧体诗坛中，存有大量“点化”和“改写”前人的诗作。相较原作，这些经过“点化”或“改写”后的诗歌，往往在诗境上有所增新，或在诗意上别开生面，给读者带来新的阅读体验。由此可见，“化古”，亦是民国旧体诗革新的一条有效途径。

13. 王兆鹏，郑永晓，刘京臣：《借器之势，出道之新——“数字人文”浪潮下的古典文学研究三人谈》，《文艺研究》2019年第9期。

摘要：“数字人文”已成为一种强大的浪潮，成为人文社会科学研究的一大趋势。数据、平台、团队是数字人文的三大核心要素。古典文学的数字人文研究，既要注重作家、作品和历史地理等系列数据和结构化数据库的基础建设，使数据库可以实现语义检索、时空定位、关联生成，又可以统计分析、可视化呈现，还可以运用大数据和信息挖掘技术，开展空间分析、时段考察、意象流变、作家作品的接受史和影响史等理论研究。数字人文会给文学研究的范式、方法、视角带来重大影响和变化，提高研究的科学性。今后的数字人文研究，应该以问题为导向、人文为本位、技术为辅助、数据为基础、平台为契机、团队为依托，守正出新。

（七）毛泽东诗词专题研究

1. 代正利，曾清:《毛泽东诗词英译的文学性探究——以〈清平乐·会昌〉为例》,《湖南第一师范学院学报》2019 年第 1 期。

摘要：诗词英译中，译文文学性的保留是诗之为诗的根本。采用比较分析法，对毛泽东诗词《清平乐·会昌》的两个英译本从音韵、词意、形式、修辞和意境等方面对比分析，探究译作表征原作文学性的手法及其所使用的翻译策略，旨在为毛泽东诗词英译乃至经典文学外译提供借鉴。

2. 于建玮：《毛泽东诗词中的政治信仰意蕴》，《湖南第一师范学院学报》2019 年第 2 期。

摘要：毛泽东诗词是毛泽东同志政治信仰的重要载体之一。它归因于宏观层面诗言志的诗学传统、中观层面毛泽东同志作为一代伟人的身份以及微观层面毛泽东同志敏锐的诗化思维。在毛泽东同志的诗词作品中，这种政治信仰主要体现为对革命事业的高度自信、对革命理想的无限忠诚和对革命道路的信念。毛泽东诗词的政治信仰对于当前的现实意义在于：一方面，诗歌创作应当坚持讲政治的原则；另一方面，诗歌作品在使人民确立并坚定政治信仰的方面应当发挥积极的作用。

3. 李正栓，王心：《毛泽东诗词英译研究综述》，《天津外国语大学学报》2019 年第 6 期。

摘要：毛泽东的诗词创作伴其一生，且随着逐渐发表和英译为各国读者所熟知。毛泽东诗词英译始于 20 世纪 30 年代，并一直延续至 21 世纪初。对毛泽东诗词英译的研究既有对翻译原则和方法的探讨，又有对译作的评论和分析，有着重要的理论意义和实践价值。从译者思想、硕博论文和期刊论文三方面回顾梳理毛泽东诗词英译研究历程，以期总结当前成果，并为未来研究提供参考借鉴。

4. 滑彦立，李圣轩：《毛泽东诗词英译译者主体性研究》，《天津外国语大学学报》2019 年第 6 期。

摘要：毛泽东诗词是当代中国诗坛当之无愧的文学瑰宝，多年来出现了许多外文译本。“诗无达诂”，“译无达译”，同一首诗有不同的译本是件好事，有比较才能有鉴别。选取几个典型的毛泽东诗词译本，从“文革”时期亦步亦趋的外文出版社译本到夹杂译者个人审美和诠释的创造性翻译的许渊冲译本，再到异化的李正栓译本，三个译本分别代表不同的时代所需，发现译者所处的时代诗学和译者主体性对译本的形成起着主导作用。

5. 石春让，李稳敏：《毛泽东诗词中的革命性思维及其翻译转换》，《天津外国语大学学报》2019 年第 6 期。

摘要：毛泽东诗词的鲜明特征之一是富含革命性思维，翻译时有必要将其转换到译语中。对比分析我国两位诗词翻译名家许渊冲和辜正坤的三个译例，发现两位译者对毛泽东诗词中的革命性思维都有深刻的认识，译文也各有千秋，对今后毛泽东诗词中革命性思维的翻译转换具有启发意义。

附录三　2019 年现当代诗词文献目录提要

（一）丛书类文献目录提要

1.《全民国词（第一辑）》。曹辛华编纂，浙江古籍出版社于 2019 年 2 月出版。该丛书为“全民国词”编纂的第一期工程，套装共 15 册，收录民国时期有代表性的词人近 300 家，规模超过 400 万字。《全民国词》是一项填补断代词空白的大型文献整理工程，将为民国词史、民国文学文化的研究提供基础史料，并对民国旧体诗词作品的全面整理具有重要的推动作用，具有很高的学术价值和文献价值。

2.《二十世纪诗词名家别集丛书》。王翼奇、刘梦芙主编，黄山书社陆续出版。该丛书于 2019 年 6 月出版了王易、王浩著《南州二王诗词集》一种。王氏家族素有家学渊源，王易之父王益霖为晚清进士，曾任两江师范学堂教习。王易为江西四才子之一，其弟王浩，为民国著名诗人。王浩之子王迪纲，亦诗词书法均佳。三人诗风皆质朴劲峭，该书将此三人诗词集收为一本，家学传承，江西才子的风采，从中可窥一斑。

3.《清末民初文献丛刊》。该丛刊于 2019 年以前已出版 170 余种，2019 年又由朝华出版社陆续出版 20 余种。如《清代学术概论》（梁启超著，2019 年 1 月）、《现代中国文学史》（钱基博著，2019 年 1 月）等。《清末民初文献丛刊》主要辑录 1840 年（鸦片战争开始）至 1928 年（北洋政府结束）之间的代表性文献，涉及诸多学术领域，集中体现了“启蒙性”和“西学东渐”的特点，以影印的方式保存原刊本的形态，选目约二百种，分四辑出版，可谓“清末民初文献小百科”。其中，梁启超所著《清代学术概论》，是一部系统研究清代学术史、思想史的入门之作。钱基博所著《现代中国文学史》，主要阐述清末民初学术兴衰递变的发展轨迹。全书分上、下编，上编包含古文学，分文、诗、词、曲等四种文体。下编分新文学，分新民体、逻辑文、白话文等三部分。

4.《哈佛燕京图书馆藏二齐旧藏珍稀文献丛刊》。乐怡、刘波编，国家图书馆出版社于2019年1月出版。二齐，即齐耀琳（1862—1949）、齐耀珊（1865—1954），原籍山东省莱州府昌邑县，寄籍奉天府吉林伊通州，清末民初皆在官场任要职。1945年，齐氏兄弟藏书约500余种由哈佛燕京图书馆购得。本丛刊从中选取231种重要文献影印出版，其中最有价值的是档案文献和十多种清人手稿。档案文献主要有地方政府文件、官员奏稿、书院课卷、戏班工尺谱、建筑资料、典业及商会行规等商业文献。清人手稿有黄钺、朱延熙等人的诗文集。

5.《中国近代人物文集丛书》。中华书局陆续出版。该丛书于2019年6月出版了《黄遵宪集》和《叶昌炽集》两种。其中，《黄遵宪集》（全5册）为陈铮所编，收录现存黄氏全部著述，包括诗词、公牍、文录、信函、与日本友人笔谈、专著等，其中许多文字为首次刊布，具有重要的史料价值。《叶昌炽集》为王立民、徐宏丽所编。叶昌炽（1849—1917），字兰裳，又字鞠裳，晚号缘督庐主人。著有《语石》《藏书纪事诗》《缘督庐日记》等。叶氏精版本、富收藏。其诗文中关于清末学林交游、艺坛掌故、典章故实者颇多，具有相当的史料价值与学术价值。《叶昌炽集》系对其著作的首次系统整理。

6.《民国闺秀集》。徐燕婷、吴平编著，上海古籍出版社于2019年11月出版。该书为一部民国时期女性词集文献集成，收录初次结集或出版时间在1912—1949年之间，且作者于民国年间尚在世的女性作家别集、合集等，包括排印本、稿本、抄本等。主要由两部分组成。一是以结集或刊印时间为序影印的50余种女性词集，大部分尚未见刊于目前已有的汇刻丛书。二是在每部词集前面附有提要，含作者小传，包括姓名、籍贯、字号、家世、经历、词集版本等相关信息，方便读者查考。

7.《彊村丛书》。朱祖谋编选，中华书局于2019年1月出版。

该丛书为朱祖谋辑录的词总集。共四十册，汇集唐、五代、宋、金、元等词总集 5 种，别集 162 家，精审严校。《丛书》原为民国十一年归安朱氏刊本，以网罗稀见善本为主，每种都注明版本来源，并加以校订，纠正或补充了原本错误及不足之处。因刊刻精良而享誉当世。此次为旧版新印，全版全样再现全书规模。

8.《成都阳川孙氏文献汇刊》。国家图书馆出版社于 2019 年 6 月出版。该汇刊是四川省著名收藏家孙恪庶（笔名曲博）整理的其祖父孙培吉、其父孙握之先生的著述文本，有日记、课艺、诗词文集、论著、杂稿及其收藏的家族相关档案文献、手札、印鉴、字画等 200 多种文献资料。其中孙培吉著作保存最为完整，且数量最多。其日记主要记载了他从 18 岁（1885）到 74 岁（1942）57 年间各类事宜，有家族人士的往来，有个人参加科举和工作中的各类情形，有对当时发生大事件的评论探讨，也有作为晚清士绅对于文化的关怀。透过这些现象，我们从中可以看出当时成都乃至四川近代社会的一个侧面，特别是所反映的近代蜀学发展情况，对正统国史和方志文献都不记载的蜀学人物之活动，尤多鲜活的记录。所有这些，都可以丰富我们对近代蜀学的认知和了解。

（二）汇编类文献目录提要（此类文献，分为歌颂纪念类、地域类、社集类、大赛类、特定专题类、其他类等，每类按出版时间排列）

歌颂纪念类

1.《蒙化新韵》，巍山县诗词楹联协会、巍山县美术书法协会编，云南美术出版社于 2019 年 1 月出版。该书主要收集了巍山本地新老作者（含长期在巍山工作的外地人士）从中华人民共和国成立后所创作的诗词楹联书画作品。这些作品，有的热情讴歌在中国共产党领导下我国社会主义建设事业所取得的巨大成就；有的热情讴歌改革开放以来辉煌业绩和伟大的新时代；有的热情讴歌巍山的大好风光和厚重的人文历史；有的热情讴歌各个时代的模范人物和他们的典型事迹。不乏用词凝炼、立意高远、饱含深情、耐人寻味的佳作。洋溢着热爱党、热爱人民的无限深情，也蕴含着热爱生活、热爱家乡的深厚情感。

2.《我与贵州改革开放 40 年》，孔学堂书局于 2019 年 7 月出版。本书是中共贵州省委宣传部指导，中共贵州省委改革办、省委网信办主办，《当代贵州》杂志社、《贵州日报》当代融媒体集团、中国党刊网承办的“我与贵州改革开放 40 年”网络主题征文优秀文章的遴选汇编。这些文章中，有用镜头记录乌蒙山区生动而清晰的脱贫场景，有因为恢复高考而改变了人生轨迹，有贵州交通基础设施翻天覆地的变化，等等，它们讲述着贵州人平凡而伟大的奋斗故事，讲述着 40 年贵州改革开放的精彩巨变。本书分“岁月不居，时节如流”“茅屋广厦，阡陌交通”“嫩绿长溪，青山如黛”“推陈出新，与时俱进”“‘诗’歌改革，‘词’咏开放”等五个章节，从不同层面、不同经历、不同角度充分展示了贵州人民在改革开放过程中敢于拼搏、奋发有为的精神风貌。回顾 40 年来贵州改革开放发展历程，为开创百姓富、生态美的多彩贵州新未来提供了不竭动力。

3.《军魂颂 · 大草长卷》，言恭达编，人民美术出版社于 2019 年 7 月出版。是集选取了毛泽东、周恩来等中国共产党领导人在军队建设中所作的诗词代表作，特邀第五、六届中国书法家协会副主席言恭达先生以草书撰写，为纪念中国人民解放军成立 90 周年而出版，具有较高的艺术性和教育意义。

4.《学勉情怀 · 学勉中学一百二十周年志庆》，《学勉情怀》编纂委员会主编，北京理工大学出版社于 2019 年 8 月出版。学勉学子，通过《学勉情怀》，展现学勉人的拳拳学子心、深深学勉情，是给母校学勉中学 120 周年的献礼。该书收录文、诗、画作品，展示了名师风采、同窗情长、母校情怀。

5.《翰墨历程》，万卷出版公司于 2019 年 8 月出版。本书收录辽沈地区著名书画家、学者精品力作 70 幅，以庆祝伟大祖国 70 华诞。全书作品内容为反映和歌颂中华人民共和国成立后沈阳面貌的诗词歌赋及文章节选，以及有关沈阳书画院书法创作活动的历史图片、出版著作及文字资料。

6.《美美中国诗文选》，中华诗词研究院编，中国书籍出版社于 2019 年 9 月出版。为纪念中华人民共和国成立 70 周年，国务院参事室、中央文史研究馆主办，中华诗词研究院承办“中华诗词网络平台系列活动之‘美美中国’”作品征集活动。自 2019 年 3 月启事发布以来，来自社会各界的诗人积极参与，礼赞祖国、河山以及现代化建设，正所谓“各美其美，美人之美，美美与共，天下大同”。本书精选部分征集到的作品，编辑成册，以诗歌的形式讴歌当代中国的成就。

7.《辉煌七十年》，湖北人民出版社于 2019 年 9 月出版。湖北省诗词学会财政税务审计分会为庆祝中华人民共和国成立 70 周年，歌颂七十年来所以取得的伟大成就，反映财政税务审计事业的发展，赞扬财政税务审计系统的干部职工为事业忘我的奋斗精神。本书所收诗词，表达了学会对中华人民共和国的热爱之情和敬业爱岗的精神，是国庆 70 周年献礼之作。

8.《鹿情思》，《白鹿情思》编委会编，江西教育出版社于 2019 年 11 月出版。本书共收集了江西师范大学中文系四位老师和三十余位学生的文章或诗词，再现了大学期间和毕业三十年来的学习工作和生活，反映出大家日新月异的美好生活和始终不渝的真挚情谊。全书内容有四个方面，即追念母校之情、铭记教诲之恩、倾诉同窗之谊、感怀生活之丰。

9.《祖国颂歌》，王学新、韩存锁主编，花山文艺出版社于 2019 年 11 月出版。本书为河北省诗词协会与石家庄市诗词协会会员年度诗词作品集。以诗词为主，兼收部分现代诗。主要以庆祝中华人民共和国成立 70 周年、建党 98 周年等重大历史题材及歌颂真善美、弘扬正能量为主，集中展示了河北省本土诗人的年度创作水平。

地域类

10.《新丰古今诗词选》，张京泉主编，光明日报出版社于2019年1月出版。是选收录了新丰历史上有记载的诗词和楹联作品，有古代和近代的作品，也有现代和当代的优秀作品。该书以文学作品的形式，展示新丰人文历史状况，是了解新丰的传统文化和发展历程的一个窗口，有助于县史志部门对自然村落、历史人文进行全面整理和分类。

11.《吴桥诗词选编》，王鸣翔编，团结出版社于2019年1月出版。古镇吴桥位于江苏省扬州市江都区东部，古称邗东。本书是对吴桥古往今来有成就诗人作品的整理，分为三个部分，分别为“历代诗人与吴桥”“吴桥先贤遗韵”“吴桥当代诗词作品选”。旨在发掘吴桥地域文化和历史文化中的宝贵财富，为当地青少年提供爱家乡的文化读本，帮助更多的人了解吴桥、了解江南文化。

12.《浯溪水亦香·当代诗人咏浯溪》，文英雄、伍锡学编，湖南大学出版社于2019年1月出版。该书主要收集整理了当代祁阳县有关浯溪摩崖石刻的诗词、散曲、辞赋共909首（篇）。全书分为五绝、七绝、五律、七律、古风、雅辞、散曲、辞赋8个单元。

13.《天一阁诗辑》，龚烈沸纂辑，宁波出版社于2019年1月出版。该书收录了自建阁以来历代文人吟诵天一阁的诗词（不含白话文诗作），共收录140位作者有关天一阁的诗词271首。全书分四辑。第一辑明朝，计收录范钦等6人诗词15首。第二辑清朝，计收录姚佺等56人诗词134首。第三辑中华民国，计收录吴昌硕等5人诗词8首。第四辑中华人民共和国成立以来，计收录苏局仙等73人诗词114首。各辑以作者生年先后为序，生年相同者以卒年先后为序。全书正文首列诗题，继之作者姓名、诗作正文、诗作出处。同一作者的诗词以原载诗集的先后为序。附辑有三。一是自明朝至今16位作者所作与天一阁博物馆藏书、藏书家、藏书楼及移建建筑相关的诗词41首。二是天一阁今所悬挂、镌刻各种质地的匾额、楹联。三是天一阁馆藏纸质类匾额、楹联题字。作为天一阁的专题诗词集，该书对天一阁藏书文化研究有一定作用。

14.《粤海风华・当代岭南诗词选》，张汉松编，花城出版社于2019 年 1 月出版。本集主要收录岭南地区有一定代表性的 127 名诗人的作品，共计 762 首诗词。作品内容以歌颂新时代的新思想、新成就、新面貌，表达爱国主义情怀，赞美岭南地区的自然风光、历史人文等主题旋律为主，弘扬中华传统诗词文化。

15.《诗兴开封》，黄斌主编，河南大学出版社于 2019 年 1 月出版。由中华诗词学会主办，开封市委宣传部大力支持的“诗兴开封”国际诗歌大赛，已连续成功举办了 5 年。本书入选的诗歌作品，是从本届诗歌大赛九千多篇来稿中经专家定的获奖作品。作品多弘扬主旋律、传播正能量，以歌颂开封灿烂的历史文化、优美的城市风貌和宜居的西湖美景为主。

16.《诗地罗平》，何晓坤编，长江文艺出版社于 2019 年 1 月出版。罗平地处滇、黔、桂三省区结合，素有“鸡鸣三省”“滇黔锁钥”之称，被称为“地球上春天最美丽的地方”。2018 年 3 月，罗平百万亩油菜花竞相盛放，梁平、雷平阳、谷禾、蓝野、张执浩、胡弦等 30 余名诗人齐聚于此，与罗平本地诗人一道进行采风活动，写下了大量关于罗平美景和风土人情的优美诗歌。本书就是此次“著名诗人走罗平”活动 30 余名来自全国各地的诗人和罗平本地 10 余名诗人描写罗平的诗歌合集。

17.《如诗的五指山》，中共五指山市委宣传部、五指山市文学艺术界联合会编，南海出版公司于 2019 年 1 月出版。收录了 100 多首赞美五指山的诗词，是一部名贤政要从各自的独特视角发现五指山之美的诗词作品集，有七律、五律、绝句、古风和词。这部作品集，描述五指山或五指山市的风物，通过形象的意象营造深刻的意境，使读者产生共鸣，达到宣传五指山文化精神的作用。

18.《萍乡历代诗汇》，李汝启编，线装书局于 2019 年 1 月出版。

是选以时间为轴，收集整理自先秦至民国萍乡的历代诗词联和辞赋，包括个人诗集与散在作品。资料来源为国家、省、市、县、大学图书馆馆藏及民间藏书、各姓族谱、个人收藏手稿、历代诗词类丛书等。

19.《阜新诗词大典》，辽宁大学出版社于2019年1月出版。本书由序言、上卷（四章）、下卷（五章）、结语组成。序言对阜新地区的诗词事业的发展和入选作品进行概述和点评。上卷主要是诗词作品，下卷主要是阜新诗词学会的历史沿革和有关资料。结语主要是对阜新诗词大典编辑过程的叙述和说明。

20.《海城诗词志》，周祥民主编，沈阳出版社于2019年1月出版。海城自古就有“物华天宝，人杰地灵”之美誉，乃人文之邦，诗书礼乐上下传承。从金代至今，文人雅聚，诗人接踵，留下了大量的诗词联赋作品。这些作品有的入编《海城县志》，大部分散落民间。为抢救这部分遗落的文化，研究决定修编《海城诗词志》。内容包括15章71节771目，又“大事记”“附录”两篇，约60万字。其中，第一章为学会章程；第二章为组织机构；第三章为会旗、会徽、会歌。第四章为协会会员；第五章为协会工作会议；第六章为会员培训；第七章为会员采风活动；第八章为创建中华诗词之乡；第九章为诗词出版物、建筑物；第十章为诗词理论研讨与作品赏析；第十一章为海城诗人作品选；第十二章为会员作品获奖情况；第十三章为诗词人物；第十四章为诗林轶事；第十五章为其他诗词组织及序言、综述、海城概况、凡例、编辑始末、后记等。

21.《东瓯诗谭四十家》，朱凌云主编，四川民族出版社于2019年1月出版。本书收集了40位当地知名诗词家的作品。以“作者介绍+该作者作品展示”的形式编排，所选诗词格律严谨、对仗工整，适合古诗词爱好者阅读与借鉴。

22.《古钟声韵》，张世棉编，团结出版社于2019年1月出版。是集收录了广西省天等县安结村21位作者的诗词和对联。黄定时、凌云志、龙恩西、黄定宁、张世棉、龙开元、龙恩炼、龙恩格等，通过诗作表达对结安文化薪火相传的希望。

23.《椒乡十俊诗词联选》，黄志锋编，团结出版社于 2019 年 1 月出版。是集收入了广西省天等县平仄村 10 位作者的诗词和对联作品。10 位作者来自各行各业，有公务员，有农民，有商人，也有打工者。这是一本天等旅游诗集，也是一本天等物产诗集。

24.《椒乡十叟诗选》，何爱民等编，团结出版社于 2019 年 1 月出版。十叟中，最长者已 87 岁，最幼者也已 56 岁。有离退休老干部，有退休老教师，还有农村诗人。这些诗作，或是作者多年来学习、工作、生活的写照，或者是退休后参加县老年大学诗联班所创作的新作。

25.《清镇诗词联赋选集》，清镇市诗词楹联学会编，团结出版社于 2019 年 2 月出版。是集收录了清镇市部分作家的诗词楹联赋等作品。他们都是基层的劳动者，都具备较深厚的古典文学功底，写的都是自己的真情实感，写出来的作品都流畅自然，具有一定的阅读欣赏价值。

26.《美丽凤湖》，任泽健主编，西泠印社出版社于 2019 年 2 月出版。本书内容包括与凤湖公园相关的各种美景彩图、人文历史、故事等，体裁以散文、现代诗歌、古诗词、楹联为主。通过这些图片和文字，向人们展示了一个美丽而充满传奇的凤湖。

27.《古今诗人咏新河》，秦仲元主编，河北人民出版社于 2019 年 2 月出版。是集以吟咏邢台市新河县古代、近代、当代功勋人物和事迹，以及新河县风土人情、企业风采、经济发展、文化教育等内容为主。收录 100 多位本县诗人的作品，60 多位外地诗人的作品。诗作格律谨严、导向正确为读者描绘了蓬勃发展中的新河全貌。

28.《阿勒泰文萃》，杨建英主编，北京时代华文书局于 2019 年 2 月出版。本书收录了鲁迅文学奖获得者的纪实性作品、记录民族团结感人瞬间和抒发大美阿勒泰雄浑宏阔的散文作品，以及讴歌阿勒泰地区传奇的诗词作品。共分为时代写真、地域文本、自然笔记、流金岁月、纪实文学、行吟阿勒泰、民汉互译等几大栏目，立足于描写阿勒泰地区风貌，向读者充分展示良好的阿勒泰地区风貌。

29.《灵渠流韵》，郭英、周信发主编，团结出版社于2019年3月出版。这本兴安风景诗词选本，题材广泛，内容丰富，图文并茂，雅俗共赏，堪称灵渠文化之代表，兴安风景之名片。

30.《昌宁诗词集》，昌宁县文学艺术界联合会编，云南人民出版社于2019年3月出版。本书辑录了县诗词楹联协会会员和广大诗词爱好者的佳作，按现代诗、旧体诗的顺序进行编排。诗人们热情讴歌千年茶乡，吟咏家乡的风物，歌颂勤劳淳朴的茶乡人民，书写与时俱进的时代篇章。

31.《大同名胜诗词集》，大同名胜诗词集编委会编，北岳文艺出版社于2019年3月出版。古都大同，大美之甚。名胜景观，荟萃纷呈。千百年来多少赞颂吟叹，或欣悦，或悲壮，或委婉，或深沉，展现了大同古老的文明，唱响了大同的黄钟大吕。本书选编的800余首诗词曲赋作品，从不同侧面宣传讴歌了大同名胜，以饱满的热情营构地域文化特色，虽平凡而颇有活力。

32.《侗乡情》，杨顺丰主编，广西民族出版社于2019年4月出版。本书用诗词的形式，以三江侗族自治县的木楼建筑、服装饰品、歌舞文化、生活习俗、节日节庆等作为描写对象，以满腔的热情、朴实的语言，歌颂侗乡的政治清明、经济发展、文化繁荣、社会和谐、生态文明，表现了三江浓郁的民族风情，赞美了淳朴、勤劳、善良的三江人民。

33.《珠山八友题画诗注译》，韩晓光编，江西人民出版社于2019年4月出版。“珠山八友”，是民国二三十年代活跃于景德镇瓷坛的一批艺术家。他们有意识地继承与发扬中国文人画的优良传统，将诗、书、画融为一体，注重艺术形式与情感蕴涵的有机结合，不断提升艺术创作的品位与境界。他们在创作精美的瓷画作品的同时也创作了许多脍炙人口的题画诗。作者收集了“珠山八友”百余首题画佳作，先后作了注释、简析并译成白话文，以便于读者阅读鉴赏，供学者研究珠山八友的艺术成就。

34.《运河咏叹》，王清平主编，江苏人民出版社于 2019 年 5 月出版。宿迁历史悠久，人文荟萃，素有“华夏文明之脉、淮河文明之源、楚汉文化之魂”之称。运河宿迁段连两湖通南北，古今众多文人骚客或常住或途经，大多留下了巧思妙想的咏叹华章。本书精选汇编古今有关运河宿迁段的诗词歌赋，以独特的形式、宽广的视角反映大运河的人文历史，为促进大运河文化带建设贡献力量。

35.《三明诗词选编》，林日上编，福建教育出版社于 2019 年 5 月出版。分上、下两编，选编从古至今三明地区作者的诗词。以审美趣味为标准，坚持艺术性，注重诗作质量，按不同体裁类别选编排列，具有浓郁的地方特色。

36.《流韵壮妫川》，陈超主编，团结出版社于 2019 年 5 月出版。这是一本歌颂延庆的诗歌集。全书分为三个部分：第一部分是古代人歌咏延庆的诗词，上起唐朝诗人高适，中经元明两朝延庆大开发时期的赵玨、罗存礼、范鉷等，下至清朝的许隆远、李钟俾、玄烨（康熙）、康有为等。第二部分是近现代名人如陈毅、邓拓、刘征、孙轶青、乔羽、段天顺等歌咏延庆的诗词。第三部分是今人歌咏延庆的诗词，包括现今延庆人歌咏延庆和外地人歌咏延庆的诗词。这些诗词，都是对古今延庆风土人文、风光景物、世事变迁和社会生活的歌咏。

37.《黄鹤楼诗词三百首》，朱纪新编，武汉出版社于 2019 年 5 月出版。该书所选作品从南朝到民国，按五古、七古、五律、七律、五排、七排、五绝、七绝、词分类，每一类再按作者生卒年予以编排。注释包括作者小传、诗句解释、字词注释、典故出处等，也有对重要作者的创作风格的评价。

38.《南京新咏》，南京诗词学会编，上海文艺出版社于 2019 年 6 月出版。是选收入了顾仁飞等 10 位诗人的诗歌作品。10 部作品分别为《南京新咏》《玄武放歌》《诗意溧水》《美丽高淳》《枫红栖霞》《杏林诗韵》《天降花雨》《江宁颂歌》《青铜素描：桐乡女诗人集》和《诗话沙地话》。这些作品，不但歌颂了祖国的壮丽山水，更记录了生活中的点滴感悟。

39.《江山诗瓢》，刘毅编，团结出版社于2019年6月出版。本书收入江山建县1400年来本籍近250名先贤的诗词联作品1000余首（副），并对每位作者配以人物简介，对部分作品作了简注。是一本以人存诗、以诗存人、掘微探幽、彰扬地方传统文化的古典诗词作品集。

40.《古今诗人吟姜堰》，郁胜天编，团结出版社于2019年6月出版。是集收入了作者吟咏姜堰的诗词作品，描绘了姜堰的风景名胜、亭台楼阁，自然风光、自然资源，人文景观、非遗文化等。同时，收入了部分古人吟咏姜堰的诗词作品，增加了图书的厚重性。

41.《费县历代诗文选注》，平凡编，团结出版社于2019年6月出版。该书汇集了费县自先秦至民国年间的诗文数百篇。既有孔子、曾子、李白、杜甫、颜真卿、苏轼、文天祥等历史名人的作品，也有费县官员和费县本地著名文人墨客的作品。既有诗歌、散文，也有奏章、碑铭。为便于读者理解古代诗文，还分别加了作者简介、题解和注释，是系统全面了解费县古往今来文史作品的专业性、学术性读物。

42.《圣立作家文丛·四海诗萃》，四川民族出版社于2019年6月出版。该书是一部由清远市清远诗社选编的诗歌合集。分新诗、诗词两个部分，以新诗为主。书中精选以国内名家及清远本地诗人为主的歌咏清远风景、风情、风物等的诗歌佳作。同时，歌咏祖国大好河山，歌颂新生活，歌颂新时代。

43.《天地诗心·夔州历代诗选》，时代文艺出版社于2019年7月出版。该书以古代夔州府为中心，精选中国历史上和夔州当地风土人情相关的诗作50首。时间上自魏晋南北朝，下至晚清至民国。体裁上包含古体诗、近体诗等。所选诗作各有注释和赏析，有助于读者了解作品创作的历史背景、诗人生平、诗作艺术特点等。

44.《长汀现当代诗词选》，吴启蒸、廖文福编，团结出版社于2019年7月出版。是集选录了百年来福建长汀籍诗人的诗词和非长汀籍名人吟咏长汀的诗篇 800 余首。共分三卷。卷一是非长汀籍名人的诗词。卷二为长汀籍先辈的诗词。卷三主要是长汀诗词学会成立以来的长汀籍诗人的作品，其中包括长期在外地工作、生活的长汀籍诗人和长期定居长汀的非长汀籍诗人的作品。编辑整理本书，旨在传承长汀优秀文化，赓续中华文脉，推动长汀当代诗词乃至文学事业的繁荣发展。同时，也是让今天的长汀人以家乡为傲，让今天的长汀青少年爱家乡的乡土文学读本。

45.《惠城风韵》，陈幼荣主编，光明日报出版社于 2019 年 7 月出版。本书收录了百余名诗人的诗词联作品 1000 多首，或讴歌惠城新风采，或歌颂惠城新农村风貌。古风与格律并行，旧新与新诗同芳，诗词与楹联相映，俚语与雅韵共唱。表现了惠城人对惠城这片土地最真挚的感情，展现了惠城的新时代风貌，有利于向省内外展示惠城的人文风尚和本土情怀，增加读者的文化认同感和文化自信。

46.《当代夔州诗八百首》，奉节县夔州诗词学会编，团结出版社于 2019 年 7 月出版。是集收录了反映中华人民共和国成立以来夔州自然风光、风土人情和民众生活的诗词作品 831 篇。除夔州诗词学会会员作品外，还收录了不少当代诗词名家和全国各地人士关于奉节山水或历史文化的诗词作品。篇目分为“律绝吟诵”“词曲咏唱”“古体民歌”“风骚新篇”四大部分。

47.《牡丹花开湔江岸》，成都时代出版社于 2019 年 7 月出版。该书是一本与天彭牡丹相关的诗词选集，收集了从唐代到当代与牡丹花相关的诗词 114 首。天彭牡丹在彭州种植历史悠久、品种繁多。古往今来，文人吟诵天彭牡丹的佳句不胜其数，诗人王勃、杜甫、李商隐、范成大，画家张大千、陈子庄等都尽其才华讴歌天彭牡丹。如今，彭州市将牡丹文化打造成一张崭新的名片。该书的编辑出版，将助力彭州的文化传承和经济发展。

48.《兴州诗词诠注》，石志刚、陈压美编，三秦出版社于 2019 年 8 月出版。是集涵盖了从东汉至民国期间留存略阳（古为兴州）的三百余首诗词，资料翔实，注释准确，便于阅读欣赏。

49.《佟水悠扬》，张福有主编，吉林文史出版社于2019年8月出版。该集收录吉林省诗词学会组织东北三省近300位诗人写通化县的2058首旧体诗词。共分四编，分别为：沸水文化、锦绣河山、城乡新貌、幽雅声韵。全书反映主旋律，提升正能量，侧重以诗纪事、育人、证史。

50.《泰州竹枝词》，江苏人民出版社于2019年8月出版。收录了从明代到民国近40位诗人的2000多首作品，是首次对泰州竹枝词的总汇全编，为读者展现了一幅地方社会历史文化的长卷。

51.《邱县古诗汇》，花山文艺出版社于2019年8月出版。该书是在历代邱县旧志、艺文志的基础上，以《四库全书》《续四库全书》《四库禁毁书丛刊》《清代诗文集汇编》为基础工具，上自先秦，下至民国，以成诗时间先后为序编选的诗集。一人多题者，以首题为准，依次编纂。共汇编自先秦至民国年间的诗作669首，并一一对其进行校正和注解。是研究地方历史文化的重要参考资料。

52.《七星关区前贤诗词联辑录》，周遵鹏编，贵州人民出版社于2019年8月出版。该书所录诗词、联，上限至汉代，下限截至1949年。无论作者所处的时代环境及社会地位如何，其作品思想性都具有积极、向上、进步和激励人的一面。艺术上，基本体现了各个时代及作者的大体水平。是选还注重作者的代表性和作品题材的社会涵盖面。编者对其中的一些典故、字句进行了注解。同时，对每一作者的籍贯、生平及事迹尽量加以考证注明，前后重复出现者，注前略后。对稀见的诗钞、诗集等，则全本辑录，以利保存。

53.《诗咏十堰》，湖北人民出版社于2019年9月出版。本书收录了历代（主要是当代）诗人歌咏十堰的诗歌，分为八卷，分别是：卷一武当仙境，卷二大美车城，卷三沧浪听涛，卷四七夕恋歌，卷五房陵美韵，卷六女娲故里，卷七梦幻桃源，卷八特邀诗人。所收诗歌歌颂了十堰美好的自然风光、厚重的历史文化和当代建设的伟大成就，抒发了作者对祖国的热爱、对人生的领悟。

54.《诗韵嘉陵》，四川民族出版社于 2019 年 9 月出版。该书以中华人民共和国成立 70 周年为契机，采用诗、词、赋等形式，以深情的笔触吟诵了嘉陵的山水、嘉陵的产业以及嘉陵的民风民俗。既有对嘉陵名胜古迹的感悟，也有对嘉陵故土田园的思索。乡村拾趣、江岸漫步、山水采风，都在字里行间透露出时代的印迹，也表现了作者对嘉陵区巨大变化的由衷赞赏。

55.《宁城古诗词辑注》，胡廷荣编，团结出版社于 2019 年 9 月出版。本书辑录了内蒙古宁城地域的诗词 500 余首，均为 1949 年以前的作品。其中，300 余首作了注释，是编者翻阅大量资料收集、整理而成，极具历史价值和文化价值。是集所收的明代唐之淳写于大宁城的 60 余首诗作，更是难得一见。本书对于进一步研究宁城历史文化有重要意义，也为宁城县全域旅游中的历史文化游提供了不可多得的文化资源。

56.《娄底诗词选粹》，光明日报出版社于 2019 年 9 月出版。《选粹》是一部具有地方特点的诗词集。收集的诗、词、曲约 900 首，涉及作者 572 人。一是收入了宋至清代娄底籍诗人的部分优秀作品及非娄底籍诗人写娄底的佳作。二是收入了自民国至今娄底本地人士及曾经生活工作在娄底的部分诗词爱好者的诗作。书中还收录了一些娄底市摄影家提供的娄底名胜古迹风光照、现代建筑照及名人名家画作、书法作品，具有一定的地方文史资料价值。

57.《金陵汉诗》，邓攀编，南京出版社于 2019 年 9 月出版。该书收录了从唐至民国近 1100 年间东亚诸国近 40 位作者所作关于南京的近 200 首汉诗。诗作主要源自古籍抄本（刻本），并经过识读精校，部分录自当代质量较高的排印本。正文包括作者生平、诗作原文、出处、注释、解说等五个部分。与国内多见的注重文学赏析的诗集选本不同，该书注释和解说侧重释读、分析、考证诗作的表现内容、创作意图和背景，从文本和历史研究角度提升该书的史料价值。

58.《广西防城港市清代·民国·当代诗词选》，德宏民族出版社于2019年9年出版。该书主要收录防城港市清代、民国、当代三个历史时期市内外500多位诗人、词家质量较高的诗词曲作品共2000多首，约35万字。时间上至1616，下至2016年12月。其中，1616年至1911年间作品录入《清代卷》；1912年至1949年9月作品录入《民国卷》；1949年10月至2016年12月录入《现当代卷》。主要内容为讴歌防城港地区社会发展、人文风貌、秀丽山川等。其中，现、当代诗词作品部分则主要突出歌颂党、歌颂改革开放、歌颂新时代、歌颂防城港建市以来取得的辉煌成就等。

59.《贵州诗词卷》，黄润蓬编，中国书籍出版社于2019年9月出版。本卷选取和贵州地区相关的诗词作品，涵盖汉、唐、宋、元、明、清各朝，直至民国和中华人民共和国，约2000多年作品5176首，入选作者1737人，分为古代、近代、现代、当代四编。

60.《佛山词征》，夏令伟编，广东人民出版社于2019年9月出版。本书是全面收录佛山词的地域性文学总集。该书坚持以人系词，以词存人原则，以佛山目前的行政区划为范围，兼顾佛山的历史地理，收录著籍顺德、南海、三水等地的词人词作，起自宋朝，历明、清，止于中华人民共和国成立之时，收录词人100余家，词作2000余首。

61.《广府民俗诗词歌谣丛谈》，徐启文著，花城出版社于2019年10月出版。这是一本谈说和纵述广府民俗诗歌歌谣的著作，有《广府民俗诗词歌谣丛谈》《广府民俗诗词歌谣纵述》两卷。卷一《丛谈》包括粤语方言诗、广州竹枝词、民间咸水歌、木鱼歌、龙舟歌、广东南音、粤讴、粤曲、粤语民间童谣等9种。卷二《纵述》包括绪言、广府民俗诗词歌谣的概况、主要特性、主要功能、传承和保护及反思等5个部分。

62.《弋江历代诗词》，弋江区党史和地方志研究室编，黄山书社于2019年10月出版。芜湖弋江区历来经济发达，人文荟萃。本书稿整理了弋江区历代诗词，时间从唐代到新中国成立前，内容广泛，展现了弋江区自然、人文的历史风貌，是该地区历史文化的一次挖掘、整理，可为研究弋江、宣传弋江文化提供资料。

63.《武平古今诗词选注》，陈厦生主编，社会科学文献出版社于 2019 年 10 月出版。本书系统搜集、整理、展示了历代涉及武平县的诗词作品（含县内外人士吟咏武平的诗词佳作、武平籍人士所撰写的诗词佳作），对其进行权威的梳理、记录和解读，由福建师范大学谢重光教授、龙岩市戏曲研究所副所长邹文清先生在原李坦生老先生及其团队所搜集《历代吟咏武平诗选》初稿（3 万余字）的基础上进一步多方搜集扩充，并对每一首诗词进行严谨考证、认真笺注。书稿文字约 25 万字，力求从总量、内容以及格式体例各方面达到较高水准，填补相关领域的空白。

64.《诗词达人写寒亭》，政协潍坊市寒亭区委员会编，光明日报出版社于 2019 年 10 月出版。本书将收录全国各地 300 多名诗词爱好者创作的优秀作品汇编成册。历经 70 年沧桑巨变，寒亭与伟大祖国一路同行，与伟大时代同频共振。勤于笔耕的诗词作者用妙笔抒发当代情怀，用真情讴歌大美寒亭。书中所选原创诗词构思巧妙、清新明快、涉猎广泛，集知识性、史料性、可读性和文学性于一体，是一部全面展示寒亭历史变迁、文化内涵和发展成就的诗词合集。

65.《渠县好诗词》，曲轩编，四川人民出版社于 2019 年 10 月出版。是集为渠县历代诗词以及中华诗词名家赴渠县采风活动所创作的诗词、诗歌理论作品图册。该书对弘扬传统文化，尤其是弘扬传统诗教，扩大渠县作家以及“诗词之乡”渠县在全国的影响具有重要意义。

66.《内蒙古诗词卷》，内蒙古诗词学会编，中国书籍出版社于 2019 年 10 月出版。共七卷，收录含民国时期，以中华人民共和国成立以来为主的现当代诗家的优秀作品。入编作者共计 346 位，选录作品 3500 余首。古代部分，主要收录了汉至清末大致属今内蒙古地区的汉族和少数民族诗家的汉文诗词佳作或域外诗家写的有关内蒙古地区内生活题材的诗词佳作。

67.《历代唱和吟咏献县诗钞》，于万复辑校，河北大学出版社于2019年10月出版。该书收录汉代至中华民国间文人名士描写献县风光及历史的诗作。作品辑自《四库全书》、地方志、各类文集等，为读者了解献县诗歌全貌提供了翔实资料。

68.《鸡足山诗文选》，陈友康主编，云南人民出版社于2019年10月出版。该书辑录300余人关于鸡足山的诗词、文、赋600余篇，时代下限到民国。是至今搜集汇编关于鸡足山诗文集中最齐全者。

69.《莞南雅韵选集》，莞南雅韵学会编，江苏凤凰美术出版社于2019年10月出版。该书以词作为主，收录少量旧体诗，每首由“原色诗词”“字斟句酌”“诗余新语”“诗心共享”四个部分组成。“原色诗词”皆为原创作品；“字斟句酌”对诗词中的重点词句、晦涩之语解释说明；“诗余新语”以散文笔触结合诗词内容适当阐发；“诗心共享”精心选取同体诗词中优秀作品积极延展。

70.《辽宁诗词卷》，王向峰、王充闾编，中国书籍出版社于2019年11月出版。该书作品在题材内容上贴近现实生活，在思想感情上积极健康上进，在形式表现上讲究诗词格律与体式规范，大体上表现了辽宁省当代诗词作家的创作面貌。

71.《黄石当代诗词选》，刘远芳选编，武汉出版社于2019年11月出版。本书从1949年以来本地作者发表的诗词作品中精选500余首，力求囊括黄石优秀诗词作者和作品，体现黄石当代诗词创作的水准。本书所收作品，均为旧体诗词。其中，诗只收五言绝句、七言绝句、五言律诗、七言律诗和古风；词则收常见词谱中的所有词牌，酌收散曲（不含套数）。

72.《桐庐古诗词大集》，王樟松编，浙江工商大学出版社于2019年12月出版。桐庐不仅有优美的自然景观，还孕育了特色鲜明的隐逸文化、中药文化和诗词文化。由此吸引了上千的文人骚客，谢灵运、李白、杜牧、孟浩然、王维、白居易、孟郊、苏轼等都曾驻足于此，留下数以万计的描绘桐庐山水风光、风土人情的诗词。本书以时间为轴，记录了从魏晋南北朝到现当代所有涉及桐庐的诗词。分上、中、下三册。

73.《钱塘江涌潮诗词汇编 · 续编》，浙江人民出版社于 2019 年 12 月出版。本书为《钱塘江涌潮诗词汇编》的续编，主要辑录中华民国时期和中华人民共和国成立以后涉潮诗词 220 余首。其中，诗 180 余首、词 40 首。全书分为举世金秋观潮、骋怀抒情寄潮、思浙怀乡忆潮、赠诗题词系潮、治江围涂御潮等 5 部分，并收录部分诗词作者简介和观潮地点简介。

社集类

74.《江花红胜火》，靖江市马洲诗社编，江苏凤凰文艺出版社于 2019 年 1 月出版。这是一本诗词合集，是靖江市马洲诗社成立 30 周年的作品集，汇编了多位靖江作者的诗词作品。

75.《科海歌吟》，金关波编，团结出版社于 2019 年 1 月出版。本书是浙江省科普作家协会及浙籍在省外和外籍在浙江工作的诗人作品的合集，包括老中青三代诗人的新诗、旧体诗词、曲赋作品，集科学诗、哲理诗、抒情诗、寓言诗、儿童诗为一编，格调高扬，清悠脱俗，展现了当代诗歌的新气象。

76.《晚晴集》，惠阳区老干部书画家协会淡水分会编，岭南美术出版社于 2019 年 1 月出版。惠州市惠阳区老干部书画家协会淡水分会，现有会员 23 人。本书是淡水分会为发扬老干部不忘初心、保持本色、凝心聚力、勤奋学习的精神而编，以书法为主并配有部分国画、油画、诗词等，内容励志上进。

77.《耆英集》，广州市黄埔区文学艺术界联合会编，崇文书局于 2019 年 1 月出版。黄埔诗社自成立以后，积极组织广大社员与邻近或远方诗社诗友交流切磋，定期开展大型诗词雅集及专题采风活动等。是集为诗社中年满 60 周岁且诗词楹联具有一定水平社员的诗词精品结集，计 500 余首。作品题材广泛，风格迥异，各具特色，颇具欣赏价值。

78.《九洲雅集》，曹艳玲编，团结出版社于2019年3月出版。这是一本诗集，由九洲诗词文学总社负责征集。思想积极、健康向上，旨在弘扬传承中华诗词文化，歌颂风土人情，赞美山水风光。写田园，写亲情、友情、家国情，每一首都写得感人至深。通过书写小胸襟，大情怀，表达对人间真善美的无限热爱。

79.《月光集》，日中文学会编，东北大学出版社于2019年5月出版。此选为日中文学会十六位作者的原创旧体诗词合集，包括七绝、五绝、七律、五律及词。主要体现两岸华人的生活面貌，提倡积极向上的乐观态度。有利于诗词及汉语的发扬和传播，有利于增进日中友好和两岸文化交流。

80.《豫东诗词》，徐永学编，团结出版社于2019年6月出版。收录商丘市诗词学会会员创作的作品，以旧体诗词为主。主要内容有商丘诗家、吟友飞鸿、归德吟坛、珠联璧对、新诗选粹、诗潮回声、诗词评论、商丘诗词学会信息动态等8个部分。旨在传承发展中国诗词经典，培养发展商丘诗词爱好者队伍，通过打造诗词（歌）平台，倡导积极健康向上的生活方式，构建人与人、人与大自然之间的和谐之美。

81.《那片星云那片天》，零俊光编，团结出版社于2019年7月出版。本书是广西天等县福新镇中心小学新星诗社新老会员及社友的作品选集，收录100多个作者的旧体诗词楹联作品，从中可以管窥到该校诗词课堂教学的情况。这些作品是该校诗书文化建设的重要成果。该书适合在校师生研读，也是当代诗词教育教学工作者值得一读的诗词楹联作品集。

82.《凤栖梧桐》，浙江古籍出版社于2019年8月出版。本书收录了桐乡市凤鸣诗社38位社员的诗词书画。以收录社员名字编排，每个社员收入作品数量不定，除诗、词外，还有少量楹联亦编排在内。综观所收诗词楹联，主要以歌颂新时代为主题，间有抒发个人情感及赠送之作。另收书画作品61幅。

83.《烟萝集》，华中师范大学出版社于 2019 年 10 月出版。本书精选了“女子十二词坊”中的十二位女诗人的诗词佳作，共计 360 首。这些诗词辞工律稳、自然真挚、题材广泛、格调高雅，既是当前物欲横流、浮躁喧哗社会中的清音，又是对传统文化形式的传承和发扬，极其难能可贵。

大赛类

84.《大彭歌》，山西省社会科学院彭氏文化研究中心编，北岳文艺出版社于 2019 年 3 月出版。本书是山西省社会科学院彭氏文化研究中心与黄河散曲社、四川彭山彭祖文化研究会、彭山彭祖企业商会、中华诗词论坛等单位共同组织举办的“‘彭祖杯’中华诗词曲大赛”获奖作品的结集。以歌颂吟咏历代彭氏名人为主题，采用诗词曲形式为历代彭氏名人留影写照。

85.《汾湖新唱》，吴琦主编，江苏凤凰文艺出版社于 2019 年 4 月出版。是集选录了由中华诗词学会、江苏省诗词协会和江苏省汾湖高新技术产业开发区管委会（黎里镇）联合举办的第三届“柳亚子杯”全国诗词大赛应征诗词作品 300 余首，其作品主要为反映汾湖高新技术产业开发区和吴江区的新面貌、新变化、新格局、新业绩、新成就以及庆祝改革开放 40 周年之作。

86.《太和清韵》（第四辑），朱自欣主编，国际文化出版公司于 2019 年 4 月出版。是选为第四届“静乐杯”海内外诗词楹联大赛作品选集，共收录获奖作品 112 件，较为集中地展示了赛事风貌和创作成果。作品面向丹江口市，立足武当山，书写人文历史、山水胜景，讴歌奉献情怀，全景再现了中国水都、道教清都的时代风貌。

87.《第二届中华诗词有奖征集获奖作品集》，中国书籍出版社于 2019 年 7 月出版。是集为中国作家协会《诗刊》社、中国民族博览杂志社、中国诗书画网、北京东方中国诗书画院联合举办的第二届“中华诗词有奖征集”活动的获奖作品集。此次活动是“首届中华诗词大奖赛”的延续，旨在纪念中国改革开放 40 周年、庆祝中华人民共和国成立 70 周年、迎接中国共产党建党一百周年，进一步落实党的十九大精神，传承中华民族优秀传统文化，增强民族文化自信，催生更多的诗词精品，为时代立传，为人民放歌。以诗词讴歌祖国、礼赞生活、纪颂英雄、壮吟新时代；用美丽的中国文字演绎中华雄风、盛世气象，促进中华民族的伟大复兴。该活动于 2018 年 6 月 15 日在北京梅地亚中心召开新闻发布会，同时面向海内外隆重征稿。截止 2018 年 8 月 31 日，共收到参赛作品 81769 首，来稿遍布全国 34 个省级行政区，并得到了世界 20 多个国家的积极响应。经过初评、终评，共评选出 300 首获奖作品。

88.《仙芝咏》，福建仙芝楼生物科技有限公司编，海峡文艺出版社于 2019 年 7 月出版。本书主要挑选了福建仙芝楼生物科技有限公司举办的企业诗词大赛中获一、二、三等奖和优秀奖的诗歌作品。同时，还选录了部分嘉宾作品和大赛入围作品。这些作品，皆围绕“仙芝楼”的品牌、企业文化、生产情况、产品特色等抒发感怀，字里行间透露了作者对企业文化的理解和他们作为企业员工的自豪感，较为全面地展现了该企业的优良形象。

89.《“魅力永定河、放歌新国门”原创优秀作品集》，北京燕山出版社于 2019 年 11 月出版。本书是 2019 年北京市大兴区文化馆举办的主题为“魅力永定河、放歌新国门”征文活动的获奖作品集。征文旨在庆祝北京大兴国际机场正式通航。全书分四个部分，即报告文学、小说、散文、诗词，共收录近 70 余篇（首）。这些作品从不同角度，生动讲述和真实反映了在新机场建设中发生的感人事迹，拆迁群众为新机场建设舍小家顾大家的奉献精神，深情颂扬了永定河悠久的历史文化，展现了人民群众对未来生活的美好期盼。

特定专题类

90.《闲吟放歌若屈杜》，孔农编，贵州人民出版社于 2019 年 1 月出版。本书旨在深入系统研究吴中蕃的生平事迹、学术及诗歌艺术。共辑录清代至当代 320 余年有关吴中蕃生平事迹、诗文艺术研究的文献39篇、诗词26首、年谱1部，并附有吴中蕃彩色画像、故居等图片10余幅。系迄今第一部系统的吴中蕃研究文献资料汇编集。

91.《十万西兰自有香》，朱文泉主编，江苏凤凰文艺出版社于2019年2月出版。本书以响水县近年来声名鹊起的西兰花产业为主题，在面向海内外广泛征集的基础上，精选入围作品1000多首，所选作品热情讴歌赞美西兰花为响水人民的"致富花""迎春花"，具有较高的思想性和艺术性以及鲜明的时代性。

92.《家风诗词》，王兆鹏、郭红欣主编，华中科技大学出版社于2019年3月出版。家风是中华文化中最为朴素的智慧沉淀，构成了中华民族五千年的脊梁，而众多著名人物的家风也为后人树立了人生观的文化标准。家风丛书包含《领袖家风》《名人家风》《百姓家风》《名师家风》《家风诗词》，从五个方面梳理并精解自古以来中华民族家风建设的精髓，督促我们从传统文化里汲取前人宝贵的精神养分。本书收录了与家风相关的诗词，并对作者和创作背景做了介绍，对诗词进行了赏析，提炼了核心家风。

93.《常熟抗战诗文选》，常熟市档案馆编，古吴轩出版社于2019年6月出版。本书分"悲壮""抗战""欢歌"三个部分，真实记录了1931至1945年中国抗日战争在常熟的具体反映，真情抒发了广大群众、战士的喜怒哀乐及他们对日军暴行的血泪控诉。是选可补史志记载之不足，且可读性较强，是开展爱国主义教育的生动的乡土教材。

94.《铿锵护净土·云南禁毒宣传诗词选》，云南省妇女联合会、云南省禁毒委员会办公室、云南省诗词学会联合选编，云南人民出版社于2019年7月出版。毒品是人类社会的公害，禁毒工作事关国家安危、民族兴衰、人民福祉。是集入选禁毒诗词，旨在深入贯彻落实习近平总书记关于禁毒工作系列重要指示精神，广泛开展毒品预防宣传教育。

95.《三晋体育诗赞》，田麦久、王钰清主编，山西人民出版社于 2019 年 7 月出版。为庆祝第二届青运会召开，讴歌山西体育历史与文化，中国体育科学学会体育社会学分会体育诗词研究学组为山西体育创作了 100 首左右的诗词。内容涵盖了山西著名的体育文化遗存、体育类非物质文化遗产、著名体育运动员、全国第二届青年运动会等方方面面，以诗词方式诠释山西体育的发展和成就。

其他类

96.《经典咏流传・我为诗狂》，许文广、过彤主编，人民文学出版社于 2019 年 1 月出版。该书是央视热门重磅诗词文化节目同名图书《经典咏流传》大众背诵版，收录《经典咏流传》节目所有诗文，以及选自先秦、两汉、唐、宋、元、明、清到近现代的 55 篇诗词，配有简明赏析。温儒敏作序，沈鹏题写书名。内页采用传统笺纸 + 中国书法设计，散发墨香四溢的古典诗情；并使用 AR 技术，扫描书中剧照即可重现谷建芬、胡德夫、谭维维、王俊凯等经典传唱人用现代音乐对古典诗词的演绎。

97.《敬德诗集》，北京市海淀区教育科学研究院编，中国青年出版社于 2019 年 1 月出版。本书是海淀区中小学教师的诗词作品集。为提升海淀区中小学教师的传统文化素养，敬德书院于 2014 至 2017 年设置了三期诗词联培训班，聘请国家一级作家、著名词人蔡世平先生讲授诗词欣赏与创作，共有 100 余名中小学教师参加了学习培训。通过生动活泼、引人入胜的诗词讲授、互动，现场作诗，即兴创作，学员兴趣大增，做到了会欣赏会创作。这本《敬德诗集》就是这些学员的优秀作品集。

98.《时光的风物》，游走天路主编，线装书局于 2019 年 1 月出版。本书是“作者联盟”微信公众平台原创作者发表稿件汇编的诗词文集，共收录蓝亦波、黄木兰、陈景南等 19 位诗人诗、词、散文计 300 余篇。“作者联盟”平台高举“高弹新锦瑟，重振旧诗坛”的旗帜，倡导及传播正能量，提倡创作诗词、山歌、散文等。本书入编的诗词、散文作品，取材广泛，寓意浅显，通俗易懂，不失活泼生动，传善传情。

99.《舒卷春秋几卷诗》，王家富、李睿、书琴等著，河南文艺出版社于 2019 年 1 月出版。是集分竹、梅、兰三篇，精选了三位来自政府机关、教育领域、文化领域的诗词爱好者近三年创作的近百首古典诗词及现代诗，并配有三十余幅作者原创的书画作品。从内容上看，既有作者对工作领域的真切感悟，又包含了对自然万物的纵情歌咏；既有对至亲至爱的深情刻画，又囊括了对国家发展的美好希冀。从形式上看，既有对诗词格律规范的严格遵守，又有对现代诗创作技法的再度开掘，实现了诗歌这一文学载体在传统文化中的“新生转进”。

100.《霜叶集》，老阳编，中国文联出版社于 2019 年 1 月出版。本书为老阳等七位作者共同创作的诗词集。作品既是对作者璀璨年华的回首，也是对时代的致敬与怀念。不仅是作者们心头点滴触动的记录，也饱含着他们对亲朋的思念、对生活的热爱之情。

101.《言志诗萃》，风冈县政协教科文卫与学习文史委员会编，贵州大学出版社于 2019 年 1 月出版。是选作者有中华诗词名家，有全国各地的诗词精英，有本乡本土的诗词才俊，有千锤百炼的老手，也有朝气蓬勃的新秀，真正是星光灿烂，群英荟萃。其内容有对时代风云的讴歌，有对山水风物的赞美，也有个人情怀的吟唱，均属精品力作。

102.《三剑斋文人画作品集》，陈雨辰等著，中国文联出版社于 2019 年 1 月出版。本书收录陈雨辰、袁禹怀、周贻海三人的作品，采用中国画配自创诗词的方式呈现，画作题材多样，体裁多变，诗、书、画、印结合，形成了一部完整的诗书画集。

103.《相映集》，江岚主编，中国书籍出版社于 2019 年 2 月出版。是集为当代旧体诗坛六位中、老年诗家作品选集。每位诗家自选作品 50 首。集名“相映”，取“相映成趣”意。中国诗词有新、旧二体，新体诗与旧体诗不应排斥而应“相映”，相映成趣，进而相映生辉。

104.《中国诗词大荟》，马雨音编，时事出版社于 2019 年 2 月出版。该书把上启两汉、魏晋，下至清末、民国的诗词佳作进行了整理，共分为豪放、婉约、田园、边塞、花间、浪漫、现实、格律等八卷，每卷以时间为轴线，历数具有代表性的诗词佳作，走近诗人和他的时代，体悟诗情诗意之境界，寻味字里行间之深蕴，以诗词指引读者的雅致心绪，审美当下。

105.《诗画品民国》，孙可华、李乐年、刘承彦主编，华龄出版社于 2019 年 3 月出版。该书以品评民国诗歌为主，辅以相关资料。主体是咏史诗，图文并茂。前一部分收录先人作品 120 余首，后一部分收录今人作品 200 余首。其体裁既有传统的格律诗、词、古风，又有现代诗、快板等。是集通过诗词作品对民国这一时期进行了描述和品评。

106.《当代文学精选》，陶士凯主编，中国国际广播出版社于 2019 年 5 月出版。是选为一部诗歌、诗词、散文和小说的经典合集，是许多诗人作家代表作合集，也是陶士凯先生的又一份心血结晶。

107.《90 后诗词选》，《诗刊》社编，南方出版社于 2019 年 6 月出版。本书是由《诗刊》社征集选编的 90 后诗人诗词作品选，是对近年来创作卓有成效、备受诗坛瞩目的 90 位 90 后诗词作者作品进行系统的梳理和展示。它体现了这些年轻的诗词作者对当代社会生活和思想感情的反映，以及对传统诗词的继承、发展与思考。在对传统的继承方面，能反映出当下 90 后诗词作者的功底和水准。在发展创新与反映新时代气象方面，能反映出部分新锐作者的积极探索。

108.《灌河微澜》，江苏人民出版社于 2019 年 6 月出版。本书精选“灌河文学”公众号开创一周年以来发表的 100 篇作品。全书共开设了六个栏目：“风雅颂 · 古体诗词”、“新诗界 · 现代诗歌”、“慢生活 · 散文随笔”、“传真情 · 家长心声”、“青禾苑 · 学生习作”、“浮世绘 · 小小说”。

109.《新时代诗词百家》，陈飞主编，吉林文史出版社于 2019 年 6 月出版。是集所收录的诗词佳作，都是一些用文字记录下的人生，畅谈人生中点点滴滴、可圈可点的时刻，有开心的欢笑，有暗自神伤暗自愁的烦恼。

110.《当代诗人诗选》，倩理编，四川民族出版社于 2019 年 7 月出版。这是一本当代人写古典诗歌的选本。精选了当代诗词家 66 人的代表作，尤其对绛雪生凉、张燕燕、冷香羽士等人的诗词做了大量收录。该选集涵盖了绝句、律诗，词及曲等。包容各种风格：有浪漫的田园吟唱，有写实的生活故事，也有人生的各种体验。这些诗词题材广泛，主题鲜明，有历史文化，有风景名胜，有人生感悟，有智慧及哲理，具有很强的可读性和趣味性。

111.《九陌清觞集》，滑国璋主编，远方出版社于 2019 年 9 月出版。本书是一部 9 位作者的诗词作品合集。作品主要反映了诗人们对祖国的热爱，对大好河山的热爱，对生活的认知和感悟，对身边人和事的关注。

112.《黄冈百名诗家精品选》，华中师范大学出版社于 2019 年 9 月出版。本书由黄冈市诗词学会东坡赤壁诗社组织编选，收录黄冈现当代 150 余名诗家的诗词代表作品，是向中华人民共和国成立 70 周年的献礼。

113.《山水六子集》，国印周编，团结出版社于 2019 年 9 月出版。这是一本六位当代诗人诗词曲作品的合集。主要内容有四。一是赞美祖国大好河山、文物古迹；二是颂扬改革开放 40 年来人民物质文化生活的显著变化、幸福指数的提高；三是抒发友情、亲情；四是描述个人热爱诗词事业，刻苦学诗的深切感受。

114.《中华当代诗典》，明杰主编，四川民族出版社于 2019 年 9 月出版。本书收入古体诗、近体诗、词共计 244 件，307 首（阙）。书中的每一位诗人，从真情下笔，把千言万语化作一首首诗歌，力求言之有物、诗中有情，体现诗歌的正能量。诗词内容丰富，文笔优美，格律严谨，具有一定的可读性。

115.《同声集》，郁胜天、钱存德、张彦等著，团结出版社于 2019 年 10 月出版。这部诗词集主要以郁胜天、钱存德、张彦三人的相互唱和为主。郁胜天的诗颇含生命感悟；钱存德诗词中善用典故；张彦的诗词不乏淑女的清新、灵动，以写景娱情为主。

116.《2020 诗词日历》，蔡世平、韦树定编，中国青年出版社于 2019 年 10 月出版。是一本专为旧体诗词写作者和爱好者量身订制的精美诗集日历。以日历的形式，每天选取一位活跃于当下的优秀诗人的旧体诗、词或曲 2 首，辅之以诗人的照片、简历和每天的日历信息，意在搭建一个平台，将优秀的诗人和他们的作品相互交流，并介绍给普通读者，使读者一册在手，一年都与诗词同行，进而弘扬中华优秀传统文化。共收入 366 位诗人的 730 余首作品。

117.《春的韵律》，郑秀伟主编，百花文艺出版社于 2019 年 11 月出版。是编由五位小作者共同创作的一部诗歌集，充满了每位小作者对生活的热爱。或描写自然景物，或描写亲情、友情。每位小作者都经过郑秀伟教授的悉心指点，虽然涉世未深，却能体现本人自然的天性。每首诗歌都能让读者体味到灵性的语言韵律、独特的诗词美感，能让读者在诗歌的世界里徜徉，在诗行里陶醉，在文字间感受生活的美好。

118.《江西干部学院诗词集》，江西干部学院编，江西教育出版社于 2019 年 11 月出版。全书共 210 篇，约 12 万字。本书可以带你品读到诗人“忍辱初心在，缄言子女愁”的愁绪，体味“可借小舟上岛，可乘蛟龙探海，谈笑凯歌还”的豪情，“江山已红遍，风云变幻，革命意志比金坚”的忠贞，“爱为民族谋复兴，拔剑起，斩顽敌”的勇毅，“红米饭就着小酒，南瓜汤喝了再走，答应我在井冈的山冈上走一走，看到满山鲜红的杜鹃花请回回头”的诗情画意。

119.《中华诗词名句吟诵》（民国拼音版），罗晋辉编，同济大学出版社于 2019 年 12 月出版。该书从实用角度出发，对民国时期诗词进行分类、筛选、点评、注音，力求适合少儿使用实际，便于广大小读者阅读和引用，提高作文能力，也为家长辅导孩子学习提供了简要快捷的参考。

（三）别集类文献目录提要（按音序排列）

1.《阿怀东诗词选》，阿怀东著，华中师范大学出版社于 2019 年 5 月出版。本书为阿怀东先生的诗词选编，共分为神州如画、即景咏叹、世事感怀、身世亲情、友情交往、贺忱祝愿、悼亡吊古、政史经纬、中外人物、楹联选辑等十个部分。很大一部分为吟咏西北特有的地域文化风貌的作品，苍凉浑厚，极富特色。

2.《安澜诗集》，安澜著，文汇出版社于 2019 年 3 月出版。本书分上、下两册。上册《灵魂高蹈》为新诗集，下册《文韬武略》为古诗集，约 15 万字。收录了新诗约 158 首、古诗约 172 首。彰显了作者“诗词是自然流淌的意识流，诗歌途经现实与灵魂对话”的创作观。

3.《奥林闲吟》，韩用学著，世界知识出版社于 2019 年 8 月出版。本书收录了作者所写的诗词 170 余首。内容主要有对新时代的感知，对英雄模范人物的讴歌，对田园生活的热爱，对祖国锦绣山河的赞美。它反应了丰富多彩的生活百态，以弘扬和传承中国古典诗词优秀文化为主旨，充满了正能量。

4.《把酒问清秋》，李梦群著，团结出版社于 2019 年 10 月出版。包括散文 43 篇、诗词 36 首。分为“温馨四季”“沧海无忆”“悠然见南山”“把酒问清秋”四个主题。记录了作者于日常喧嚣的感悟，于起伏生活的感伤，以及对友情的珍重与感动。是作者踏行山水的旅行漫记，抒发了作者对人生、人情、人性的追问，思考与感叹。

5.《半村诗集》，林骚著，商务印书馆于 2019 年出版。林骚（1874–1953），晚清进士，无意仕途，擅长吟咏。平生所作诗有 4000 多首，该书选录了 700 多首。其诗多反映现实生活中民众内心的喜怒哀乐，同情百姓，能为百姓愁苦倾吐不平之气。诗风极为严谨，认为文字贵在“实事求是，褒贬得宜”。他的作品曾在海外获得五四诗词征文魁首，从而被广泛传播，成为泉州海上丝绸之路文化的重要代表。

6.《半轮秋月》，范光耀著，团结出版社于 2019 年 7 月出版。

是集为作者创作的210多首诗词精选。有对祖国、家乡、父老乡亲、青春伙伴诚挚而深沉的爱，有个人的儿女情长；有志向高远、勤奋攀登的精神展示；也有故乡的人情风物、山高水长。有对祖国面貌日新月异、人民生活幸福安康的歌颂，有对城市“美容师”的礼赞，也有对一花一木的珍爱。

7.《半日闲斋古体诗存》，赵晓春著，山西人民出版社于2019年1月出版。本诗集是作者从工作、生活、事业、家庭、人生感悟、旅行、交友等方面入手所写的琅琅上口、又具哲理的诗词雅句。既有探索人心的诗句，又有洞察宇宙的追求，是一本难得的现代人以旧体诗形式创作的诗集。

8.《北窗集》，郑鸿奇著，团结出版社于2019年9月出版。所录作品分诗、词、文三部分。其中，诗部以“裁云作诗”名之，共收五言、七言律绝300余首。词部以“剪水为词”名之，共收长短句100余首。文部以“联珠成文”名之，收录了七篇述说学诗体验的小文。

9.《敝帚集》，于国栋著，春风文艺出版社于2019年7月出版。是集收录于国栋2012年以来创作的古诗词100多首，按照每首诗词的创作时间排序，既可看成是作者诗词创作的回顾，也可看成是他心路历程的回顾。诗作多描写作者因工作之需赴全国多地考察、调研、学习等过程中的所思所悟。此外，有怀古之作，有吟颂祖国大好河山之作，有羁旅之作，也有感怀甚至伤怀之作。

10.《碧叶留韵》，王文星著，团结出版社于2019年5月出版。是集中的诗词，经作者用心摹写，自臻意境。或抒怀，或咏物，或写景，或时事见闻，无不化喜怒哀乐为境界。诗人热爱自然，热爱现代生活，真诚表述情怀，辞句优美，奇声掠耳，情景交融，寓意丰盈。

11.《遍游六艺》，岭南美术出版社于2019年5月出版。本书精选饶宗颐生前书画精品约150幅，包括扇面、斗方、条幅、中堂等。画作技法为饶宗颐先生自创的“西北宗”，绘画内容以山水、人物为主，诗词大部分为饶宗颐先生所创作，包含古体、律诗、绝句等。部分作品属首次与读者见面。全书是对饶宗颐这位汉学大师艺术生平的总结，具有较高的艺术价值与欣赏价值。

12.《宾步程集》，广东人民出版社于 2019 年 9 月出版。宾步程（1880—1943），字敏介，号艺庐，湖南省东安县山口铺乡人。该书收录《艺庐言论集》《桂游日记》《无线电报》以及杂文、信函案牍、楹联诗词、留学相谱等，书后附宾步程家谱、年谱以及相关资料。该集的出版，也为研究清末民国期间中国工业、农业、教育、国防思想等提供了详细资料。

13.《炳灵诗稿》，毕小板著，团结出版社于 2019 年 1 月出版。《炳灵诗稿》是作者第一本诗词集，有五、七言绝句，有五、七言律诗，有词曲 121 首，作品共计 475 首，主要内容是以现实生活为题材，以祖国的山水风光为背景，以积极向上的精神和敏锐的灵感抒写自己真实的情怀。

14.《不负年华赖有诗》，廖耿君著，团结出版社于 2019 年 11 月出版。全书分为诗词篇和散文篇。诗词篇分为近体诗、词赋铭、古体诗、组诗和新诗 5 部分，共计 180 余首。散文篇分为桑梓情怀、品味亲情、教育情怀、闲情偶得、丈量人生 5 部分。无论诗词，抑或散文，都是作者真实生活的记录和真实情感的流露，充满积极向上的正能量。

15.《不一样的插画诗》，任会来、陈瑞谦著，线装书局于 2019 年 10 出版。该集册收录了 110 首原创诗文及与诗文有关的 70 幅插画。诗文大多附后记，内容涉及金融、外汇、哲学、生物、地理、环保、乡情、友情、亲情、爱情、现代物理、旅游文化等，紧跟时代步伐、关注社会民生、展现祖国风貌、宣传地方特色、倡导科学理念。2019 年适逢中华人民共和国成立 70 周年，也是兰州大学建校 110 周年，作者编诗成册，以示对诗词歌赋相伴个人学习、工作、生活历程的一种纪念，同时，也是向祖国、向母校奉献一份薄礼。

16.《不在故乡的日子》，周先知著，武汉出版社于 2019 年 9 月出版。本书为作者诗歌作品的合集，分为“故乡恋歌”“人间深情”“青春之歌”“人在旅途”“诗意芳菲”“人生思考”六个部分，体现了作者对于故乡的思念、亲情的珍爱、三尺讲台的追忆等，弘扬了祖国的优秀传统文化，赞美了祖国名镇和璀璨的文化遗产。

17.《不种瓜果种春风》，贾岩著，安徽文艺出版社于 2019 年 3 月出版。本书系一部旧体诗集，分“诗话人生”“草木人间”“四季诗情”“诗与远方”“诗寄友人”“读书随想”六辑。所录诗作，既有侧重描画自然风景和山水草木的，也有感悟人生、追求理想、对友人倾诉真情、对读书的思考。

18.《蔡笔湘诗文集》，蔡聪著，浙江古籍出版社于 2019 年 6 月出版。本书收录了作者近年所作的诗文，有对现实生活的感悟，有对人生哲理的探求。或因寄所托，优游山水；或抚今追昔，神交古人；或人情物理，领悟兴怀。

19.《沧浪之水》，武海燕著，北岳文艺出版社于 2019 年 8 月出版。本书为作者近年来的个人作品集。体裁多样，有现代诗歌、旧体诗词，有散文，还有论文。内容丰富，或歌颂青春，或歌颂爱情、亲情、友情。作品大力弘扬家国情怀，培育和践行社会主义核心价值观，弘扬爱国主义、集体主义、社会主义精神，提倡爱家、爱国相统一，讴歌真善美，弘扬正能量。

20.《藏虹集》，梁斌著，团结出版于 2019 年 10 月出版。本书主要收编个人诗词作品 500 多首，主要栏目为：第一编时代回声，第二编神州放歌，第三编故乡情思，第四编菊坛寄怀，第五编爱之絮语，第六编散题杂咏。作者用细腻的笔触描述了一幅幅亲情画卷。

21.《草根集》，郭凤祥著，花山文艺出版社于 2019 年 7 月出版。本书收录了作者多年来创作的 350 首诗词。其中涉及五绝、七绝、五律、七律、词曲等各种体裁，包括田园风物、各地旅游、咏物踏青、花草鱼虫等多种内容。

22.《草人诗记》，任继周著，中国农业出版社于 2019 年 3 月出版。本书以诗与记的形式，即诗在前、诗后附记写诗时的心情与环境，记录了作者从 1948—2018 年这 70 年工作生活的心路历程，具有明显的时代特征。按年代编排，描绘了“亦余心之所善兮，虽九死其犹未悔”的老科学家形象。

23.《草原荡马》，郑权著，黑龙江人民出版社于 2019 年 1 月出版。本书收录了作者从 2011 至 2018 年之间的全部诗词作品。内容以歌颂杜尔伯特草原蒙古族的生产生活为主。除去 3 首格律诗被收录在获奖作品集以外，其余全部诗词均未正式发表过。著作力求思想性、艺术性俱佳，并辅以题记，便于理解。

24.《畅怀集》，林建华著，新华出版社于 2019 年 8 月出版。是集有五律、五绝、七绝、七律、排律、词等。分为以下章节：序言、醴泉流韵、节气之歌、四季律动、花果飘香、节诞纪庆、绚丽齐鲁、江山如画、时代潮涌、考察纪实、岁月如梭、志同情真、颐年天乐、后记。诗歌内容涉及济南的明泉、四季节气、美丽江山、个人经历、时代潮涌、节日庆典、家庭互动、亲朋交往等。

25.《潮水情续韵》，黄赞发著，团结出版社于 2019 年 8 月出版。是集共收录诗词 300 余首及对联十几副。或描河山之壮丽，或写祖国之荣庆，或抒浩荡之离思，或发峥嵘之高论。

26.《沉默在时光里》，肖涌著，长江文艺出版社于 2019 年 11 月出版。是集收录作者自 2016 年以来原创的诗词及随笔，分上、下两篇。上篇为诗词篇，包括现代诗、古体诗、五言、七言、律诗、词等近百首。下篇为随笔篇，有日记体、随笔、评论等近 40 篇。内容包括内心成长、生活哲思、时节述怀、亲情友情等。创作灵感来源于个人感悟和体验，是笔者与自己乃至这个世界的对话，具有浓郁的个性化色彩。

27.《陈静诗词选》，陈静著，时代文艺出版社于 2019 年 7 月出版。是集收录了作者 2005 至 2018 年间的 500 首诗词。作品多以吉林省山水为内容，以乡土人情为背景，重点歌颂了长白山山系的大美风光和风情别样的人文景观。风格婉约灵动、优雅且从容。在弘扬传统诗词文化的同时，不仅抒发了作者爱祖国、爱家乡的大情怀，也描写了轻愁漫卷的小心绪。既体现了长白山诗词流派的厚重和严谨，又流淌着三江之水的浪漫和奔放，是作者用纯净心灵构筑起的精神乐园。

28.《痴心向天歌》，董志智著，北京出版社于2019年8月出版。本书共选入作者近几年写作的130首五言、七言律诗。共分三部分。第一部分为“风物颂”，通过对自然风物的描摹，表现生命和大自然的美好，如“五木”咏、“五花”咏、四季歌。作者以诗言志，歌颂孕育于自然中的生命的美好，歌颂正气，歌颂蕴含在自然风物中的高尚道德情操。第二部分为“诗友情”，通过回味、吟诵作者在多年职业生涯中结识、同行的德高望重者的风范及作者与他们的交谊，抒发作者对诗友中体现出的经过我国优秀传统文化浸润的与人为善、严于律己、天下为怀等高尚道德情操的敬重、向往之情。第三部分为“人生悟”，通过对过往人生经历的沉淀，表达了自己的人生感悟，表现出“人生珍晚节，垂老也乐天”的襟怀。本书最后，还附有几篇短文，系作者在读书、修身、立德、交友、家风等方面的感悟，意在表达人生宜读书修为的心愿。本书大力弘扬我国优秀传统文化，倡导修身、立德、读书，符合当下大力构建社会主义核心价值观的要求，具有积极的社会意义。

29.《赤城流韵》，许昌渠著，团结出版社于2019年10月出版。本书收录作者历年的诗词作品约500首，共分四辑。第一辑“情系河山”，抒写从游览各景点提炼出来的审美意象。第二辑“感事抒怀”，书写自我心灵景观。第三辑“锦瑟别弹”，表达到底谁是谁生命中的过客则无法思量。第四辑“似水流年”，收编自己历年生辰之作。

30.《丑翁吟啸》，刘海银著，团结出版社于2019年3月出版。上卷是律诗和绝句，下卷是词牌。内容大致可以分为两部分，一部分是诗人对现实生活的体验，是切身喜怒哀乐的反映；另一部分是以诗人的情怀对祖国发展进程的关注。读他的诗，就是读一段时间，读一段历史，可以看见国家的历史，也可以看见他个人的历史。

31.《初眺远方》，胡建新著，南京出版社于 2019 年 4 月出版。本书收录了作者近一年来创作的诗词 300 余首。诗集以系列组诗的形式表达情感，分为“经典节日赋”“名胜美景吟”“系列画像集”“廿四节气歌”“即兴随感记”“步韵奉和录”等栏目专辑。充满正能量，是该诗集的主要特点。

32.《楚风雅韵》，金亦兵著，海燕出版社于 2019 年 6 月出版。是集精选了作者的 245 首诗词，时间跨度大，反映上世纪 70 年代至今的社会巨变。作者以一个传统知识分子的责任和担当，从个人视角记录历史，展现个体的感慨悲欢，抒发了对国家兴盛和民族腾飞的美好愿景。

33.《春水暖芳华》，史水汉著，北方文艺出版社于 2019 年 8 月出版。本书是一本回忆录，记录了作者从学生生涯向工作生涯转变的心路历程，通过诗词的方式描述了亲情、友情、爱情、社会动态、家国情怀。书中有血浓于水的亲情，有青涩腼腆的青春，有甜蜜缠绵的爱情，有离多聚少的怨恨，有歃血为盟的结义，有热血挥洒的豪情，有穷则独善其身的苦涩，有达则兼济天下的壮志等。

34.《词脆墨香》，林海标著，汕头大学出版社于 2019 年 8 月出版。本书精选作者 135 首诗词作品，内容有四类：工作剪影 30 首、闲情片段 43 首、青山绿水 41 首、节日情怀 21 首。此外，还收录了擅长书法的好友与同事所创作的书法作品 23 篇。

35.《词归喜悦》，李俊革著，北方文艺出版社于 2019 年 3 月出版。是集收录了作者发表的 3000 余首诗词。分两部分：上册为诗寻浪漫，下册为词归喜悦。这些诗，写中国人的道德修养，写中国人民的勤劳勇敢，写中国人的大公无私、大爱无疆，写“琴、棋、书、画、诗、酒、画、茶”，等等。

36.《大都行》，刘能英著，中国青年出版社于 2019 年 9 月出版。是集共收入作者在北京生活的数年间所创作的作品 180 余首。从一个“北漂”文化人的视角和心理切入，准确描写了这个时代外地人群的生活实况和精神肖像。难得的是，这些作品虽有无奈和沉重，但更多的是透出了人间的温暖与奋斗的希望。她的诗词从一定程度上走出了唐宋人的樊篱，甚至颠覆了唐宋人的写作路数。她的语言有很突出的白话性，使她的诗（词）轻松有趣，好读又好看。这些平常口语，入了词章，不仅不伤词格，反而让人觉得亲切有味。

37.《大沽河的水与月》，崔瑞芬著，山西经济出版社于2019年9月出版。这是一本诗词集，全书十多万字，以律诗和绝句近体诗为主，分为春、夏、秋、冬四个部分，主要写城阳区包括大沽河沿岸的自然景观和风土人情。包括诗词、写作背景、典故出处或相关注释，最后链接近体诗格律的相关知识。

38.《大雁飞过》，伯仲言著，陕西旅游出版社于2019年3月出版。本书是退休干部年存仁（伯言）、年存义（仲言）两兄弟的文学作品合集。作品多为诗词，也有少量现代诗、散文、随笔。内容涉及国外游览时的异国风土人情和人文风貌，或写景抒情，或个人感悟，或兄弟酬答。

39.《代雨东诗词三百首》，代雨东著，作家出版社于2019年8月出版。代雨东以诗词涵养性情，长期浸润其中，形成了独到的入手与抓拿方式，古词今用，犹见特点。本书选取其诗词中有代表性的三百首，集结成册，呈现了较为整全的面貌，也以三百为数，向“诗三百”“唐诗三百首”象征、承续的中华文化，表达一份当代敬意。

40.《稻香斋吟草》，叶培鑫著，团结出版社于2019年7月出版。是集约半数在本县诗词学会会刊《永阳诗韵》和其他报刊上发表。《永阳诗韵》创刊以来，叶氏一直担任编委。期间，又被誉为来安论坛网诗坛“永阳八仙”之一。诗作大都弘扬热爱党、热爱祖国、热爱家乡和热爱生活的主旋律，高歌祖国改革开放取得的成就。

41.《德与堂诗存》，闫翥骐著，山西人民出版社于2019年7月出版。作者将其对于中国古代诗歌的理论认识和创作实践相结合，创作出大量情感丰富、声韵优美、凝结了作者所思所想的诗歌。以古风见长，诗作充满生活情趣和艺术品味。

42.《冬夜絮语》，李纯普著，春风文艺出版社于 2019 年 5 月出版本书。本书为李纯普近年来创作的文学作品集。全书约 14 万字，分为《诗歌卷》《散文卷》《小说卷》三部分。《诗歌卷》多以旧体诗为主，此外还收入了部分新诗，内容多抒发对日常生活的感悟。《散文卷》中的作品，多描写作者游览祖国大好河山的见闻，也有部分篇什描写亲友间的深厚情谊。短篇小说约 6 篇，多以校园生活为背景，讲述身边事、儿女情。

43.《独领风骚》，刘峰著，中国矿业大学出版社于 2019 年 3 月出版。是集以作者多年来创作的古典诗词为主，并附标准化词谱，同时配以与诗词主题相应的山水画卷。题下有小序，诗后有注释，尽以白话文解释为主，目的是让读者能够一目了然，顺畅阅读，便于透彻理解诗文思想。

44.《杜邻诗存注》，黄稚荃著、林孔翼注，上海古籍出版社于 2019 年 9 月出版。该书是四川女诗人黄稚荃诗集的笺注本。黄稚荃号称"蜀中才女"，曾师从民国诗词大家黄节、赵熙、谢无量等。本书收入其 390 余首诗歌。她的诗格律严谨、对仗工整、众体兼备、风格多样，可于近代诗人中自成一家。

45.《樊希安诗选集》,樊希安著,华文出版社于2019年10月出版。是集为樊希安从事诗词创作以来的作品选集。共选诗作 300 余首，分为怀远编、寄情编、行吟编、咏物编等，格调高雅、健康明快，具有较高思想性和艺术性。

46.《泛舟教海》，魏定乾著，团结出版社于 2019 年 3 月出版。该书共收集作者近 6 年创作的诗歌 181 首，其旧体诗及现代诗均用于教学之中。作品接地气，语言朴实而富有哲理，凝聚正能量，催人奋进。

47.《方东兴诗词集》，方东兴著，花山文艺出版社于 2019 年 6 月出版。本书是作者的诗词作品集。包括绝句、律诗、词，共计 100 余首。这些作品大都以英雄人物、军队生活等为主要创作题材，讴歌英雄人物和现代革命军人的家国情怀。旨在“弘扬经典文化、传承红色基因、激励无畏斗志”。

48.《芳苑集》，杨春芳著，团结出版社于2019年10月出版。是集主要收录了作者精心创作的200余首诗词。内容涵盖生活随感、读书心得、景物吟咏、人生感悟等方面，展现了作者的心路历程和精神追求。全书弘扬了时代精神，充满正能量。

49.《飞花弄晚》，高德林著，人民日报出版社于2019年10月出版。是集收录了作者创作的诗词200多首。作品严格遵循格律诗词的规范和特征，将具体生动的自然万象、丰富多彩的人间百态、传统的十二生肖以及亲身游历过的风景名胜，都浓缩在诗词作品中，表达了作者对自然的热爱、敬畏和对人生的乐观向上之情。

50.《飞瀑集》，杨逸明著，中国书籍出版社于2019年11月出版。是集收录了作者自选1988至2008年的诗词作品。所录诗词，按写作的具体日期编排。题材广泛，均取材于生活，字里行间满溢着作者的情怀和遐思。

51.《风华》，杨本林著，吉林文史出版社于2019年1月出版。作者将自己工作、生活中遇到的点点滴滴化为文字，汇成一首首诗篇，呈现出时代的面貌。他的诗词大都整齐且注重音韵，但又不拘泥于固定套路，不讲究华丽辞藻，用自然朴素的词汇透出凌然大气，充满正能量。

52.《风清月朗》，于芳茹著，中国商业出版社于2019年9月出版。于芳茹，原机械工业部老干部局医疗保健处处长，副主任医师。是集精选了作者从上世纪五六十年代到2019年所写的200首诗词。内容涉及缅怀亲人、旅游揽胜、生活趣事等。全书洋溢着爱祖国、爱亲人、爱生活的惓惓情怀，充溢着赞美祖国、颂扬改革开放的激情深意，闪烁着寄情山水、放歌江海的美妙音律。

53.《扶桑求索·金中现代诗词精解》，金中著，中国青年出版社于2019年9月出版。是集为西安交通大学教授金中的一本诗词集，分“留学篇”“域外篇”“祖国篇”“爱情篇”“杂咏篇”等，共收入其诗词作品 120 首，并附有作者自己的几篇诗论和诗评家的评论。作者在各诗之后，还添加了相关解说，以阐述其创作的背景、动机、步骤以及作诗的相关心得体验等，还原了自己一些诗作的创作经过。其目的是把看似神秘的作诗过程清晰地梳理出来，为诗词创作的学习者提供可资参考的第一手资料。因此，本书既是一部诗集，又是一部诗论集，同时也可应用于诗教。

54.《浮生集》，江志东著，团结出版社于 2019 年 5 月出版。该诗词集计 6 个篇章、209 首。其中，感悟篇 32 首、酬唱篇 16 首、桑梓篇 33 首、咏史篇 21 首、盛世篇 66 首、杂咏篇 41 首。语言朴实而富有哲理，凝聚正能量，催人奋进。这是作者 70 多年来，充满喜怒哀乐的真实生活写照，也是这个时代的精彩缩影。

55.《福苑杯》，梁婵编著，团结出版社于 2019 年 5 月出版。本书精选作者的一系列优秀旧体诗词，或吟咏山川，或寄情风物，或感慨人生，或抒发情思，一句一联自成风格。旨在传诵中华古诗词、弘扬优秀传统文化、积淀人文底蕴、呈现古诗词的现当代风采，是一本雅俗共赏的读物。

56.《感恩第二故乡》，周文彰著，中国城市出版社于 2019 年 3 月出版。全书共收录了作者原创的诗词 60 余首，配以精美的照片和书法，每首诗都有注释，是一部赏心悦目的作品。作者通过诗词创作，表达了对曾经工作战斗过的海南省的真挚情感，以及对海南省建设和发展成就的赞美，对宣传海南、弘扬文化、搞好城市建设具有积极作用。

57.《高昌诗词选》，高昌著，中国书籍出版社于 2019 年 9 月出版。本书为自选本，比较集中地反映了作者的诗歌创作概况，涉及旧体诗歌各种体裁，大抵韵从宽、律从严，代表了当代旧体诗写作的方向之一，诗的旨趣于唐为近。按诗词分为两卷，共 600 首，还附录了作者早期一些新诗和部分诗词评论文章。

58.《高山流云诗词集》，向玖云著，团结出版社于 2019 年 3 月出版。是集包含了作者近年创作的诗词 369 首，分为四个部分，分别为五言律绝、七言律绝、词、散曲。作者把对祖国的爱作为精神之舟，怀着“读万卷书行万里路”的志向，行走在祖国山水间，记录身边的真善美，感悟人生的真谛。是一部积极向上、充满正能量的作品集。

59.《格致文库 · 我的诗的故乡》，朱英诞著，北岳文艺出版社于 2019 年 2 月出版。本书收录了民国学者朱英诞先生的诗词及小文共三卷。上卷为诗的珠玉，中卷为梅花依旧，下卷为诚斋评传。搜集整理的内容从不同角度反映了朱英诞先生本身的文学理念、修养与造诣。朱氏对民国时期的大家有不同程度的分析与观察，为我们提供了有价值的参考资料。

60.《格致文库 · 因了心意》，赵亭人著，北岳文艺出版社于 2019 年 1 月出版。本书所选内容是作者近年来创作的部分散文、杂记、诗词、书画作品等，旨在表明作者的生命状态、价值取向及文学艺术创作的努力方向。在书画研究创作之余，作者力求画外功夫，假文学之道，彰艺术之理，以达文艺相帮、互为借鉴之目的，力求使其从事的书画艺术事业更加丰沛、真诚。

61.《古镜今鉴》，邓文剑著，团结出版社于 2019 年 7 月出版。这是一本诗词集。全书计有育幼、求学、习艺、立志、修身、齐家等篇。每篇以“诸子经典、文史词章、传世故事、附录、格言妙语”依次归类。内容宏富，故事趣味，令人耳目一新。

62.《古韵新风》，陈则周著，百花文艺出版社于 2019 年 1 月出版。本书共 800 余首，分为四个部分：第一，壮美的祖国；第二，富饶的河山；第三，岁月的感悟；第四，七彩的阳光。全书以诗词的方式，展现时代风貌和生活画卷，表达了对祖国繁荣昌盛的赞美之情。书中诗作，咏物言志，有情、有味、有韵，融诗于寻常生活之中，给平淡的日子增添了一抹亮丽的色彩。

63.《海天渔唱集》，左贞镠著，安徽文艺出版于 2019 年 2 月出版。本书收录了作者的诗、词作品共 50 余首，内容包括歌颂祖国、赞美山河、关注民生、回忆往事等。作品充满对时代和生活的热爱及赞美，体现了作者深切的家国情怀、美好的生活情趣、强烈的社会责任感以及深厚的古典文学修养，格调高雅清新，主题积极健康。

64.《寒梅自吐一枝花·词三百首》，刘存发著，山西人民出版社于 2019 年 9 月出版。本书收录了作者原创的 300 首词作，或咏物、或感怀，都能做到语言凝炼、结构完整、朗丽清新。作品特点鲜明：伤别，激越宛转，曲折叠宕；怀古，沉郁悲凉，清真若揭；感遇，得言意外，生动真挚；咏物，神情高妙，运气空灵。

65.《瀚海涓滴》，俞风高著，团结出版社于 2019 年 10 月出版。全书取材广泛，或忧戚人世，寄托情怀；或思索哲理，或剖析大千。总体上以书写新时代、歌颂正能量为旨归，以多元化的诗美表达为追求。整部书稿文笔通畅，主题明朗，饱蘸情感，给人以启迪和帮助。

66.《何鹤诗词精选》，何鹤著，中国书籍出版社于 2019 年 9 月出版。本书作为自选集，共收录作者诗词作品 500 余首，大多为诗人不同阶段的创作，时间跨度近 20 年。整部作品按体裁分为五绝、五律、七绝、七律、歌行、小令、评论等七部分。诗词内容丰富，贴近生活。风格清新，气息流畅。

67.《何祖发诗词选》，何祖发著，四川民族出版社于 2019 年 7 月出版。是集写了很多永州的山水和人文，乡土仿佛是作者取之不尽，用之不竭的题材库。在他的格律诗中，大部分是咏物诗，用以托物言志，歌咏家乡。他的诗词有着独特的表达方式，有着独特的视野，有着独此一家的来自生命的体验。

68.《荷香墨韵》，毛焕林著，长江出版社于 2019 年 9 月出版。本书由两部分组成：一部分是作者的书法作品选辑，约 90 件。书写内容大多为自作诗词、对联，可谓书文合一，有感而发。另一部分为作者在生活与艺术活动中有感而发创作的诗词、对联，约 150 首（副）。作品内容鲜活，充满了田园生活气息。部分诗词反映时代进步、社会发展，赞美新时代的幸福生活。

69.《铧山居诗词》，许济民著，陕西人民出版社于2019年出版。是集收录了作者近年来创作的诗词作品百余首。这些诗歌以时间为主轴，记录了作者的成长经历、生活感悟，热情歌颂祖国的自然风光，歌颂改革开放、实现中国梦以来翻天覆地的巨大变化，抒发了对祖国，对人民的深厚感情，对美好生活的憧憬和展望。作者秉承木心先生所言“我不写格律诗，也不写现代诗，我写诗”，将旧体诗词、现代诗词乃至格律体、自由体等中国诗词百花园的美丽奇葩融为一体。诗句朗朗上口，情真意切、发自肺腑，意境高远，别有一种风格和境界。

70.《黄春华诗词选》，黄春华著，时代文艺出版社于2019年1月出版。是集系作者从近十年的诗词作品中勘选出的500余首诗词。作品描写了关东大地上的名胜古迹、风土人情、人文典故以及改革开放以来各行各业取得的丰硕成果；展现了关东大地上的民风民俗、百姓生活以及新企业、新农村建设等新面貌；还包括历次采风、诗友唱酬等文事活动。

71.《黄济云诗钞》，黄济云著，贵州人民出版社于2019年10月出版。是集为已故贵州“文化老人”黄济云先生一生的诗词精要。内容多为游览、赠人、题画、论艺，从侧面勾勒了他亦诗亦书的艺术人生。李华年教授在序文中称，该书稿是黄济云先生道、艺、寿三者相互促进、良性循环的体现。

72.《击壤流韵》，梁容珲著，文汇出版社于2019年9月出版。本书收录了作者自2010年以来创作的400多首诗词。作品取材宽泛，内容丰富，有诗话江山、乡愁入怀、国家大事、感事抒怀、咏物比兴等。梁先生的诗词，充满着浓浓的爱意，多见歌赞当今盛世者，难尽喜悦之情。他高度赞颂改革开放，赞颂共产党，每逢建国、建党、国庆等节日，总要作诗填词，以表爱忱。

73.《迦陵诗词稿（增订版）》，叶嘉莹著，中华书局于2019年1月出版。叶嘉莹先生在古典诗词方面造诣颇深，不但对古典诗词鉴赏极有研究，也擅长填词作诗。该书收录了叶嘉莹先生迄今所作之诗、词、曲，既显示了作者在诗词方面极深的造诣，又记录了她不平凡的一生。

74.《家国情怀录》，管群华著，百花洲文艺出版社于 2019 年 1 月出版。全书分为上、下两卷。上卷为诗词作品选，共分为八个篇目。下卷为歌词作品选，又分为上下两篇，上篇为“歌词集锦”，下篇为“歌声悠扬”。这些作品有的已被众多作曲家谱曲并公开演唱，获得了业界的一致好评。

75.《剪愁集》，张恨水著，北岳文艺出版社于 2019 年 1 月出版。收入张恨水 1928 至 1958 年创作的诗词 260 余首。或关注时事与国事，表现出对国家存亡的高度关心和对社会动荡下民不聊生的担忧与怜悯；或书写与亡妻生前的点点滴滴，表达对亡妻的深切思念；或写乡居闲适生活。语言浅显生动，诗风温柔敦厚，具有强烈的悲剧意识。

76.《剑锋留韵》，何生著，中国文史出版社于 2019 年 8 月出版。诗人从数十年特有的医院生活体验和丰富的人生经历中，捕捉出一幕幕生动感人的场景和画面，用诗词歌赋及楹联等多种艺术形式，描写了医院的发展巨变，表达了对老师、同仁、学友的赞美、感恩与怀念，具有时代特色和艺术感染力。

77.《江城子》，黄晓湟著绘，九州出版社于 2019 年 10 月出版。这是一部旧体诗词及彩色书画选集。计有 108 首诗词，108 幅因诗词而作之画。作者用自己的诗词画来阐述自己的内心，也来阐述这座刻骨铭心的城市。一座城，一个人，一诗词，一幅画。

78.《江山入画诗如花》，曾广清著，四川民族出版社于 2019 年 2 月出版。这本诗集是作者创作于 2013—2017 五年间的作品，以旧体诗为主，分为雨题、咏物、记游、散句四大类。目的是作为作者某一阶段作品风格的总辑，便于同行同好间交流批评与互鉴。

79.《蒋力华诗词选》，蒋力华著，时代文艺出版社于 2019 年 2 月出版。是集为一部个人旧体诗词选，从作者多年的作品中编选了七律 524 首、绝句 186 首、词 301 首。描写吉林各地的人文风物、历史事件及历次采风、诗友唱酬等文事活动，表达了热爱祖国、热爱故乡、热爱传统文化的情怀。

80.《今朝心悦独吹箭》，雍明远著，北方文艺出版社于2019年11月出版。本书为个人旧体诗词选集，以歌颂绵阳山川河流、风景名胜、人文历史、科技发展为主要内容，体现了诗人对这块土地的热爱。有利于增强读者热爱绵阳、建设绵阳的信念，可为推动科技城进入发展快车道创造更加文明的社会环境。

81.《锦笺心语》，邢力策著，中国文史出版社于2019年10月出版。本书集结了作者从工作之时到退休后的500多首作品，主要以歌颂祖国山山水水、家乡巨变、田园风光的诗词为主，内容十分丰富。他捕捉生活中的每个细节、每个场景，身边的花鸟虫兽、风花雪月都有无限的诗味，生活中的一点一滴、一景一物，都是不竭的创作源泉。信手拈来，稍加揉和，便是一首首气息浓郁的精品佳作。

82.《锦里》，贾飞著，四川民族出版社于2019年7月出版。本书收录了作者63首诗词，分“新风”“古韵”“歌词”三部分。有对青春少年的回忆，有对当下工作与生活的感慨，有对祖国山水古迹的歌咏，有对白衣寒门的同情等。

83.《京哥诗词集》，刘贤东著，团结出版社于2019年10月出版。这本诗词集分三部分，一部分是古体诗，一部分是词曲，一部分是现代自由散文诗。吟咏生活之美，偶抒时代之情。作者来于民间，源于生活，诗行字间，无不渗透着乡土气息、生命的顽强与芬芳。

84.《敬水契文集》，李秀武著，北京工艺美术出版社于2019年4月出版。本书收录作者原创的甲骨文诗词90首。其中，古风24首，律诗、绝句29首，词37首。内容包括评说历史人物、颂扬书画名人、旅游观光、人生体验等。作者用甲骨文字，以毛笔书写与篆刻方式展示，读者可在领略诗词内容的同时，欣赏中华民族最古老的甲骨文字。

85.《九斿集》，马玉亮著，三晋出版社于2019年1月出版。本书共分为散文、小说、诗词、史论及文品等五大部分。体裁多样，题材丰富，或抒情，或记事、或叙史。格调高雅，充满正能量。

86.《就在梦里来去》，前卫著，新华出版社于 2019 年 7 月出版。收入作者近年来创作的诗歌作品 200 余首，全书分为“山水”“风雨”“花月”三个篇章。山水篇主要是围绕作者所游历的名胜风景或湖光山水所作，描述了大自然的瑰丽多姿，抒发对祖国大美河山的热爱。风雨篇主要描写人生成长过程中遇到的、经历的各种难题、问题，表达了一种乐观情绪。花月篇以爱情为核心，围绕中国传统的文化内涵，阐述作者对美好爱情的赞美和对风花雪月的怜惜。

87.《君子既见》，赵明生著，团结出版社于 2019 年 3 月出版。是集收录了作者近 20 年间撰写的各类诗、歌、词、曲等。内容丰富，有山川河流、平常生活、社会百态，有倾情歌颂，有真切回忆，有万千感悟。体裁多样，从四言、五言到八言、九言及绝律，涵盖了古典诗歌的多种体裁。表现手法既符合格律要求，又大胆独创，读来自然流畅，琅琅上口，遵古而不泥古，典雅不佶屈聱牙，用典不故作深沉，明晰且清丽，凝练又通俗。

88.《开元集》，李一著，中国青年出版社于 2019 年 12 月出版。本书是作者的自书诗词作品集。用工稳的小楷书写近年自作诗词 102 首（诗 89 首、词 13 首）。前为书法墨迹，后附诗词释文。诗词内容均有感而发：歌颂祖国，弘扬文化，言志写心，亲情感怀，游历寄兴，友朋赠答，论画谈艺，等等。该书的特点是诗书合一，双美合璧，便于广大爱好书法和诗词的读者欣赏。

89.《看云集》，刘长军著，团结出版社于 2019 年 10 月出版。本书共收录旧体诗 200 余首、词 40 首。分为“看云”“观心”两部分。作者以弘扬中国传统文化为己任，以旧体诗词形式为载体，以歌颂真善美为主旋律，见景抒情，以物喻志，用时而饱含激情、时而满含哲理的文字，热情讴歌美好的大自然、讴歌美好的新时代，感恩社会和自然的慷慨赐予。文笔之中充满了正能量，让人深思，催人奋进。

90.《寇彦龙诗词选》，寇彦龙著，时代文艺出版社于 2019 年 2

月出版。本书共收录诗词500余首，是作者近30年诗词创作的精选集。作品以歌咏关东地区历史文化、山川景物、风土民俗、城乡新貌为主，兼及抒怀述志、酬酢赠答等内容，题材广泛，视角多样，内涵丰富。诗词风格质朴敦厚，自然生动，雅俗共赏。

91.《昆仑拾贝》，张建青著，燕山大学出版社于2019年7月出版。本书以词集的形式展示了作者对生活的无限热爱。分两部分，第一部分为宋之召唤，以词为主，第二部分为新鲜铿锵，以绝句为主，主要是五绝和七绝。两部分共101首，表达作者对所见所闻的无限感慨，也表现了作者对生活的热爱之情。昆仑戈壁为作者提供灵感，风花雪月为作者提供题材。作者仿佛穿越时空与古人对话，诗词中尽显豪放婉约之美、空灵哲学之美。

92.《娜嬛书室丛稿》，林庆华著，团结出版社于2019年8月出版。这是一部当代诗词作品集，共收录诗词200余首。作者将平日所见、所闻、所思，以文字形式记录下来，有家乡风情、祖国颂歌、亲情难忘、青葱往事、时令随吟等。

93.《浪花集》，高德源著，团结出版社于2019年8月出版。是集共收入诗词100多首。内容涵盖亲情友谊、游踪寄意、桑梓吟章、缅怀纪念、感事咏物、节庆咏怀等，表达了诗人执着事业，爱祖国、爱家乡、爱山水、爱亲友的真挚情怀。不仅饱含作者丰富的感情和想象，同时也真实反映了他热爱生活、观察生活、赞美生活、享受生活的高雅情趣。

94.《老牛唱晚》，车天福著，漓江出版社于2019年月出版。本书选取了作者2015—2018年间所写诗作中的2000余首，内容大致包括诗人的家国情怀、社会感受、人生志趣、乡愁和亲情等。体现了作者对中华传统文化尤其是中华诗词热爱与传承的初心。

95.《冷山集》，李荣著，南海出版公司于2019年9月出版。这是一本诗词楹联作品集。作者将自己所思所感，以诗词、楹联、辞赋等形式表现，包括对国家重大事件的描述赞颂，对身边日常小事的感慨万千，对一景一物的细腻描画等。由环境营造意境，由意境布张心境，经作者用心摹写，自臻意境，或抒怀，或咏物，或写景，无不化喜怒哀乐为艺术境界。

96.《李红光诗词选》，李红光著，时代文艺出版社于 2019 年 3 月出版。本书从作者多年的作品中编选了 550 余首，其中古风 8 首、律诗 267 首、绝句 231 首、词 44 首，以描写东北尤其是吉林地区的人文、历史景观为主，还包括作者在吉林各地的历次采风、诗友唱酬等文事活动，表达了热爱祖国、热爱故乡、热爱传统文化的情怀。

97.《〈李克明诗文〉校释》，李克明著，甘肃人民出版社于 2019 年 1 月出版。该书是一部诗文校释集。李克明（1875—1952），字浚潭，武山县人。社会活动家、学者、诗人。是集共五卷。卷一为《紫歌梦轩诗稿》（民国元年前），卷二为《紫歌梦轩诗稿》（民国元年后），卷三集外诗，卷四楹联，卷五散文。附录有三，一为友人酬赠诗文、二为叙传评论、三为李克明先生年谱。李克明对地方文教事业、社会公益事业的贡献功不可没，其诗文成就对弘扬地方文化具有重要意义。

98.《李荣艳诗词选》，李荣艳著，时代文艺出版社于 2019 年 2 月出版。本书收录了作者将近 10 年创作的诗、词、联作品 536 首。作品以描绘讴歌吉林山水人文、民俗风情，颂赞关东大地先哲今贤、担当勇为的正能量为主，将关东诗阵历次采风活动中丰富多彩的画面呈现出来，抒发了作者爱祖国爱家乡的情怀。

99.《李汝伦诗词选》，李汝伦著，中国书籍出版社于 2019 年 10 月出版。该书选取了作者之前所作诗集（包括《格格轩藏稿》）及正式出版的《性灵草》《紫玉箫集》《紫玉箫二集》中的作品，并增补了一些诗作。这些诗作，内容丰富多彩，贴近生活实际，风格清新，气息浓厚流畅，意境悠远，耐人寻味。

100.《李树喜诗词选》，李树喜著，中国书籍出版社于 2019 年 10 月出版。该书所选诗作，按三个时间段分为三编：“杂花生树”

（1996—2005）、“木秀观云”（2005—2008）、“诗海弄潮”（2009—2013）。每编按内容分为“感事抒怀”“咏物写真”“山河纪游”“咏诗辩才”和“嘤鸣友声”等篇，篇中依时间顺序排列。

101.《林从龙诗词选》，林从龙著，中国书籍出版社于2019年9月出版。本书选录作者创作的诗词600多首。内容丰富，贴近生活。风格清新，气息流畅。意境悠远，耐人寻味。其所撰评论亦沿袭了他典雅精致的语言特征，凝练简约，不落俗套；点评得当，融古贯今。

102.《林间撷韵》，张凤桥著，河北人民出版社于2019年6月出版。本书是作者近年所作诗词的一个汇总。第一、二辑中的词作和近体诗作突出展示了作者基层森林警察的工作环境和心理感受，集中描绘了基层林业工作者为生态文明和绿色家园建设付出的艰辛，细致刻画了当地农村、农（牧）民的生产生活场景，带有浓厚的乡土气息和地域风情以及时代特色。第三辑中收入了作者所著古体诗；第四辑中收入了作者2006年以前所著部分经过整理后的诗词旧作；第五辑中收录了部分赋体、文言小说以及公开发表的诗论。附录中收入了与诗友唱和的作品和评论。

103.《灵均诗画》，陈灵均著，山东美术出版社于2019年1月出版。本书收录了作者近期创作的50幅花鸟画作品，皆为花卉、草本植物，右侧为作品，左侧为50首配画诗（均为作者原创）、实物照片、实物注解（植物属性、特点、生长期、药效功能），以文字配画，可使读者对植物有大体的了解。

104.《刘丰田诗词选》，刘丰田著，时代文艺出版社于2019年3月出版。该书共选录作者10余年间创作的诗词作品559首。作品内容多与中华诗词论坛关东诗阵的创作活动有关，如迎春唱和、基层采风等。题材广泛，体裁多样，多侧面展示了吉林省及东北地区各民族的习俗风情以及历史钩沉、建设成就、风景名胜等。彰显了作者“贴近生活，体现时代精神”的创作主张。艺术手法上，体现了作者一向追求的“清新明快、平实晓畅”的风格。

105.《刘宏诗词》，刘宏著，哈尔滨出版社于 2019 年 1 月出版。本书汇集了作者近几年创作的绝句、律诗、词、古风等作品，语言质朴，内容丰富，韵律遵从平水韵、词林正韵和中华新韵，但不拘泥于此，重在内容的表现。本书传递了作者对世界的认知和对生活的热爱，传递了正确的思想导向和积极的人生态度。

106.《刘乃富诗词选》，刘乃富著，团结出版社于 2019 年 1 月出版。本书以歌颂祖国大好河山和人物风貌为主要内容，共分六辑：第一辑，情系河山；第二辑，真情如水；第三辑，时事感吟；第四辑，人物吟咏；第五辑，咏物寄意；第六辑，杂咏。思想积极上进，展现了国家改革开放以后百姓生活发生的巨大变化。

107.《刘麒子诗词选》，刘麒子著，团结出版社于 2019 年 8 月出版。本书是一部当代诗词作品集，从立意到声韵，无不充满了美感，少用典故，绝无僻字。作品歌颂祖国河山、天地正气，赞颂古圣先哲、时贤俊杰、乡心民俗、友情爱心，讴歌新时代。大部分是出自对潮汕亲友、师友、文友的唱和深情而寄以心声，情真意切。

108.《刘文阁诗选》，刘文阁著，四川民族出版社于 2019 年 9 月出版。本书收录了作者最新创作的 200 多首诗词。颂扬真善美，鞭笞假丑恶，讴歌祖国、讴歌人民、讴歌纯洁的爱情、讴歌幸福的生活，通篇展示一种正能量。

109.《流年歌声》，似水流年著，北方文艺出版社于 2019 年 11 月出版。该书主要选录了作者 370 余首诗歌作品，体裁涉及汉语十四行诗（210 首）、自由体诗（19 首）、旧体诗词（148 首）。内容包括自然景物的描写（如春、夏、秋、冬、雨、雪、花等）和个人情感的抒发（如乡情、友情、爱情等）。主题主要涉及自然风光、个人游历、读书观影及日常生活感受。旧体诗词在音韵格律方面多依《中华新韵》，词牌参照《龙榆生词谱》。

110.《柳亚子诗全注全解》，邵盈午著，北方文艺出版社于 2019 年 4 月出版。本书精选柳亚子的诗词百余篇，并对每首诗词进行了注释，同时还对诗词的出处及创作背景进行介绍，可使读者更深刻地理解这些作品，并通过作品了解作者和他所处的时代。

111.《六月荷》，释演总著，湖北美术出版社于2019年9月出版。本册精选释演总法师2016年至今创作的121篇诗词作品。释演总法师以诗偈形式记录慧心灵光，语言风格华丽，用词古雅多变，广征博引。所作偈语，非一般意义上的诗词，属于佛家法偈范畴，直抒本怀，而不执于诗词格律。演总法师述偈，因缘随心，故而形成了不求对仗押韵、崇尚自然、法性流露、直达心源的风格。

112.《龙山吟草》，李青惠、李吉荣整理，甘肃文化出版社于2019年9月出版。该书收录青城名人李联桂生前遗稿诗词460首、楹联22副，共五卷。李联桂，字芳五，榆中青城东滩人。清末秀才、贡生。得功名后在家设私塾教徒，后转入龙山高等小学任教员、校长达40年之久，培养了大批优秀学子，对青城教育发展作出了重要贡献，堪称青城教育发展的先驱。李联桂自幼喜爱诗词，早期诗稿《龙山诗草》曾被载入《陇右著作录》，后期诗作《随意草》于1929年由他本人临终前整理成册，流传后世。其诗作具有较高的文学价值和出版价值。是集主要包括感事抒怀、酬和赠答、故土情怀、杂感闲吟、叙事长诗及楹联等内容。附件有李联桂之孙李定邦记叙联桂之子事迹的文章、其重孙李吉荣、外重孙张敏君等纪念先祖的文章。另附李联桂诗作相关图片等。

113.《龙吟》，张毅龙著，湖南人民出版社于2019年6月出版。本书是作者的诗词作品集。作者着眼于传承和弘扬中华优秀传统文化及中华美学精神，通过对生活、工作、时代的感悟与思考，以古典诗词抒情吐意，传递真善美和向上向善的价值观。

114.《陇韵洮声》，康启平著，四川民族出版社于2019年4月出版。这是一本诗词文集，由“山水田园”“怀古咏史”“咏物抒怀”“思乡怀远”“边塞远征”“离愁别绪”“即景抒怀”“哲言哲理”及“诗词萃集”等9部分组成。体裁以绝句为主，还包括律诗、词作、小说、散文和散文诗等。作品从不同角度叙写了陇原大地的田园风景、山水风光、地理风貌、历史变迁、乡土人情，激情讴歌了伟大的母亲河——洮河。

115.《陋室草集》，赵执锋著，上海三联书店于 2019 年 12 月出版。本书从作者创作的 1000 余首诗词中精选出 100 余首。这些精选的诗词，灵感取自作者的日常生活，旨在深入挖掘中华优秀传统文化所蕴含的思想观念、人文精神和道德规范，生动深刻地诠释中华民族新史诗的魅力和风采。

116.《庐中有月 · 龙山村民诗词选》，刘毛伢著，上海文化出版社于 2019 年 7 月出版。本书为作者的诗词自选集，体裁包括五、七言绝句，五、七言律诗，词等，计 389 首。情感真切诚挚，具有丰富的意境、意象、意蕴，体现了当代人的审美情趣和家国情怀。诗作本色自然，用典无痕，立意雅致。

117.《洛神吟》，徐履满著，北京燕山出版社于 2019 年 4 月出版。这是一本用了 100 多个词牌写成的词集。2016 年初春，作者与好友相约出游，行至洛河之滨，不禁心旷神怡，便用典雅的词体方式书写曹植和洛神的美好爱情故事，使《洛神赋》中的美丽女子以一种新的韵姿再次展现在大家面前，让她的故事穿越时空与现代社会的人文景观息息相融。本书所采用的词谱绝大多数是钦定词谱，极少数是龙榆生词学讲座中的词谱，作品全部采用中华新韵。

118.《落日落尽》，李兆华著，长江出版社于 2019 年 1 月出版。本书为生态学研究专家李兆华的个人诗词选集。作为一名环保工作者，常年行走在国内外农田小径、山川河流畔，作者有较多的机会接触到自然，因此所做诗词也极赋自然风格。有的婉约怀古，有的气势磅礴。诗词中遍布自然元素，如麦、雪、荷、雨、油菜、樱花、石榴、夹竹桃、竹、燕，冬去秋来，寒来暑往。虽然诗词只是作者旅途落寞的消遣，但字里行间，我们仍能体会得到田园派诗词在生态学家手里的复活。李兆华，堪称“环保界的陶渊明”。

119.《吕根田诗词八百首》，吕根田著，作家出版社于2019年7月出版。本书是退休中学教师吕根田“壮游全国”的诗词日记。作者的格律诗创作是“在路上”的创作。在知天命之年，吕根田开始了一个“走遍全国”的计划。他用三年时间饱览了全国名山大川与人文名胜之地，足迹遍及全国30余个省（市、自治区），并以诗词记录这漫长旅程中的所见所闻、所思所感，慨叹风光之美，感悟生活之道。

120.《吕长春格律诗词续集》，吕长春著，新华出版社于2019年3月出版。为传承中国古典文化，作者用现代人新的审美观对唐诗进行审视和观照，通过对48900余唐诗的认真阅读和思考，逐一对照进行写作，融入自己的人生经历和社会实践，重新创作了52000首拟唐诗，以向古典致敬。是集可谓是继承传统与发展创新相结合的一次实践。

121.《旅游诗词赞中华》，曹忠著，西泠印社出版社于2019年9月出版。本书主要收录作者旅途中的所见所闻及个人感受。从十几年前开始，作者便一头扎进了以名胜古迹、青山秀水、人文地理和民族风情为主体的诗词创作之中。历十年笔耕，经过筛选、整理，共得诗词137首、游记30余篇。涵盖了全国各省市、自治区、直辖市等120余处景点。

122.《满乡柳枝词》，张树伟著，辽宁民族出版社于2019年7月出版。满族是从山林里走出来的民族，创造了灿烂的文化。满族崇柳，对柳树情有独钟，佛朵（柳树）妈妈是满族人的祖先神。作者身为满族人，将所写内容分为史韵悠悠、信仰文化、生活风俗、满族民歌、桓仁满族、桓仁新貌等六部分。本书收录791首诗，记述满族历史文化、生活风俗，展现盛世春风给满族自治地方描画出的绚丽画卷，是为桓仁满族自治县成立三十周年的献礼。

123.《梦闲词心》，童启松著，春风文艺出版社于2019年2月出版。本书全部是作者创作的词作品。词牌涵盖了宋词大部分作品所用词牌的前六十几个，并在此基础上加入作者比较喜爱的词牌，共130余，结集 320 余首。内容以情感抒发为主，兼顾社会历史时事。

124.《明德惟馨》，黄剑明著，江苏人民出版社于 2019 年 8 月出版。本书是作者近年来诗词创作的合集，囊括了古体诗、格律诗、词、新诗、三行诗、快板书、赋等各类体裁体式。涵盖作者对时令节气的感怀、对自然胜迹的叹服、对古今人文的凭吊、对个人职业生涯的思考、对家乡人情的热爱、对祖国大事的牵挂等内容，一字一句都是作者发自肺腑的心声流露。

125.《铭玕堂诗草》，刘树森著，中国石油大学出版社于 2019 年 9 月出版。本书系作者继《秋枫诗叶集》后正式出版的第 2 部诗词别集，本集为格律诗作，部分内容曾在中国诗歌网、中华诗词论坛、中国作家网、中华诗歌网、诗词吾爱网、齐鲁社区网等发表。笔者于 2010 年之后（尤其是创建《铭玕堂》公众号之后），基本专注于格律诗的创作。《铭玕堂诗草》收录了近期和早期以及原《秋枫诗叶集》中部分未及按格律要求而后期做了修改的古体诗、有纪念意义的绝句，时间跨度约计 30 年，对不同时期的工作、学习、经历、见闻等多有涉及，收录五绝、五律、七绝、七律四种体裁的诗文合计 200 余首。

126.《陌上花开缓缓归》，吉林文史出版社于 2019 年 11 月出版。这是一本诗词作品集，计 600 首。这些诗词创作于 2015—2017 年间。题材丰厚，内涵深刻，表现了热爱家乡、歌颂祖国、赞美生活的思想感情。作品融入自然、触碰肝胆、直击心灵。这些诗词全部在媒体、网络、内部刊物上发表过，受到众多诗词爱好者的喜爱和传颂。

127.《牧笛》，李庆余著，团结出版社于 2019 年 10 月出版。全书收录了作者的诗作近 200 首。按体例分为格律诗、古体、新诗、绝句、词曲五个部分。讲述沂蒙老区红色文化、歌颂祖国山水、介绍沂蒙地区风土民情、感恩亲情友情、赞美家乡日新月异的变化。

128.《牧童歌谣》，马先斌著，东南大学出版社于 2019 年 1 月出版。本诗集共选取作者的原创诗词 358 首。其中四言诗共 6 首，五言诗共 15 首，七言绝句共 294 首，七言律诗共 8 首，七言排律共 6 首，新诗共8首，词共21首。有对相关历史人物的评价崇拜，有对祖国自然山水、历史建筑、草木花卉的咏赞，有对祖国复兴发展的颂扬，有对亲情友情的赞美，有对书画音乐的熏陶，有对文化典籍的拜读，等等。

129.《南浦竹枝词》，徐胜利著，团结出版社于2019年8月出版。本集是作者歌咏湖北鄂州市历史文化、山川风物、民俗风情的竹枝词集。包括《洋澜湖桌歌》《武昌纪事诗》《鄂州风物吟》三组竹枝词各一百首。旨在以一点（《洋澜湖桌歌》，特写）、一纵（《武昌纪事诗》，历史时间维度）、一横（《鄂州风物吟》，地理空间维度）相结合，组成立体结构，全面反映鄂州人文历史，吟咏鄂州山川风物，记录鄂州风俗民情，形成《南浦竹枝词》三部曲。

130.《南园词稿》，蔡世平著，中国书籍出版社于2019年9月出版。该书共收录作者词作400余首。作品内容丰富，贴近生活。风格清新，气息流畅；意境悠远，耐人寻味。本书还附录了作者早期的一些诗词评论文章，从中可以看出作者多方面的兴趣和对当代诗词发展的积极探索。

131.《倪志华诗词》，倪志华著，上海文艺出版社于2019年1月出版。这本诗词集记录与抒发了一个老者50年走过的人生轨迹和对社会问题的思考。倪志华，上海南汇人。1964年进复旦大学学习，后在安徽芜湖市第十七中学、上海南汇县图书馆等单位工作。丰富的经历，还有鲜活的基层生活，给了他许多诗的灵感。有对明月清风的赞咏，也有对时代风云的感赋。

132.《聂绀弩诗全注全解》，方瞳著，北方文艺出版社于2019年4月出版。本书对每首诗进行了注释，同时还对诗作的出处及创作背景进行介绍，使读者可以更深刻地理解这些作品，同时也可以通过这些作品了解作者和他所处的时代。

133.《欧阳文章诗词选》，欧阳文章著，群言出版社于2019年10月出版。此书是作者的诗词选集。或是有感于祖国的重大建设成果而作，或是携友游名胜古迹而吟，或是生活中偶有感悟而发，展现了作者深深的爱国情怀和传承传统文化的精神。书中诗词或大气磅礴，或娓娓道来。诗，能见“李杜”的影子。词，能见苏轼的气魄。

134.《潘承基题画诗词集》，潘承基著，古吴轩出版社于 2019 年 2 月出版。本书收集了作者的诗词 300 多首，由三个部分组成。一是题画回文诗 100 首；二是四季诗 100 首；三是题画词 100 阕。特别是回文体诗，均是格律体诗，有五言、六言、七言，内容题材为题画、山水、花鸟、仕女人物、走兽等，无论顺读、反读，韵律和诗意都很精彩。四季诗，含春夏秋冬四季的山水景色，各二十五首，抒发了作者的内心感受。题画词，也涵盖了山水、花鸟、仕女图等。另还有杂诗若干首。

135.《漂・诗路札记》，苍山牧云著，四川人民出版社于 2019 年 3 月出版。本书是作者的古体诗作品集。作者以宽广的学养和善于发现美的眼睛，写作身边的四时之美、花草虫鱼，将古典之美浸润现代生活。寄托了作者对大自然的向往、对日常生活的珍惜、对亲友的眷恋、对人生的感悟。

136.《平仄年华》，黄晓园著，二十一世纪出版社于 2019 年 2 月出版。本书围绕作者在吉安市 10 余年工作中的所思所想，按“如歌的行板”“心逐流云间”“教育反思录”三个部分，将工作、学习、生活中的见闻及所思所感记录下来，以期对读者有所启迪。书中收录诗文的风格，或清丽，或平实，充分体现作者的创作风格。

137.《珀玕诗文集》，饶汉祥著、朱文点校，湖北教育出版社于 2019 年 6 月出版。该书是民国时期饶汉祥的诗文集，主要由三部分组成。一为《珀玕文集》，共计 100 余篇，主要收录作者与友人之书信。虽含酬答之作，但文章亦展现了在社会变革大潮中的世态民情及作者忧国忧民的情怀。二为《珀玕诗集》，收录了 400 余篇诗作。这些诗大多反映了当时疮痍满目、民不聊生的社会状况。作者身处乱世，无法施展抱负，惟有在诗中抒发其忧愤积郁。其中有不少是作者寓居北京北海公园画舫斋时所作，其对景物的描画、对时势的感慨皆汇集于诗中。读者既可从中了解当时史实，也可从中一窥当年北京的风俗民情。三为《黄陂文存》，系作者代幕主黎元洪所作的文电，共计 200 余篇。该集为作者生前手定，是作者一生心血沃灌之作，针砭时弊，阐发政见，影响时人，及于后世。

138.《淇水暮秋集》，郝忠建著，海燕出版社于 2019 年 9 月出版。本书精选了作者的 100 多首诗词，部分作品曾在媒体上发表过。作品内容丰富，反映作者对自然生活的热爱。作者以积极的态度展现个人的心理路程，抒发对国家山川和家乡的美好愿景。其诗词对仗、押韵、平仄比较规范，遣词造语也显示出深厚的文学素养。

139.《气象文化丛书 · 小记抒怀》，谢璞著，气象出版社于 2019 年 8 月出版。本书收集了作者于工作闲暇之时创作的 300 余篇诗词，抒发了作者对气象工作的热爱、对同事的关怀以及对一些生活见闻的感慨。风格清新、朴实，意境深远，耐人回味。本书可供诗词爱好者和气象工作者阅读欣赏。

140.《青春都一晌》，朱承彧著，作家出版社于 2019 年 3 月出版。这是一位很有才气的少女的诗文集。朱承彧会背近千首古诗词，在诸多作文大赛中获奖。她幼小时便喜欢写长短句，现在利用业余时间创作了 100 多首诗词，并结集出版。她的诗词意境悠远，遣词造句讲究，读来满口余香。

141.《青春之韵》，姜世阳著，山西教育出版社于 2019 年 12 月出版。本书收录了作者的 180 多首诗词。内容大致可分为纪游、怀古、感怀、咏物、纪实等五大部分。作者擅长写景，尤其酷爱创作山水、田园、咏物诗歌，表现“天人合一”的传统理念和追求。

142.《青龙风土诗记》，纪立功著，群言出版社于 2019 年 9 月出版。本书收录作者的诗作，多为五言、六言、七言，记录青龙的风俗、青龙知名人物、青龙节日、青龙蚕丝行、青龙歌谣等。大多诗作下面加了长短不一、内容各异的注，用于说明每首诗所做的环境、所生发的意境，可增加诗的可读性与现实感。

143.《青泽诗词》，罗嘉木著，成都时代出版社于2019年5月出版。本书收集了作者近年来创作的诗词作品，有现代诗歌，也有旧体诗词。全书表达了作者在成长过程中，对人生、社会、教育、环境的感知与思考。风格时而平缓，时而高昂，时而低吟，时而激越，抒发了少年壮志的情怀。

144.《倾城月·倾城诗》，冯倾城著，广东高等教育出版社于2019年8月出版。本书收录了作者的新诗、旧体诗词。既涉及作者在澳门的成长经历，又有求学周游的随感。除了个人化的主题，作者还书写了澳门回归祖国后的重要事件，如面对汶川、玉树地震的悲痛，游历祖国大好河山的赞叹，喜迎中华人民共和国建国六十周年、澳门回归十周年的欣悦等。

145.《清平乐》，戚登胜著，敦煌文艺出版社于2019年9月出版。本书收录了作者近期所创作的600余首诗词，并配古代山水画，图文并茂，可读性强。题材广泛，主题明确，情感丰富。作者通过感悟人生、感事抒怀、咏事咏物，激发出爱国情怀和正能量，给人以积极向上的精神力量。

146.《情归自然》，陈健春著，南方出版社于2019年9月出版。本书精选作者古诗词300余首。作者出生在农村，长期从政；退休后，解甲归田，回归自然。田园风光、风土人情便成为取之不尽的创作源泉。本书即是他退休后的诗词选集，为他在静定之时、感慨之刻、浪漫之程、风景之地的随想随作。整体风格自然宁静，情趣盎然。韵律严谨，意境优美。

147.《情深意远》，刘雪庚著，华南理工大学出版社于2019年8月出版。本书以旧体诗词或现代诗的形式歌颂党、歌颂祖国，歌颂人民。通过本地改革开放所发生的巨大变化，从特殊的角度和不同的层面讴歌改革开放所取得的伟大成就，讴歌人民的幸福生活。以生动的形象和优美的意境，运用旧体诗词和现代新诗等文学样式抒写对祖国山河、优秀传统文化的热爱之情。诗词坚持弘扬主旋律，传播正能量，践行社会主义核心价值观；贴近生活，贴近人民群众，并将之贯穿全书始终；突出人民性、时代性和艺术性。

148.《请你来了解》，李良杰、李月珊著，团结出版社于2019年10月出版。本书收录的123首新韵七律，都是作者的原创作品。如《祖国颂》《礼赞中国航天》《咏港珠澳大桥》《游菏泽牡丹节》《青春感怀》等，内容通俗易懂，情感朴实无华。书中诗歌都是严格依《中华通韵》规定的音韵而作的新韵七律，每首诗后面都有相关的新韵七律知识说明。这是一本集新韵诗词、韵书及相关律诗知识于一体的诗集，带给读者诗词美的同时，也带来诗词知识的学习。

149.《秋山集》，李林青著，南方出版社于2019年1月出版。本书主要收录作者近年来创作的旧体诗词，共120多首。其中，诗100首左右，词20多阕，赋2篇。本诗集共分三辑。第一辑歌咏海南本土风物，第二辑写的是岛外风物，第三辑写的是域外风光见闻。总体来说，写的是歌颂祖国河山、抒发个人情怀的诗作。

150.《秋水长天》，谭顺统著，四川民族出版社于2019年8月出版。本书是一本诗词集。内容包含绝句、五律、七律及词赋对联等。诗词格律严谨，文笔流畅，气韵厚实。有禾田竹舍之清新，多小桥流水之自然。笔下多乡梓田园，少他山风物，对家乡故园芸芸万象及各种景致闲趣多有描绘抒发。

151.《任河吟韵》，覃铭恺著，团结出版社于2019年3月出版。本书是作者5年多来的旧体诗词专集。共收录旧体诗词逾千首。这些诗词作品集中讴歌了家乡的山山水水和巨大变化，抒发了作者对身边人和事的感慨。

152.《日照轩吟草》，林志达著，团结出版社于2019年8月出版。是集共收录旧体诗词200余首。既有文朋诗友间的唱和之作，也有作者某时某地的感怀之作；既有与友人之间的真情交流，也有对祖国大好河山的激情礼赞。尤其是家乡的一山一水、一草一木，都在作者的笔下得以生动呈现。

153.《骚骓峠韵》，赵国杰著，河北大学出版社于 2019 年 1 月出版。本书为个人诗词集，内容包括五七言绝句、律诗、词、曲等，既有闲情逸致，又有对学术执着追求的情感抒发，还有对历史人物的赞美与思考。

154.《山海情缘诗词集》，钟训成著，团结出版社于 2019 年出版。本书包含古体诗词 300 多首，是作者对自己家乡汕尾市的描写与赞美。此诗词集，可以让读者对这里美的风韵、美的向往、美的追求和美的期待有所领略、有所感受。

155.《山水田园诗词情》，余正雄著，阳光出版社于 2019 年 6 月出版。本书收录了作者近年来的原创诗词共计 271 首。其中，五言诗 39 首、七言诗 142 首、词 90 首。内容以讴歌山水田园风光为主。语言上力求通俗雅致；描写手法上多用白描，画面感较强；题材运用上古今并收，更加注重现实，以彰显创作者的创作风格。

156.《山左履痕》，蒿峰著，山东画报出版社于 2019 年 1 月出版。几十年的工作学习中，作者走遍了山东的每一个市县。各地的历史、文化、自然风光和风土人情，令人陶醉。情之所至，形之于吟咏，积累了 200 余篇诗词。这些作品，或描述壮丽的山河，或反映改革开放的发展进步，或咏史怀人，都是动情于心的自然流露。

157.《珊耶词轩》，马希玲著，团结出版社于 2019 年 3 月出版。本书是一本词集。300 首词，依据《唐宋词格律》和《词林正韵》而填写。迄今为止，首次把天、地、自然和人文科学写入古诗词中，内容饶多，有边塞触感、家国情怀、知青岁月和乡愁眷念。

158.《韶华诗词选注》，李少华著，内蒙古大学出版社于 2019 年 5 月出版。本书共收集作者创作的 145 首旧体诗词。这些诗词是作者近年来研读中国历史和中华哲学的一些感悟，以怀古诗词为主体。内容从上古时代的神话传说，一直到近现代史，用旧体诗词的形式对历史上的重要人物和重要历史事件进行评说。另外一部分诗词，是作者学习老子、庄子和佛教知识的人生感悟，以旧体诗词为载体，引入哲学思考，也可以说是哲学类诗词。

159.《邵红霞诗词选》，邵红霞著，时代文艺出版社于2019年3月出版。本书收录了作者近年创作的诗词，共计600首。以吉林山水、人文的描绘和讴歌为主要题材，记录了关东诗阵采风历程，抒发了诗人的家国情怀。同时，作者也以女性细腻的视角和温暖的笔法描写了家中亲人之间的亲情，反映了吉林本土的家庭生活。

160.《涉江诗词集》，沈祖棻著、程千帆笺注，凤凰出版社于2019年10月出版。本书是沈祖棻的诗词集，包括《涉江词稿》五卷、《涉江词外集》一卷、《涉江词稿》四卷，由程千帆整理笺注。沈祖棻的诗词风格高华、声韵沉咽，程千帆的笺注精准细密。二者融合，使得《涉江诗词集》别具文学与史学价值。

161.《沈鹏诗词》，沈鹏著，中国书籍出版社于2019年1月出版。共二册，分别为《三馀再吟》《三馀长吟》。《三馀再吟》记录了作者旅游、出访、展览、创作、交友、抒怀、悼念等诸多文化活动的真实历程；《三馀长吟》则展现了沈鹏先生近年来“神思幽远，含蕴丰赡”的诗学和美学思想。

162.《沈鹏云诗词选》，沈鹏云著，时代文艺出版社于2019年2月出版。本书共收录了作者的诗、词、曲计505首。以记录改革开放历程以及赞美祖国大好河山为主线，尤其以描绘吉林大地的佳山秀水、风土人情为重点。用诗词的形式，讲述吉林的故事，歌唱吉林的山水，记录吉林的发展。其作品主要源于吉林省诗词学会组织的历次采风活动，因此生活气息浓郁，充分展示了关东人的勤劳热情与豪放。

163.《生程吟咏》，郝侠君著，安徽文艺出版社于2019年5月出版。本书收录了作者50多年来发表于各种报刊的诗词300余篇。有旧体诗词，也有现代诗，反映了作者从事教育事业的经历和感悟。这些诗词紧扣现实，贴近生活，或感怀身世、慨叹人生，或怀念亲人，庆贺友人，内容丰富，形式多样，感情真挚。

164.《生活即诗》，葛健著，黄山书社于 2019 年 2 月出版。本书是一部诗歌集，收录作者多年积累的诗歌近 400 首。作者拥有理学士、法学士双学位，长期坚守司法岗位，于生活、于社会现象有自己的深刻见解。诗集或为正义拍案而起，或坚持维护司法公信力，或感动于人间的真善美，或记录生活琐细。于诗歌中可见作者的正直人格、职业操守。

165.《诗翰撷英》，刘开地著，广陵书社于 2019 年 11 月出版。本书收录了作者创作的诗词作品 100 余首，有近体诗、古体诗、词、赋等多种体裁。讴歌了沙流河村翻天覆地的变化，具有十分强烈的家国情怀。

166.《诗释生活》，刘云平著，东北师范大学出版社于 2019 年 1 月出版。本书是作者的生活随笔，主要分为"诗之以国""诗之以友""诗之以家""诗之以游""诗之以亲""诗之以兴""诗之以哲""诗之以成""诗之以悟"九个章节，采用诗、词、歌、赋等文体形式辑录成册，以讴歌自然、祖国、社会、朋友和亲人为主要内容。

167.《诗说历史》，丁伟著，团结出版社于 2019 年 1 月出版。作者用七律描述中国历史，写下了《诗说历史》这部原创诗集。分两部分：第一部分自远古传说至南北朝结束；第二部分自隋朝建立至清朝衰亡。涵盖了华夏 5000 多年的主要历史事件和历史人物。旨在为祖国呐喊，为中华讴歌。

168.《诗图话昆虫》，谭江丽著，陕西人民教育出版社于 2019 年 1 月出版。本书是作者在多年的昆虫学科研和教学实践的基础上，用诗的形式进行的一次创作。同时，拍摄了大量生态图片，其中包括一些并不常见的种类。全书诗歌 320 多首，包括昆虫的起源和进化、昆虫的界定与人类的关系、昆虫的形态、昆虫常见目科的分类识别、热爱自然保护生态和生活偶得等六部分，用直观图片和简练的诗的语言，为读者科学讲述昆虫学的专业知识。

169.《诗心旅程》，丁文奎著，中国广播影视出版社于 2019 年

3月出版。本书收录了作者创作的276首诗词，分为5辑。含“七律”91首、“绝句”94首、“古风”31首、“词”41首、“自由体诗”19首。内容包括歌颂祖国大好河山（著名人文遗址、自然风光等），抒写国家重大工程、重要事件、重要节日，抒发新闻工作和生活感悟，描摹名人、友人等人物的精神状貌等。

170.《诗以言志》，沈鹏、李建春著，中华书局于2019年1月出版。本书由三部组成：沈鹏读鲁迅小说诗二十四首，李建春对二十四首诗的评论文章，沈鹏、李建春诗二十四首的书法。本书由沈鹏先生自题书名，并收录其篆书作品一副。

171.《诗咏长征》，赵忠抗著，华文出版社于2019年1月出版。作者以诗歌形式，歌颂长征精神，歌颂长征中战士的浴血奋战、英勇杀敌以及红军二万五千里长征胜利的经过等。对于继承和发扬伟大的长征精神，在社会主义建设和发展新的长征中实现伟大的“中国梦”，具有一定的宣传和教育作用。

172.《诗原牧歌》，王汝德著，吉林文史出版社于2019年11月出版。这是一本诗词作品集，共计360首。创作于2013—2017年间，有五绝、七绝、五律、七律、词等。作为一名法律工作者，作者以诗词弘扬社会正气、传颂社会主旋律、歌颂时代、赞美家乡。

173.《师之集：赵安民诗词》，赵安民著，中国书籍出版社2019年9月出版。本书涵盖作者近三十年来诗词作品，分为新疆诗稿、台湾行吟、京华雪鸿、旧作留踪四个部分。书后附录几篇作者评介诗词的文章，以及专家评论作者诗词、书法的文章各几篇。这些作品反映了作者三十年来学习和工作、生活的历程与情感，也从某些侧面反映了近三十年来我国社会面貌，特别是从图书出版方面反映了我国传统文化的复兴。

174.《使者行吟·赵永琛诗词选》，赵永琛著，世界知识出版社于2019年7月出版。本书分四卷，卷一古风，内容包括法治、德治和善治。卷二中华先贤颂，包括赞颂历朝历代对中华民族有巨大贡献的帝王将相以及诸子百家和名人雅士，并以其所处年代先后排列。卷三列国游，基本按作者出访、游历先后次序编排，但又兼顾游记主题而略有微调。卷四抒怀咏志，以弘扬爱国主义精神为要，兼及相关主题予以排序。

175.《守望栖息地》，王红伟编著，团结出版社于2019年2月出版。本书既有现代诗，又有旧体诗词。主要内容可分为咏物、抒情和言志三部分。既歌颂风花雪月，又描摹自然万物；既豪情满怀，又低吟浅唱；既吐故纳新，又志在千里。在改革开放 40 周年之际，歌颂了祖国的壮美山河，表现了新时代诗人激昂向上的精神风貌。

176.《蜀道滇吟》，曹同川著，中国财富出版社于2019年1月出版。诗人将笔触融入亲情和乡情的沃野，写对于亲人的思念，写对于故乡（冀东大地）的思念，写同学、写战友、写同事。情感是真挚朴实的，意象是明确生动的，语言是凝练质感的。更为可贵的是，诗人将现代的前卫意识与当下的生活理念，唯美地和谐统一地融入到诗歌的表现形式之中，大致做到了艺术性与思想性的并举。其诗歌既不拘泥于古训，又恪守诗词中的格律；既再现现代人的情感，又不流于泛泛化口语的写作。这样，就让诗歌具有了相应的审美高度（艺术），又让作品回归于人性的辉光与生命的哲思（思想）。

177.《丝路雅韵》，张湘平著，天津人民出版社于2019年1月出版。本书收录作者 2016—2018 年间创作的旧体诗词 700 余首。分三辑，第一辑丙申诗章（200 首），第二辑丁酉诗章（320 首），第三辑戊戌诗章（200 首）。作者结合自身工作，将诗歌艺术与日常生活相结合，表达了对生活和工作的热爱。

178.《宋有才诗词选》，宋有才著，时代文艺出版社于 2019 年 2 月出版。分绝句、律诗、词三部分，共 408 首。其中，绝句 360 首，律诗 32 首，词 16 首。作者把对祖国的爱、对家乡的爱、对自然的爱、对生活的爱，融入诗行，体现了环境美、自然美、生活美。用白描手法抒情言事，语言朴实流畅，绝无做作之感。

179.《苏曼殊诗全注全解》，邵盈午著，北方文艺出版社于2019年4月出版。本书对苏曼殊每首诗进行了注释，同时还对诗词的出处及创作背景进行介绍，可使读者更深刻地理解这些诗词作品，并通过这些作品了解诗词的作者和他所处的时代。

180.《素颜之美》，沈力男著，现代出版社于2019年3月出版。本书是作者的诗词集，包括爱之禅、爱之初、爱之季、爱之切、爱之歌等内容。这些诗词，跨度较大，有青春之作，也有中年时期的作品。读这样的诗词集，能够让人在繁忙的工作之余，有一方属于自己的纯净角落，发现生活不止眼前，还有诗和远方。

181.《随心集》，薛广成、薛清海著，四川民族出版社于2019年5月出版。全书汇集了伯侄两代诗人的呕心沥血之作，内容涵盖亲情、友情、爱情、思乡、眷恋、悼亡等，可读性较强。

182.《岁月镜》，魏国成著，团结出版社于2019年1月出版。该诗集约6万字，分古风类、叙事抒情类、哲理寓言类、咏物状景类四大板块，多角度、多视角以一双诗人的眼睛、以一颗灵动的诗心、以美好的诗歌语言去描画生活，记录生活。

183.《岁月吟痕》，欧阳衡伟、杜修岳著，团结出版社于2019年11月出版。该诗词集约有诗词计800余首。体裁多以七律、五律、词为主，兼以古风和绝句。题材包含田园山水、人生感悟、时代风云、感事抒怀诸方面，充满爱国热情，具有正能量。诗词格律严谨，遣词用典、叙事状物、寄意抒情，均能蕴涵深邃、自然流美。

184.《谭祖安先生手写诗册》，谭延闿著，华中师范大学出版社于2019年4月出版。该书为晚清民国著名书法家、诗人谭延闿手书自己所作的诗篇。共分四个部分，第一部分为《慈卫室诗草》，第二部分为《粤行集》，第三部分为《讱安诗稿》，第四部分为《非翁诗稿》。既有兴发感怀的诗，又有大量题画诗；既有咏史评时诗，又有唱酬赠贺诗。这些诗作大多为作者从政、交友及艺术创作中内心情感的写照，真挚可信，具有较强的可读性。另外，在书之最前附有余传韬先生所作《先祖谭公延闿行状》一篇，以便读者能对谭延闿有比较深入详细的了解。

185.《天风吟》，钟海涛著，海燕出版社于 2019 年 4 月出版。本书是当代书法名家钟海涛的个人诗词集。共收录作者十几年来的诗词作品 154 首，诗体丰富，内容涉及人生抒怀、交游酬酢、览胜吊古、游历感怀与个人翰墨体会及郑州本土人文自然风物等。

186.《天夫诗联赋》，张天夫著，中华书局于 2019 年 11 月出版。本书分《天夫诗词》《天夫对联》《天夫辞赋》三卷，是张天夫同类作品的首次结集。《天夫诗词》包括诗词作品、注释、创作背景及插图。《天夫对联》包括对联作品、注释、创作背景及由古代书法作品形成的集字联文。《天夫辞赋》包含辞赋正文、注释、百字创作背景、插图。

187.《涂丙炎诗词》，涂丙炎著，团结出版社于 2019 年 1 月出版。本书是作者 65 岁学诗以后，用诗词形式抒发亲情、友情、家国情怀等的结晶，共有 400 余首。附录是学诗的札记和辅导学生学诗的资料。编排顺序是先山河、时令，而后家国及其他。

188.《楷楷儿谈》，范楷著，哈尔滨出版社于 2019 年 10 月出版。本书汇集了作者自 9 岁到 12 岁创作的格律诗、古风、随笔等作品，以一个孩子的视角去写诗，在诗词中传递自己对世界的认识和对生活的热爱，展现了我国青少年对于传统诗词的传承和对哲学思想、审美情趣的发扬。

189.《王兴才诗词选》，王兴才著，黑龙江人民出版社于 2019 年 1 月出版。作者讴歌北大荒肥沃神奇的黑土地、蜿蜒的河流和广袤的湿地。作品抒写家乡的历史，带着浓浓的家乡情，带着泥土的芳香。

190.《王卓平诗词选》，王卓平著，时代文艺出版社于 2019 年 2 月出版。该书精选了作者近几年创作的诗词曲计 500 余首。以吉林及黑龙江山水、人文的描绘和讴歌为主要题材，记录了关东诗阵采风历程，抒发了诗人的家国情怀。

191.《微尘痕迹》，李玉伟著，中国文联出版社于 2019 年 1 月出版。本书收集作者2009—2018年散作的诗词约600余首。格式以五、七言诗为主，内容以写景颂物为主。诗画结合，表现了对大自然的歌颂和对生活的热爱，以及注重民族团结、爱人民爱国家的主题。作者基本遵循写实的风格，坚持诗歌的韵脚，不跨诗体的规矩，但又不拘泥于古诗中的遣词用字。

192.《我们需要怎样的人生诗语》，邱孝感著，福建教育出版社于2019年11月出版。是集收录了作者在生活、工作、游历中创作的作品，内容涉及少先队知识、成长感悟等，形式有现代诗、三句半、仿写古诗词等。作者还在文中插入诗词的背景分析、赏析等内容，帮助读者欣赏诗词，提升诗词鉴赏力。

193.《我是黄河汉》，高维新著，甘肃文化出版社于2019年1月出版。本书是作者的歌词、诗词精选集，共收录歌词作品81首，诗词作品11首，分为“九曲黄河”“多彩民族”“芬芳校园”“情韵家乡”等11个部分，以丰满的意象、凝练的语词，热情讴歌了陇原大地的广阔雄浑与诗情画意。

194.《乌蒙砂石集》，宋信琮著，地质出版社于2019年7月出版。本书反映了作者亲身经历的点点滴滴。作者将从事地质勘查工作数十年来写就的与地质生活、地理地貌有关的各类诗词歌赋等，辅以少量图片，以诗歌及散文的形式表之于笔，结集出版，对年轻地质勘查科技人员从事地质工作具有一定的参考作用。

195.《无弦堂吟草》，吾如仪著，成都时代出版社于2019年5月出版。本书收录作者精选的百余首诗词，有律绝、词等形式，题材丰富，格调高雅，自然清新。诗作有论古，有咏今，又及天地、人事、花草、名胜古迹等，不拘一格。

196.《吴文昌诗词选》，吴文昌著，时代文艺出版社于2019年1月出版。本书收录了吴文昌的900多首诗词。这些诗词，是从他1967到2018年创作的2300多首作品中精选出来的。在创作中，作者坚持以人民为中心的导向，努力把握时代性，体现人民性，彰显地域性，注重艺术性。作品既讲诗言志，又尽显诗词文字、音韵、意境之美。风格真挚、豪放、凝重，胸襟恬淡豁达。

197.《戊戌诗钞》，刘双立著，燕山大学出版社于 2019 年 6 月出版。是集分四季行吟、山水咏叹、怀古惜今、八方游踪、人生感悟、寄兴寓情、心念桑梓等七个单元，收录了作者 2018 年所写的古风体诗 380 首。作者体味暑来寒往，感受世事变幻，有岁月光影的记录，有人情冷暖的传递。展示了一种平和简淡和自信豁达的心态，充满了正能量。

198.《夕阳情怀》，马长来著，团结出版社于 2019 年 5 月出版。本册收录了作者 2016 至 2018 年的部分诗词，约 100 余首。重点描写艰苦的生活，弘扬正气，把对祖国的爱，对家人的爱，对人生的爱，用火热的情感表达出来。

199.《夕照余韵》，赵裕祥著，冶金工业出版社于 2019 年 3 月出版。本书收录作者十几年的诗词习作 400 首。其中，律诗占 51%（以七律、七绝居多）；词占 32%（以小令、中调居多）；自由体诗占 11%；其他如古体诗、楹联等占 6%。全书弘扬主旋律，传递正能量，盛赞“真、善、美”，批判“假、丑、恶”。尤其是那些时政诗，有感而发，言辞犀利，爱憎分明，是非清晰。诗词中不仅有热情洋溢的讴歌，而且有深邃至理的思考。字里行间蕴涵着作者敦厚、坚韧、谦和好学的品格。

200.《西岭雪吟稿》，刘霞著，四川大学出版社于 2019 年 4 月出版。这是作者从十余年创作的诗词中挑选出版的一本诗词集。由绝句、律诗、词、古风等 400 余首构成。题材广泛，内容丰富，有时代气息，诗风质朴清新，格调高雅。

201.《奚晓琳诗词选》，奚晓琳著，时代文艺出版社于 2019 年 2 月出版。本书精选了作者近 20 年间的诗词作品 500 首，以歌咏关东山水、风土人情、历史遗迹为主要内容，兼收少量描写国内旅游风光、古迹人文和在国内大赛中获奖的诗词作品。用真情写真诗、格高味厚、辞美律严为其作品的主要特点。

202.《闲庭拾韵》，杨能斌著，花山文艺出版社于2019年11月出版。本书是一部古体诗集。作者将近年来创作的以亲身经历和所见所闻歌颂祖国、歌颂党、歌颂新时代为主题的古体诗百余首精心编辑整理，以表达一个老党员向中华人民共和国成立70周年献礼的家国情怀。

203.《羡云居诗词选》，罗炽著，华中师范大学出版社于2019年10月出版。该书选录作者自1985至2015年陆续创作的诗词共305首，分为五言绝句、七言绝句、五言律诗、七言律诗、词、古风及其他六个部分。大致按照时间顺序排列。既大致反映了作者30年的诗词创作理路，也展现了作者30年的人生画卷。

204.《萧月集》，张珂著，长江出版集团长江文艺出版社2019年12月出版。该书选录212首词作，咏物写景抒情，表达对生活的感悟。诗集以“献给父亲”为题，无所不记，是为特点。

205.《晓桦诗词选》，李文华著，四川民族出版社于2019年7月出版。该书主要反映作者对祖国大好河山的赞美，对家乡的热爱和对生活的感悟。诗集的核心突出追梦前行，诗集的艺术倾心审美遐韵。

206.《笑阅人生》，王洪章著，燕山大学出版社于2019年1月出版。本书收录作者30年来的创作精品。作者将自己的所见、所闻、所感编写成诗句、箴言，直抒胸臆，发人深省。全书分为纪念篇、情感篇、事业篇、世俗篇、家庭篇、风景篇、爱国篇、赞美篇8个篇章，涵盖了他对家人、朋友、事业、人生、社会、环境等多方面的思考与独悟。

207.《谢玉岑集》，谢玉岑著，华东师范大学出版社于2019年10月出版。本书以初版于民国三十八年（1949）的《玉岑遗稿》为底本，参考并辑录民国时期各种报刊上发表的玉岑文字、玉岑友朋的文章、著作里记录的玉岑作品、网络上发布的玉岑拍品和其他资料中涉及的玉岑材料等，收录谢玉岑存世的诗、词、文、手札，并附录序跋、传略、年谱以及谢氏家集等文献，力求为读者提供一个全面详尽的存世谢玉岑文字作品集。

208.《心鉴集》，徐文豪著，中国海洋大学出版社于 2019 年 8 月出版。本书为青岛二中高二学生徐文豪的个人作品集。收录了作者高中阶段创作的一系列诗词共 40 首左右，体现了作者对于文学创作的追求和热爱，同时也体现了当代青年学生在文学创作领域里尝试的勇气和大胆实践。本书可以作为中学生文学爱好者的课外读物，也可供研究青少年文学创作现象的学者借鉴参考。

209.《心灵牧歌》，李一信著，作家出版社于 2019 年 8 月出版。本书为李一信呕心 5 年填写的诗词曲合集。既有对祖国山河热爱的抒发，又有对文学诗词的痴迷和夕阳之年的人生感悟。本诗集另附书法、插画，诗词曲由此而芬芳生香。

210.《心语吟草》，向福初著，团结出版社于 2019 年 7 月出版。本书是作者新近创作的诗词和随笔集。诗词作品抒发了作者对祖国大好河山、新人新事、人生之感悟和思考，创作随笔讲述了诗词创作所遵循的艺术方法和文字功底要求。

211.《新新相印集・易行创新诗论诗作自选集》，易行著，人民出版社于 2019 年 4 月出版。是集为著名诗人周兴俊（笔名易行）为向共和国 70 华诞献礼而精心结集的一部作品选辑，分上下两卷。上卷是作者关于当代诗词改革创新理论讨论文章的结集，可以说是对新中国诗词改革创新理论探索新成就的一次全面梳理和总结。其中，既包括对毛泽东、贺敬之、霍松林、刘征、马凯等新中国诗词创新代表人物相关诗论的总结综述，也有作者自己多年以来关于中华诗词改革创新的重要理论思考。以“求正容变”为处理格律与创新之间关系的指导原则，不仅从声韵、格律等多方面加以论述，还有继承中国诗人自古以来“以诗论诗”传统的诗论诗数十篇，集中体现了作者的诗词创新思想，极具特色。下卷是作者多年诗歌创作实践的作品精选集。作者的诗词作品独具一格，求正容变，以率真、质朴、豪放见长，鲜明晓畅，直抒胸臆，气势贯通，自由奔放，饱含浓郁的时代气息和生活气息，是当代诗词改革创新探索的代表性作品。此外，书前有当代诗词名家和出版界老领导于友先、霍松林、刘征等所作的序言、书评，还收录了著名作曲家赵小也以作者的《巍巍中华》组诗为歌词谱写的歌曲曲谱，以及数十幅当代著名书画家为作者诗词所配的书法绘画作品，与诗词篇章交相辉映。

212.《杏林琐记》，林武强著，广东旅游出版社于2019年4月出版。本书收录了揭阳市人民医院呼吸内科专家林武强所写的有关医学人文方面的诗词，是作者从医过程中对医学精神、诊疗活动、医患关系等方面的思考、感悟和心得，从各个方面反映了一位长期奋战在临床一线的医生的精神风貌。

213.《幸邦隆文集》，朱平、朱兴明编，经济日报出版社于2019年1月出版。幸邦隆祖籍四川江津，清末移民至甘肃华亭。苦读经史，为我国科举制度最后一届举人。随后，又进入甘肃省高级师范学堂（兰州大学前身）学习。一生历尽磨难，先后在甘肃平凉柳湖书院、华亭仪州书院教书。民国时期，任国民政府华亭县教育局长，为家乡创办了10多所学校。主持编修《增补华亭县志》。兵荒马乱时，组建民团保护县城。一生留下了大量著述笔记，以诗词、楹联、文论居多。该书将幸邦隆文学作品搜集、整理成册，分诗、词、楹联、文论、游记、杂文笔记、墨迹手稿等几个部分，结集出版，以示对幸邦隆造福桑梓的纪念。

214.《薛为河诗词楹联选集》，薛为河著，团结出版社于2019年12月出版。作者将自己所思所感，以五绝、七律、楹联等形式表现，包括对国家重大事件的描述赞颂，对身边日常小事的万千感慨，对一景一物的细腻描画等。由环境营造意境，由意境而布张心境，经作者用心摹写，自臻意境。或抒怀，或咏物，或写景，或时事见闻，无不化喜怒哀乐为境界。诗人热爱自然，热爱现代生活，真诚表述情怀，辞句优美，奇声掠耳，景情交融，寓意丰盈。

215.《雪绘词》，李保民编，广陵书社于2019年4月出版。吕碧城词集。吕碧城（1883–1943），字圣因。安徽旌德人。中国女权运动的首倡者之一，被赞为“近三百年来最后一位女词人”。本书线装两册，上册为以雕版刷印的形式，收录吕碧城晚年所作词集《雪绘词》（一名《山中白雪词》）一卷，并附有《碧城词稿》。下册为编者李保民所撰《山中白雪词发微》，详细介绍《雪绘词》的创作经过，探究吕碧城在创作过程中的心路历程，可资读者参阅理解。

216.《野风诗词选》,野风著,中国文史出版社于2019年8月出版。本书是作者的第1本个人诗词专集。记录了野风一路走来对人生的吟诵咏叹，有旷志云天的情怀，有眷恋脉脉的情牵，有超然物外的达观，有百折不挠的坚韧。

217.《野山诗词》，马彦斌著，西安出版社于2019年1月出版。本书主要收录诗词400余首及少量现代抒情诗。抒发了对祖国、故乡的深切感情。既有荡气回肠的颂歌，也有委婉含蓄的吟唱；既有挖掘劳动瞬间的动人场面，也有感悟生命、珍惜光阴的哲理体验。

218.《野吟也啸》,彭新兴著,海峡文艺出版社于2019年7月出版。是集收录了作者十几年创作生涯的成果。作品以新韵创作为主，间以平水韵创作。有的作品，寄情自然万物，展现人在自然面前的谦卑、弱小、孤独与执着。借时事进行议论的作品，则表现出作者突破自身小小的悲欢，关怀世界的姿态。作者在紧随时代步伐，反映时代风貌的同时，还创作了不少对丑陋世情反思或讽刺的作品。

219.《一痴诗草》，一痴著，华文出版社于2019年1月出版。本书是山东诗人毕宪生的诗词集。选录诗和词近200首，内容为吟咏山光水色、燕居悠游、四时感兴、读书写字、隐逸幽思等。诗近体诸式都有，词则为小令、中调。文辞优美，言之有物。

220.《一代宗师马君武》，郑公盾著，科学普及出版社于2019年6月出版。该书为郑公盾先生在世时编修的一部关于马君武（1881—1940）文、诗、纪念文稿等的合集。全书分为《追忆》《自述》《九个第一》《马君武纪事》《教育思想》《马君武的译作著作》《评马君武的诗作及译诗》和《我与马君武校长》等八大部分，另附有《对马君武译作著作的评论》。对于全面认识和了解马君武的生平具有较高的参考价值。

221.《医路·诗路》，张载高著，新华出版社于2019年1月出版。本书收录作者的诗词60余首，多为近年退休后赋闲怡情之作。以年代顺序编排，主要包括医学篇、家庭生活篇、家乡篇、京城篇、国内旅游篇、国外观光篇等。多以诗词佳作为母版，模仿五、七言绝句和词牌格式填写。基本以现代口吻刻画现实生活，以顺溜上口、尽可能押韵为准则，用通俗词句写人、写物、写作者思绪。同时，配了数百张与作者生活、工作及与人生经历相关的照片，弥补诗词表达层面的不足，目的在于提高本书的艺术性、史料性、鉴赏性。

222.《意寄彩笺》，陆筱南著，团结出版于2019年3月出版。这是一本古风诗词集。分八类：仕途诗，品悟“三更灯火五更鸡”的“勤”，“揽镜空余待鹤疏”的“苦”；征战诗，参透“归来头白还戍边”的“悲”，“不破楼兰终不还”的“勇”；怀古诗，寻觅“物是人非事事休”的“叹”，“青烟散入五侯家”的“愤”；山水田园诗，展开一幅“曲径通幽处”的“静”，“采菊东篱下”的“闲”；闺怨、宫闱词，试尝“殷勤谢红叶，好去到人间”的怨，“恨未相逢未嫁时”的“苦”；红楼词，深味“得意浓时易接济”的“豪”，“家破人亡各奔腾”的悲。

223.《荫亭遗稿》，黄曾樾著、陈旭东整理，人民出版社于2019年7月出版。该书选取黄曾樾（1898—1966）著述14种，陈旭东又整理所辑3种，按诗集、文集、论著三大类编次。诗集有《永思堂诗稿》一卷、《永思堂诗续》一卷、《永思堂诗外》一卷、《慈竹居诗稿》二卷、《慈竹居诗遗（辑）》一卷。文集有《永思堂文稿》一卷、《永思堂文续》一卷、《永思堂文外》一卷、《慈竹居集》一卷、《慈竹居文续》一卷、《慈竹居文外（辑）》二卷。论著有《左海珠尘》《陈石遗先生谈艺录》《陈石遗先生论诗绝句注》《慈竹居丛谈》《外国文学论稿（辑）》《埃及钩沉》。是集并附陈旭东所辑作者相关资料及其黄梓庠《翰云草堂诗稿》四卷及《黄澹盦先生印谱》，以见其家学渊源。其中，《埃及钩沉》《陈石遗先生谈艺录》二书在学术界影响深远。《埃及钩沉》是研究埃及史的第一部影响重大的著作。《陈石遗先生谈艺录》则是研究陈衍乃至民国文学理论的必备书目，早于钱钟书先生《石语》，历来为学术界所重。《荫亭遗稿》的出版，不仅是黄曾樾先生一生文学、学术成就的总结，也可从中窥见时代的缩影和社会的变迁，具有重要的文献价值。

224.《饮冰室文集》，梁启超著，北京日报出版社于 2019 年 9 月出版。1936 年，梁启超生前好友林志均主编《饮冰室合集》完毕。《合集》分《文集》《专集》两部分。其中，《文集》16 册（分 45 卷。其中第 25、44、45 三卷分上下，合计 48 卷），总计 310 万字，包括文 700 余篇、诗话 1 种、诗词 300 余首。该书即以 1936 年版《文集》为底本，以简体横排分 12 册出版，以便读者阅读。该书按编年排列，最早一篇文章是作于 1896 年的《变法通议》，最晚一篇为作于 1929 年送汤佩松的《沁园春》词。

225.《映雪斋诗钞》，吴家龙著，文汇出版社于 2019 年 3 月出版。本书收入作者 1994 至 2016 共 22 年间的诗词和楹联作品 535 首（副）。其中，诗词 493 首，楹联 42 副。或歌颂家国情怀，或歌颂旧地故人情意长，或歌颂亲情爱情，每首诗词之前都有一段文字说明。诗词中插入书法作品和照片，相应成趣，令人耳目一新。

226.《咏生》，胡凤鸣著，河南文艺出版社于 2019 年 1 月出版。是集收录胡凤鸣先生数十年来的 180 余首旧体诗，内容多为山水游记、人生感悟、时事评析等，以一位资深河南报界前辈的视角，风雅地记录了时代生活之一斑。读之可以联想到近年来社会生活的变迁和一代人的心灵寄托。

227.《呦呦集》，陆炳文著，中国商业出版社于 2019 年 3 月出版。本书收录了作者不同时期创造的诗歌百十首。既有对祖国大好河山的赞颂，也有对美好生活的讴歌；既表达了对亲朋好友的感恩之情，也体现了作者对丑陋社会现象的讽刺。

228.《幽怀吟记》，江树泉著，中国书籍出版社于2019年8月出版。本书系作者自1978年至今创作的诗词、书画作品合集。题材广泛，内容丰富，涉及日常生活的方方面面。作者从教多年，游历大江南北，对社会、人生、教育各个方面有着自己独到的感悟和体会，这本诗词集正是作者生平感悟的结晶，从中可以感受到作者的生活智慧和处世哲学。

229.《萸轩词存》，江合友著，国家图书馆出版社于2019年1月出版。本书收词300多阕，择调百余种，有记游、咏物、酬赠、感怀、宴饮、田园、节令等十余类。事皆有信，言亦求文，并统以作者之真性情。读者从中可知填词之径，且有助于陶冶身心、修养性灵。

230.《榆下夕拾》，黄裳著、凌济编，齐鲁书社于2019年6月出版。本书搜集黄裳从事文学创作垂70年间，自1938年至今未曾纂入文集而散见于各大报刊杂志的佚文以及分藏于各人之信札、题词、题笺、题跋等，并附黄裳旧体诗词和著作编年，以飨爱好文学和仰慕黄裳先生文采之书友。

231.《玉吟》，张松主编，团结出版社于2019年7月出版。本书是一册古典诗词集，以玉为主题创作诗词，在国内是创先的。《玉吟》除了收录作者本人创作的诗词，同时收录他收藏的一些古玉的精彩照片，对古玉是一次精彩的诠释。

232.《遇见美好》，段春梅著，四川民族出版社于2019年7月出版。该集有童趣诗词，有记事诗词，有美景花鸟诗词，有美德感恩诗词，有旅行考察诗词，还有中华民族的节气节日诗词，等等。诗人用青春的视角解读改革之问，用诗词的形式高歌巨变的祖国。诗文洋溢着无限的积极意义，使人们感到兴奋和活力。每一篇诗文都是一个靓丽的追梦台阶，在更高的目标上自然从容，意达巅峰。

233.《原林新声》，谢根明著，团结出版社于2019年11月出版。本书内分“桑梓情怀”“时代风云”“旅游览胜”“风谣杂咏”“缅怀纪念”“文友唱和”“警句联对”七部分。意境充实，形象含蓄，感情充沛，时代感强，正能量丰盈，表达了作者热爱祖国、热爱家乡、热爱社会主义、热爱新时代和热爱人民的思想感情。书末有作者谈诗词创作的体会，对诗词爱好者学习诗词写作有一定的借鉴作用。

234.《月夜》，沈尹默著，长江文艺出版社于2019年2月出版。本书是书法家、诗人、教育家沈尹默的诗词集。分为两部分：新诗篇和旧体诗词篇，共收入了作者近200首新旧诗词。其中，包含了如《月夜》《鸽子》等代表诗作。这些诗词语言平实，思想深刻，富含哲理，有助于拓展和提升读者的阅读和写作能力。

235.《悦忆集》（第二辑），朱志峰著，太白文艺出版社于2019年7月出版。是作者的第5本诗词选集，共收录近些年创作的300余首诗词。分12篇。前7篇，属即兴诗，写近些年他在国内外考察时的各种游历心得，反映了异国的风土人情，描写了国内美好的山河风光。后5篇，以叙写亲情、友情为主。既有对故乡山川巨变的吟咏，也有对故土风俗人情的描绘；既有对师友亲情的怀念，也有对自己人生感情的沉思。情浓意切，自然流畅，清新典雅而不俗。

236.《云间山人稻花集》，贾志梁著，学林出版社于2019年9月出版。本书是作者几十年来创作的诗词精选。共收录作者的原创诗词260余首，主要按照体裁和内容进行编排，分别是近体诗、古风、诗余、对联、咏叹调。题材涵盖日常生活、交游、感怀、咏史、咏景、纪念节日等。用语平白晓畅，充满感情。

237.《云起楼诗存》，蒿峰著，山东人民出版社于2019年1月出版。蒿峰先生是位历史文化学者，同时又是一名政府官员，长期担任山东省政府秘书长，工作异常繁忙，四十年工作在第一线。《云起楼诗存》收诗词600多首，具有鲜明的时代特色和较高的艺术水平，读者可强烈感受其耿耿的家国情怀。

238.《云山词萃》，黄文勇著，成都时代出版社于2019年2月出版。本书分五章，由家园情思、秀丽江山、季季轮回、感悟抒怀、雪泥鸿爪等组成。作者把人生的感悟用诗歌的形式表达出来，弘扬社会正气。把对祖国、家乡、人生的爱，用真诚的心、火热的情、阳春白雪的高雅、下里巴人的朴实耕耘出贴近生活、高于生活的诗词。

239.《韵海弄潮》，陈洪法著，上海三联书店于 2019 年 11 月出版。本书是作者的格律诗集。题材贴近生活、针砭时世、意境深远。或怀古咏今、赏景抒情，或花鸟虫草、奇岩异石。每一首诗词不仅是作者发自内心的声音，更凝聚着自己浪迹生涯时所尝过的甜酸苦辣。诗意信手拈来，韵律质朴规范。

240.《在析城山流浪》，郭晋兵著，团结出版社于 2019 年 7 月出版。是集收录了作者从 2013 到 2019 年间写作的诗词 200 余首，最后附有作者的诗词评论文章 6 篇。全书分为 3 个部分：古韵流光、风云峥嵘、荒原漫笔。作者歌咏生活，赞美家乡的人和事，歌唱自然。

241.《枣花村诗文选》，刘坡著，河北大学出版社于 2019 年 1 月出版。本书为个人诗文集，内容包括保定胜景百咏、保定历史名人百咏、秀美河山、名景感怀、酬唱吟答、读史杂感、黄帝颂千字文、尧帝颂千字文等，抒发了作者对保定历史、人物、风景的赞美之情，具有积极、健康、向上的情怀。

242.《仄声平韵咏无锡》，吴九盛著，九州出版社于 2019 年 9 月出版。是集共收入作者近年来所创作的诗词 300 多首。作者用平仄押韵的传统诗歌形式描述了家乡无锡的山山水水、名胜古迹、人文风貌，表达了对家乡无限的热爱和赞美之情。

243.《张福有诗词选》，张福有著，时代文艺出版社于 2019 年 3 月出版。收录作者 40 年间诗、词、曲、赋、联等作品 1500 余首。作者 187 次登长白山考察，在省委宣传部主管东北史地重大问题研究期间，把文献研究、文物遗迹调查、环境辨析结合起来，以诗词记录了文化人类学田野调查的全过程和新成果，深入挖掘出长白山诗派的深厚底蕴，在坚持拙、重、大和质朴贞刚风格及以诗纪事、以诗化人、以诗证史方面，做了有益探索。

244.《张吉贵诗词选》，张吉贵著，时代文艺出版社于 2019 年 3 月出版。本书共收录作者创作的诗词 500 余首，主要是咏唱所见所闻和吉林、长白山及家乡通化的大好形势。这些作品，积极向上，充盈丰富，尤其以赞美吉林大地的佳山秀水、长白山的风土人情为重点。作品朴实无华，语言平实，言之有物，生活气息浓郁，力求在平实的语言中创造出唯美的意境。

245.《张文学诗词选》，张文学著，时代文艺出版社于 2019 年 1 月出版。是集主要歌咏以长白山文化为主题的关东风情和事件。共分五个部分，即：歌咏长白、天东留韵、故乡情结、草庐吟草、诗坛唱酬。歌咏长白主要是围绕长白山几次重要采风活动和长白山文化建设所写的诗词。天东留韵主要是围绕和长白山文化有一定历史渊源和必然联系的省外景点所写的诗词。故乡情结主要是围绕作者的故乡嫩江、洮儿河流域所写的诗词。诗坛唱酬主要是和东三省诗友进行唱和活动所写的诗词。

246.《张玉璞诗词选》，张玉璞著，时代文艺出版社于 2019 年 3 月出版。是集主要收录作者近 40 年来按照中华诗词学会和省诗词学会的要求，围绕市委、市政府的中心工作，弘扬主旋律、宣传正能量创作的 479 首诗词。主要包括盛世讴歌、江山多娇、感事抒怀、桑梓新貌、至亲至爱、挚友情深、散题杂咏等。其中，江山多娇主要收录了描写关东景观的诗作，感事抒怀主要收录了描写东北三省英雄人物和当代楷模人物的作品。

247.《张岳琦诗词选》，张岳琦著，时代文艺出版社于 2019 年 2 月出版。是集收录作者 20 多年间诗词作品共 500 余首。按时间排列篇章，内容涉及亲情、友情及对生命的感悟和思索等。

248.《张中夫影词集》，张中夫著，百花文艺出版社于 2019 年 9 月出版。分上、下两篇，均为古体诗形式。上篇《牧心》，以 50 个中国及世界著名景点为对象，赋词讴歌祖国壮美山川，从而激发读者爱国情志。下篇《养神》，以 50 朵花为对象，赋词寓意盛赞今日中国百花盛开，人民幸福，让生活如花似锦，锦上添花。作者以古典诗词的创作手法，赞美新时代，歌颂伟大祖国欣欣向荣的新景象。

249.《长纾诗稿》，刘楚恒著，团结出版社于2019年7月出版。本书汇集了作者从5岁开始至今所创作的诗词124首。全书内容主要包括咏古、观景及日常生活剪影等。在形式上对古体诗、绝句、律诗、词均有涉猎。作品显示出小作者对中国古诗词和传统文化的热爱，其中《夜雪》《离别句》《仲秋》等作品彰显了诗词格律的魅力和对新一代青少年的影响。

250.《赵凌坤诗词选》，赵凌坤著，时代文艺出版社于2019年3月出版。是集选取了作者近8年创作的旧体诗词共534首。作品内容多以中华诗词论坛——关东诗阵举办的大型主题采风创作活动为主要题材，遵循“以诗证史”的宗旨，讴歌吉林山水，关注长白山人文信息，挖掘长白山历史文化发展，抒发作者的家国情怀。风格淳朴素雅。

251.《鹧鸪词三百首》，潘保根著，安徽文艺出版社于2019年12月出版。本书系一部以《鹧鸪天》词谱所创作的词集。计216首，体现了作者对传统文化的传承和对词牌《鹧鸪天》的偏爱。虽然作者运用了传统的词体，但这些词的题材却取自于现代，涉及日常生活、社会发展的方方面面。尤其是评述社会现象、歌颂美好生活的词，体现了作者的赤子之心和家国情怀。

252.《征程·陆奇诗词选集》，陆奇著，国家行政学院出版社于2019年7月出版。本书为陆奇先生的原创诗词合集，共分为盛世讴歌、历史纪念、学习感悟、志鉴纂评、峥嵘事业、亲友情怀等六部分。用语精炼，激情澎湃，音韵铿锵，字里行间无一处不充满正能量。

253.《止庵诗存》，周学熙著，天津古籍出版社于2019年1月出版。该书以问津书院王振良藏民国刊本《止庵诗存》为底本，由宋文彬点校而成。正文包括《止庵诗存》（上下卷）及《止庵诗外集》三部分。《止庵诗存》（上下卷）绝大部分篇幅记录作者的家室和交游，通过诗作展现了他身为实业家的另一个世界。《止庵诗外集》是其所创师古堂的课作。

254.《咫尺天地一行诗》，黄慎著，长江文艺出版社于 2019 年 3 月出版。本书收录作者近年创作的诗歌 120 余首，包括形式自由的现代诗和对仗工整的旧体诗词。内容以反映当代军人生活为主，展现对祖国的热爱、对军属的关爱。其旧体词多点评历史文化名人、歌咏地方风物与文化。绝大多数诗作都做了较为详细的注脚，介绍诗作的背景、涉及人物的生平以及各地城市的历史与文化。

255.《致敬科学，致敬科学家》，张飙著，线装书局于 2019 年 9 月出版。本书内容为诗词，是作者向默默无闻、为祖国奉献终身的科学家致以最崇高的致敬。其中，致敬科学家的诗词 70 首，包括两弹一星元勋 23 位，获国家重大奖励、成绩卓著的科学家 47 人。致敬中国重大科技成就的诗词 70 余首。长期以来，作者尝试用诗词的形式，记录科学家的成就。而每一次的记录，都是对自己心灵的激荡，都是我情感的升华。

256.《终南集 · 陶轩主诗词》，李晓刚著，中国社会科学出版社于 2019 年 5 月出版。本书收录作者 10 余年所作诗词及诗评、诗论等。包括诗词创作、诗词曲评论诸方面。全书分七卷，卷一为七言律诗，收录七律 150 首；卷二为五言律诗，收录五律 22 首；卷三为七言绝句，收录七绝 110 首；卷四为五言绝句，收录五绝 15 首；卷五为词，收录词 80 首；卷六为诗评部分，收录作者评论元明清诗及戏曲等论文 9 篇；卷七为诗论部分，收录陶轩诗论短章 16 则，主要是作者多年创作诗词之心得体会。

257.《种玉诗文集》，蓝田玉著，南方出版社于 2019 年 7 月出版。本书分上下卷，上卷为种玉诗词六百首；下卷为种玉文萃。《六百首》分为 10 章，即国家颂、名胜赞、风俗吟、英烈颂、朋友谊、师生爱、宗亲情、旅游乐、评议声、杂感赋。《文萃》有评论苏轼、王蒙、欧阳山等作家的文评、对文学理论问题的评述、对教育问题的评述、为 10 多本书所作的序及多篇散文。

258.《竹叶轩诗词作品选》，王卓云著，重庆出版社于2019年9月出版。全书分为词（29首）、赋（1篇）、诗（172首）、对联（3副）四部分。尤以诗居多，共有四言、七绝、五律、七律、仿古风、现代诗等六类。这些诗词作品，有的反映军旅生活，有的抒发战友情谊，有的与朋友唱和，有的描写自然风光。

259.《啄泥集诗集》，胡明香著，济南出版社于2019年10月出版。本书收录了作者自己撰写的诗词，计600余篇，同时还包括了自己的创作体会、整理的诗词知识、撰写的写作技巧等数万字。该书具有较强的文学性和专业性，对于诗词爱好者有一定价值。

260.《自惺集》，陆国华著，团结出版社于2019年1月出版。这是一部诗词作品集。按体裁进行排列，每一体裁，基本按照年份排列。以作者身边的所见所闻为出发点，通过诗词抒发了所思所想。

261.《自由河》，刘波著，中国文联出版社于2019年1月出版。本书为个人作品集，包含了诗词40首，形式有五言、七言、词、十四行诗和现代诗等。内容多以作者工作的校园为主（如校园美景、学生学习、学生画展等），也有对生命的思考、对和平的向往、对大自然的热爱等。

262.《自娱诗草》，邓进滔著，吉林出版集团股份有限公司于2019年6月出版。本书是一本把诗、人生和旅行结合起来的诗词集。描述了作者人生旅程中的大部分经历，并抒发了作者本人的真实感受、梦想和追求。分诗篇、词篇两部分。笔触所及，既有对社会的所见所闻，又贯穿着亲情友情的生活细节。

263.《足迹》，罗子骏著，安徽少年儿童出版社于2019年8月出版。本书收录作者创作的诗词及散文195首（篇）。体裁上，既有散文和词，也有律诗、绝句和自由体的现代诗。这些诗词题材广泛，既有描写亲情友谊的，也有描写自然风光的。既有描写读书学习生活的，也有抒发少年热血情怀的。本书可给同龄少年儿童树立榜样，在他们阅读能力的提高、写作兴趣的培养等方面提供一定帮助。

264.《半新半旧斋诗选》，杨天石著，2019 年 9 月，湖南岳麓书社出版。《半新半旧斋诗选》收入旧体诗 118 题 194 首、新体诗 23 首，最早的写于 1953 年，新近的写于 2019 年 4 月杪。杨天石先生从青春少年写到耄耋之年，诗情画意绵延了六七十春，从中可见先生作为史学家的学术风采与诗意情怀。

（四）专著类文献目录提要（按出版时间排列）

1.《毛泽东诗词研究史》，何联华著，中国社会科学出版社于 2019 年 1 月出版。本书首次全面系统地记述和探讨了从 20 世纪三、四十年代至 21 世纪初毛泽东诗词研究的基本行程、研究要事、代表论著和知名学者的贡献等方面的情况。全书分为历史行程概述、研究要事摘记、代表论著选评、首批学者简志四编，每部分内容均按时序排列，构建了一部毛泽东诗词研究简史的基本框架。

2.《沈祖棻诗学词学手稿二种》，张春晓主编，中华书局于 2019 年 1 月出版。该稿影印沈祖棻先生手稿，均系责编至南京与家属共同整理目验。包括两部分。一是《七绝诗论》毛笔小楷誊清稿一册，有少量圈改痕迹，并偶有程千帆修改。目录列“渊源第一”“家数第二”“特质第三”“格律第四”“制作第五”“类别第六”六项，第六项未完成。二是手抄大鹤山人校本《清真集》卷上，毛笔恭楷，极秀丽，并过录汪东、黄侃二先生批注。二稿俱为首次影印面世。

3.《叶嘉莹谈词》，叶嘉莹著、张静编选，长江文艺出版社于 2019 年 3 月出版。是著为诗词名家叶嘉莹谈词理论的集大成之作。全书将叶先生有关词学理论的精华部分全部摘录出来，分门别类，包括词的本体论、方法论、词人之论等。书中既有她读解诗词的具体感悟，也有她对词学理论化的梳理。其论说不仅融会古今、打通中西，同时还继承了传统诗论“妙悟心通”、直悟与精析相融的诠释方式，在词的评论中融入个人深刻独到的生命感悟。自成一体，堪称经典。

4.《大千三十·张大千一九二九年交游考及其他》，万君超著，浙江人民美术出版社于2019年4月出版。本书钩稽与梳理了1929年32位文化名流与张大千之交往、渊源等细节，其中包括曾熙、叶恭绰、溥心畬、郑午昌、郑曼青、吴湖帆、马宗霍、谢玉岑、谢稚柳等人，同时收录了这些人的传记资料、诗文集、年谱、传记及碑传录等材料，侧重轶事掌故，增加阅读之趣味与愉悦。

5.《诗词微旨》，赵云翔著，团结出版社于2019年4月出版。是著旨在探索诗词创作的规律心得。分为五辑。第一辑为诗之论，第二辑为词之论，第三辑为词学笔记之周邦彦卷（12首），第四辑为诗学笔记，第五辑为诗词有新。作者力图挖掘中国古典诗词的文化审美，在诗词鉴赏、创作、推广、教学上形成了自己的认识。作者通过近几年在诗词文学上的推广与教学，发现了一些代表性的问题，并对此做了辨析，形成了管窥之见。通过对古代优秀诗词的鉴赏，挖掘中华民族独特的精神标识。通过对现代人创作的诗词进行鉴赏，展现现代社会的诗词创作特点与时代特征。可以看出，作者在探索结合新的时代条件传承和弘扬中华优秀古典诗词文化的道路，试图以此提升文化自信。

6.《燕山诗话》，罗孚、高林编，生活·读书·新知三联书店于2019年4月出版。评介新文艺家的旧体诗，是罗孚写作的一个重要组成部分，也开启了一种亦诗亦文、夹叙夹议的“诗话风格”。这些诗话，从上世纪80年代中期开始，大都发表在香港《明报月刊》等报刊上。本书主要内容包括《从胡乔到乔木》《夏衍和猫的情谊》《从俞平伯到胡风》《冯雪峰十年祭》《空前绝后聂绀弩》《王力文革五哀诗》等。

7.《学诗百首》，朱华著，巴蜀书社于2019年5月出版。作者多年悉心研读诗词，精选古今诗词名家作品汇辑成书，并加以诠释及感悟，视角独到，语言精练，不落俗套。其感悟常常能让人耳目一新，是难得一见的诗词解析读本。读者可在阅读古诗词、翻捡作者学诗心得的过程中，获得不一样的体验。

8.《毛泽东的诗赋人生》，曾珺著，中国言实出版社于 2019 年 6 月出版。是著为毛泽东诗传。分作 18 章，从毛泽东的少年时代写起，一直写到毛泽东逝世，详细解读了毛泽东在不同人生阶段写的诗词。本书一大亮点是，在解读毛泽东诗词时，不止步于诗词本身，而是通过诗词这个媒介，把毛泽东和他所处的大时代完整地呈现给读者，这是本书与其他毛泽东诗词类书籍的不同之处。

9.《晚清民国女性词史稿》，赵郁飞著，时代文艺出版社于 2019 年 6 月出版。该书是作者所从事《近百年女性词史》撰著的晚清民国部分，书写了 19 世纪末至 20 世纪中叶约 50 年的女性词史历程，展现了此时段的文学生态。该书认为，晚清民国女性词史是以李清照为开山的千年女性词史的衍绎承传，足以同此前的千年分庭抗礼，甚或驾而上之。数十年中，诞生了吕碧城、沈祖棻、陈小翠、周炼霞、丁宁等英卓的女词人。她们以佳词丽句秀出闺阃、昂然挺立，足与同世男性词人相抗轶，壮百年词业声色。

10.《性别与文化 · 女性词作美感特质之演进》，叶嘉莹著，商务印书馆于 2019 年 6 月出版。本书是叶嘉莹先生研究评论历代女性词人词作的专著，从性别与文化的视角，为女性词之美感特质的形成演进构建了理论说明与评赏标准。叶先生集女性、词人、学者于一身，对女性词从早期歌伎、良家妇女到两宋名家、明清才媛，进而至于现代史家、学者之词的发展，分别做出了深细的评赏与平允的衡量。读者不仅可以对古代女性词作中所蕴涵的追寻向往、苦难悲歌多一份理解与同情，更会对现代女性词作之表现兴亡历史、时代关怀多一份倾心与尊敬。

11.《经典之重写与重探》，徐玮著，中华书局于 2019 年 7 月出版。该书分上、下两编，各三篇文章。上编主要讨论晚清民国词人在创作方面对唐宋词经典的汲收、摹写、重写与回应。下编以晚清、民国词学论者如何看待、讨论、诠释唐宋词经典为主题。这六篇文章，通过不同角度和案例，各照隅隙，阐述了晚清民国词坛审视唐宋词经典的一些情况。

12.《民国时期词律批评研究》，刘少坤、王立娟著，北京科学出版社于 2019 年 8 月出版。该书以“民国词律批评”为研究对象，以民国现代高等教育的蓬勃发展为背景，从“词谱批评”“词韵批评”“词乐理论研究”“唱词实践”四个维度架构民国词律批评体系，考量在民国现代大学制度高度发展基础上的传统词律批评的新发展、新动向、新成就，探析民国时期重要的词律批评范畴，考察民国词学家的词律主张，进而总结民国词律批评的学术史地位及意义。

13.《现代中国的风雅传承》，杨玉峰、孙莹莹著，上海文艺出版社于 2019 年 8 月出版。全书约 30 万字，内容都是关于南社研究的。作者杨玉峰多年以来，一直从事中国现当代文学以及南社的研究和授课工作且多有收获，《探索与钩沉：现代女作家与中国妇女解放问题》《南社著译叙录》等作品的问世就是一个证明。南社及其柳亚子等人，是中国近现代历史上的一个独特的存在。该书的问世，对这方面的研究，颇有助益。

14.《当代诗词研究》，刘泽民主编，中南大学出版社于 2019 年 8 月出版。本书深度梳理了现当代诗词。其中，既有关于 20 世纪新、旧体诗歌发展、演变的概括描述，又有对诗词创作以及研究的个案探析。既有史迹的考察，亦有理论的提升。主要讨论了新诗和旧诗的关系、当代诗词的价值和走势，以及当代诗词写什么和怎么写这两个基本问题。

15.《中英参照迦陵诗词论稿》（套装上下册），叶嘉莹著、海陶玮译，外语教学与研究出版社于 2019 年 8 月出版。是著以 1998 年哈佛大学亚洲中心（Harvard University Asia Center）出版的《中国诗歌论集》（Studies in Chinese Poetry）为蓝本，收录作者在中国古典诗词研究方面具有代表性的文稿十三篇，主要有《论苏轼词》《论辛弃疾词》《论周邦彦词》《拆碎七宝楼台—谈梦窗词之现代观》《碧山词析论》《王沂孙其人及其词》《论陈子龙词》《常州词派比兴寄托之说的新检讨》《由〈人间词话〉谈到诗歌的欣赏》等。作者摆脱中国传统之约束，结合近年所读的西方文论，对于词之美学特质与词学之理论进行了探讨。

16.《鼙鼓声中涉江人·沈祖棻词赏析集》，张宏生编，南京大学出版社于 2019 年 9 月出版。沈祖棻是李清照之后非常杰出的词人，其词展示了一个女性在时代风云中的自我形象，将传统的比兴寄托之说，在新时代做了出色的诠释和发挥，使得旧体文学有了新的意义。沈祖棻存世词作共 500 多首，本书精选了其中的 110 首（组）。编者特地邀请了词学界的一批学者对沈祖棻的词作进行细致全面的解读，从不同角度思考沈祖棻在词史上的意义。

17.《声乐演唱与诗词歌曲研究》，夏毅和著，九州出版社于 2019 年 9 月出版。本书对声乐演唱与诗词歌曲进行了详细论述。介绍了声乐演唱艺术的起源发展、特点功能、演唱风格、歌唱卫生与嗓音保健等知识。从声乐演唱的专业技巧入手，分别探讨了声乐演唱的技巧、思维运用与情感培养。分析了中国诗词歌曲的演唱技巧，阐述了中国诗词歌曲的历史发展、基本特征、风格影响与呈现方式。对诗词歌曲代表作曲家及作品的演唱进行了分析。研究了古诗词艺术歌曲演唱的当代发展，剖析了中国经典诗词歌曲的演唱方式。

18.《晚清民初中晚唐诗派研究》，黄培著，凤凰出版社于 2019 年 9 月出版。是著以清末光宣诗坛以及民国初年的“中晚唐诗派”为研究对象，通过对大量诗歌作品的详细解读和文本分析，揭示整个诗派的发展流变、效法对象、诗学门径、创作内容等，揭示其在新旧交替的时代背景下于诗学方面的努力。

19.《艺文轶话》，吴泰昌著，安徽文艺出版社于 2019 年 9 月出版。该书稿系一部文史勾陈考订类文章选集，所收文章偏重于艺文考订和文学批评方面。有《最早的中译本》《由章太炎、邹容想起刘三》《最早的秋瑾诗词集》《近代纺织诗歌一瞥》《柳亚子的诗词》等 90 余篇。

20.《梁剑章文学评论选》，梁剑章著，花山文艺出版社于 2019 年 11 月出版。本书是作者为专业和业余文学创作者所写的书序、书跋和书评。著者紧贴时代脉搏，以独到的视角，全方位把握当代文学创作的实际，客观评价了文学创作者的写作风格和写作特点，以小见大，提出了许多文学创作的新颖观点和见解，对于当今文学创作有着极大的借鉴和参考价值。

21.《天下词》，侯卫星著，中国文史出版社于 2019 年 11 月出版。本卷“天下词”为《商韵汉风》中的第五卷，为作者学习创作诗歌的体会感悟。作者身为公职人员，却长期坚持创作。在作者看来，诗词创作离不开对生活对历史的饱满热情和日积月累的学习和坚持。本书中，作者讲述了自己如何扎根祖国五千年灿烂文化，从中华传统文化的深厚土壤中汲取养分，从历代文人才子的佳作中借鉴灵感，立足本乡本土，讴歌故土与祖国，从而形成了自己的文学特色。可为今人从事诗词创作提供有益参考与借鉴。

22.《民国时期重要词学理论批评衍化与展开研究》，中国社会科学出版社于 2019 年 12 月出版。本书在内容方面着重对民国词学中一些具有骨架意义的命题、范畴与主要批评观念加以清理，对一些具有超乎历史时代意义的消解性与融通性理论批评成果予以突显，由此揭示出其词学发展所达到的层次与水平。在细微处理方面，着重从数量众多的词学思想家的批评言论与具体实践中，梳理出一些在词学发展史上或具有独创性，或具有转关意义的论断，剖析其间的异同，挖掘深层次的联系，彰显出它们在词学史上的独特价值和地位。在旨归寻绎方面，始终立足于承纳与创新的基点，凸现民国时期词学中所融含的传统词学过渡与转型之理论内涵及意义，阐释其结构体系，廓清其展开历程，揭橥其融含新义。是著的建树主要体现在：1、考察了民国时期词学对古典词学的承纳与衍化，及在此基础上的阐说和建构情况；在对多维词学流程展开的论说中，共构出民国词学的主体性样态与关键性节点；2、在历时与共时的相互融合中，使民国时期词学的理论骨架与批评筋络得到比较清晰的呈现；发掘出一个已然存在却未被深入系统抉发的词学思想传统与结构体系; 3、从一个独特的视域，多方位展示中国文论转型与发展的纵横交集及历史脉络，充分彰显民国时期词学的理论价值、历史地位及现代意义。

（五）集刊类文献目录提要（按出版时间排列）

1.《新文学评论》（29、30、31），黄永林、阎志、张永健主编，华中师范大学出版社分别于 2019 年 4 月、6 月、9 月出版。共 3 辑，为新文学学会主办的文学评论集刊,设有“作家语录”“新文学势力”“诗人档案”“新文学史家访谈”“陈映真研究专辑”“燕园论坛”“批评前沿”等专栏，邀请各方学者和作家针对现当代文学评论、文学史发展、现当代旧体诗词等领域，或撰文抒发己见，或参与访谈、剖析心声。

2.《中华诗词研究・第 5 辑》，中华诗词研究院编，东方出版中心于 2019 年 5 月出版。《中华诗词研究》为中华诗词研究院、复旦大学中文系所编，由“前沿速递”“诗学建构”“诗史扫描”“诗教纵横”“中外交流”等 5 大栏目组成，共 23 篇文章。从研究与创作两个视域贯通古今、涉及中外，对中华诗词进行整体审视，探讨中华诗词的传承与创新。对引导和促进当代诗词创作与评论的健康发展，具有明显的积极作用。

3.《南开诗学・第 2 辑》，孙克强编，社会科学文献出版社于 2019 年 6 月出版。该辑是《南开诗学》的第 2 辑，分“特稿”“诗歌研究”“诗学理论”“域外诗学”“诗学文献”“研究动态”“研究综述”等七个栏目，并特邀叶嘉莹先生的文章领衔，全面展示诗歌研究领域的近期新成果和新方法，以期为诗学研究者搭建一个良好的平台，与学界同人一道，探究诗情诗思，建构中国诗学体系，共同推动中国诗学研究的发展。

4.《诗词中国·第6期》，诗词中国丛刊编辑部编，中华书局于2019年8月出版。《诗词中国》刊物是由中华书局主管的以书代刊的连续性读物，由中华书局、中华诗词研究院共同主办，面向全社会公开出版发行，已出版5期。旨在“搜集当代最动人的诗句，收录最权威的诗法，分享最有趣的诗话”。全书分“自由谈”“名家说诗”“古诗欣赏”“合璧联珍”“名家诗词钞”“海外诗鸿”“观点”“新诗”“山水诗踪”“清雅诗怀”“诗界动态”等栏目。本期内容为第三届“诗词中国”传统诗词创作大赛优秀作品选，共三部分。一是“诗词中国”顾问与评委作品赏析。收录了叶嘉莹、袁行霈、林岫、郑欣淼等当代文化学者的诗词作品。二是第三届“诗词中国”传统诗词创作大赛获奖作品选。三是青少分赛获奖作品选。内容以探讨写作技巧、交流写作经验、赏析诗词作品为主，力争成为高手交流的心灵家园。

附录四　2019 年现当代诗词研究论文要目

（一）诗词文献整理与研究

1. 钟振振：《全民国词·序》，载《全民国词（第一辑）》，曹辛华编，浙江古籍出版社 2019 年。

2. 杨赛：《古谱诗词传承与当代诗词文化——国家艺术基金古谱诗词传承人才培养项目综述》，《中华诗词研究》第 5 辑，中华诗词研究院，复旦大学中文系编，东方出版中心 2019 年。

3. 赵郁飞：《陈小翠年谱》，《词学（第 41 辑）》，马兴荣，朱惠国编，华东师范大学出版社 2019 年。

4. 陈应群、赵宏祥：《〈耐充室词话〉辑校（节选）》，《词学（第 41 辑）》，马兴荣，朱惠国编，华东师范大学出版社 2019 年。

5. 陈匪石、戴伊璇：《〈旧时月色斋词谈〉辑佚》，《词学（第 41 辑）》，马兴荣，朱惠国编，华东师范大学出版社 2019 年。

6. 程希：《任中敏致唐圭璋遗札十通考释》，《词学（第 41 辑）》，马兴荣，朱惠国编，华东师范大学出版社 2019 年。

7. 施志咏：《周宗琦与施议对论词书札》），《词学（第 41 辑）》，马兴荣，朱惠国编，华东师范大学出版社 2019 年。

8. 刘梓楠：《傅批〈分春馆词〉考论》，《当代诗词研究（第 2 辑）》，宋湘绮，莫真宝主编，中南大学出版社，2019 年。

9.《第一届“当代诗词创作批评与理论研究”青年论坛综述——把握诗词生存语境和文学价值观古今演变的历史瞬间》，《当代诗词研究（第 2 辑）》，宋湘绮，莫真宝主编，中南大学出版社，2019 年。

10.《第二届“当代诗词创作批评与理论研究”青年论坛综述》，《当代诗词研究（第 2 辑）》，宋湘绮，莫真宝主编，中南大学出版社，2019 年。

11.《第三届“当代诗词创作批评与理论研究”青年论坛综述》，《当代诗词研究（第 2 辑）》，宋湘绮，莫真宝主编，中南大学出版社，2019 年。

12.《第四届“当代诗词创作批评与理论研究”青年论坛综述》，《当代诗词研究（第 2 辑）》，宋湘绮，莫真宝主编，中南大学出版社，2019 年。

13. 黄仁生，王春：《贯通古今，兼顾中外——第三届“中华诗词古今演变研究”学术研讨会综述》，《武陵学刊》2019 年第 1 期。

14. 申慧萍：《近十年（2006—2016）旧体诗词研究综述》，《滁州学院学报》2019 年第 1 期。

15. 汪梦川：《〈南社丛刊〉误收诗词四首考述》，《天中学刊》2019 年第 2 期。

16. 楼培：《汪东致盛静霞论词丛札考释》，《文学研究》，2019 年第 2 期。

17. [澳] 寇志明著，卢姗译：《现代“拟古主义者”：再论“旧派诗人”与其继承者——论〈现代“拟古主义者”：1900—1937 中国诗词传统的延续和创新〉》，《长江学术》2019 年第 2 期。

18. [德] 柯世浩，曾少立：《“李子体”网络诗词通信选》，《新文学评论》2019 年第 3 期。

19. 范志鹏:《今雨雅集社考》,《泰山学院学报》, 2019 年第 3 期。

20. 凤宇，王彪：《多卷本〈中国现当代旧体诗词编年史〉编纂与研究及其他》，《新文学评论》2019 年第 3 期。

21. 何群:《对〈郁达夫诗词笺注〉部分注释的商榷》,《三峡论坛》2019 年第 4 期。

22. 顾农:《鲁迅旧诗释证六题》,《新文学史料》2019 年第 4 期。

23. 赵林涛:《新见顾随和叶嘉莹晚秋杂诗六首》,《中华读书报》2019 年 4 月 10 日。

24. 宋湘绮：《首届“两岸经典吟诵传播与当代诗词创作研究”

高峰论坛综述》，“小楼听雨诗刊”公众号 2019 年 12 月 17 日。

25. 熊盛元：《云帆当代诗词年鉴·2019·序》，“云帆诗友会”公众号 2019 年 9 月 20 日。

（二）诗人诗作研究

1. 陈尚君：《扶墙集·序》，载《扶墙集》，刘文祥著，人民文学出版社 2019 年。

2. 郑欣淼：《云起楼诗存·序言》，载《云起楼诗存》，蒿峰编，山东人民出版社 2019 年。

3. 马大勇：《才女说（代序）》，《晚清民国女性词史稿》，赵郁飞著，时代文艺出版社 2019 年。

4. 杨卓：《当前旧体诗词文本意象创新研究》，《中华诗词研究》第 5 辑，中华诗词研究院，复旦大学中文系编，东方出版中心 2019 年。

5. 秦燕春：《现代中国的“诗学革命”与“情性革命”——易顺鼎与清末“晚唐体”诸问题》，《中华诗词研究》第 5 辑，中华诗词研究院，复旦大学中文系编，东方出版中心 2019 年。

6. 王春：《论郁达夫旧体诗的女性书写》，《中华诗词研究》第 5 辑，中华诗词研究院，复旦大学中文系编，东方出版中心 2019 年。

7. 吴怀东：《论赵朴初古体诗的新与旧》，《中华诗词研究》第 5 辑，中华诗词研究院，复旦大学中文系编，东方出版中心 2019 年。

8. 欧阳明亮：《从〈抱香词〉到〈五厄集〉——杨铁夫词体创作考论》，《词学（第 41 辑）》，马兴荣，朱惠国编，华东师范大学出版社 2019 年。

9. 傅宇斌：《章句与文心：俞平伯的清真词研究》，《词学（第 41 辑）》，马兴荣，朱惠国编，华东师范大学出版社 2019 年。

10. 马大勇：《诗词整体观照下的〈涉江词〉》，《词学（第 41 辑）》，马兴荣，朱惠国编，华东师范大学出版社 2019 年。

11. 陈友康：《无上法从散原授——说马曜诗》，《当代诗词研究（第 2 辑）》，宋湘绮，莫真宝主编，中南大学出版社，2019 年。

12. 陈卫：《自由时代的旧体诗创作——兼评陈赤先生的〈浮世风花〉》，《当代诗词研究（第 2 辑）》，宋湘绮，莫真宝主编，中南大学出版社，2019 年。

13. 杜运威：《四十年来家国恨，登楼赢得客心伤——论沈尹默词》，《当代诗词研究（第 2 辑）》，宋湘绮，莫真宝主编，中南大学出版社，2019 年。

14. 龚敏：《论陈匪石词之艺术风格及渊源》，《当代诗词研究（第 2 辑）》，宋湘绮，莫真宝主编，中南大学出版社，2019 年。

15. 李昊宸：《段维时政诗词创作论》，《当代诗词研究（第 2 辑）》，宋湘绮，莫真宝主编，中南大学出版社，2019 年。

16. 李睿：《存史写心，格高韵远——论张恺帆诗》，《当代诗词研究（第 2 辑）》，宋湘绮，莫真宝主编，中南大学出版社，2019 年。

17. 王征：《论蔡世平旧体词创作的特质及其当代价值》，《当代诗词研究（第 2 辑）》，宋湘绮，莫真宝主编，中南大学出版社，2019 年。

18. 杨景龙：《“当代岑参”的新边塞诗派创作——星汉先生〈天山韵语〉评议》，《当代诗词研究（第 2 辑）》，宋湘绮，莫真宝主编，中南大学出版社，2019 年。

19. 彭玉平：《梅兰芳与况周颐的听歌之词：民国沪上的艺文风雅》，《复旦学报（社会科学版）》2019 年第 1 期。

20. 刘军：《施蛰存与词学》，《书屋》2019 年第 1 期。

21. 师之：《赵朴初诗词创作特点浅析》，《诗刊・诗词》2019 年第 1 期。

22. 杜聪：《论吕景蕙〈纫佩轩诗词草〉》，《常州工学院学报（社科版）》，2019 年第 1 期。

23. 胡永启：《论夏承焘点读词籍的方法》，《中州大学学报》2019 年第 1 期。

24. 胡永启：《夏承焘词籍评点的词学理论和文献价值——以〈天风阁学词日记〉为中心》，《黄河科技学院学报》2019 年第 1 期。

25. 莫真宝：《“以古人之规矩，开自己之生面”——郑欣淼诗学观的三个维度》，《中华诗词》2019 年第 1 期。

26. 李艳敏：《论俞平伯旧体长诗的叙事性特色》，《石家庄铁道大学学报（社会科学版）》，2019 年第 1 期。

27. 吴海文，潘剑锋：《从陶铸诗词看其民本思想及其历史价值》，《湖南科技学院学报》2019 年第 1 期。

28. 蔡晓伟：《异域视野与词境开拓——论叶玉森〈樱海词〉及其在晚清民国词坛的意义》，《镇江高专学报》2019 年第 1 期。

29. 王德兵，戴文秀：《朱蕴山革命诗词的人民性》，《文教资料》2019 年第 1 期。

30. 马新亚：《〈岁月诗痕〉之美学初探》，《世界文学评论（高教版）》2019 年第 1 期。

31. 彭玉平：《论词体与其他文体之关系——以况周颐为中心》，《文学遗产》2019 年第 2 期。

32. 张宁：《文体代偿：旧体诗之于鲁迅的特殊意义》，《新文学评论》2019 年第 2 期。

33. 段玉亭:《俞平伯晚年旧体诗词创作心理解读》,《新文学评论》2019 年第 2 期。

34. 陈鸿祥：《王国维之死与〈落花〉诗词之考辨》，《江苏第二师范学院学报》2019 年第 2 期。

35. 祁丽岩：《当代诗词的文体僭越——以了凡等诗人的词作为例》，《心潮诗词（评论）》2019 年第 2 期。

36. 韦树定：《网络诗词新议——也说“金鱼”和“小眉”》，《心潮诗词（评论）》2019 年第 2 期。

37. 李辉耀：《丁年奉役操戈勇，皓首修文翰墨香——〈马孔良诗文集〉平议》，《心潮诗词（评论）》2019 年第 2 期。

38. 雷海基：《诗因性灵而风趣，因风趣而动人——读高昌诗词感作》，《心潮诗词（评论）》2019 年第 2 期。

39. 张金英：《英雄谱里最关情——范诗银军旅词初探》，《心潮诗词（评论）》2019 年第 2 期。

40. 段维：《欲将旧韵换新颜——品读黄春元先生诗词》，《心潮诗词（评论）》2019 年第 2 期。

41. 黄去非，刘佳《草泽诗人的生命悲吟——重读〈风雨双吟录〉》，《湖南工业大学学报（社会科学版）》，2019 年第 2 期。

42. 周于飞：《郭沫若旧体诗词中的抗日战争书写》，《邢台学院学报》，2019 年第 2 期。

43. 崔淼：《〈迦陵诗词稿〉中佛禅意蕴的三个层次》，《中国韵文学刊》2019 年第 3 期。

44. 邓菀莛：《探寻词的艺术世界——钱鸿瑛研究员访谈录》，《文艺研究》2019 年第 3 期。

45. 赵郁飞：《晚清女词人左又宜〈缀芬阁词〉剽窃考述》，《文学遗产》2019 年第 3 期。

46. 周建民：《聂绀弩旧体诗诗体形式及语言技巧探析》，《江汉学术》2019 年第 3 期。

47. 马大勇：《“活人剑，涂毒鼓，祖师禅”：论马一浮词》，《古典文学知识》，2019 年第 3 期。

48. 王贺：《“诗乃心声”与在场抒写——刘克胤旧体诗评论》，《泰山学院学报》2019 年第 3 期。

49. 丁英顺：《董必武诗词话红岩》，《红岩春秋》2019 年第 3 期。

50. 谭若丽：《近现代文学中“文人词”的审美含义——从夏承焘词作研究说起》，《甘肃广播电视大学学报》2019 年第 3 期。

51. 王祖琪：《旧体诗的回归与当代性——以朱雪里诗集〈河山行咏〉为例》，《河南工业大学学报（社会科学版）》，2019 年第 3 期。

52. 季淑凤：《论吕碧城的欧美游记词作》，《山东农业工程学院学报》2019 年第 3 期。

53. 王纱纱：《民国词人谢玉岑的文化取向与词学宗尚》，《泰山学院学报》2019 年第 3 期。

54. 宋庆阳：《千古巨制〈春梦词〉》，《钟山风雨》2019 年第 3 期。

55. 杨志君：《声律守旧程，思想运新意——论吴宓的诗歌批评》，《理论界》2019 年第 3 期。

56. 刘平：《试探〈人间词话〉初刊本中诗词对举同论之因》，《海南广播电视大学学报》，2019 年第 3 期。

57. 潘务正：《在传统与现代之间：论吴闿生〈诗义会通〉》，《安庆师范大学学报（社会科学版）》，2019 年第 3 期。

58. 郝文达：《赵尊岳词论研究》，《江苏理工学院学报》2019 年第 3 期。

59. 孔现红：《吕碧城对梦窗词接受之研究》，《淮南师范学院学报》2019 年第 3 期。

60. 张恩岭，王丽歌：《张伯驹词作简谱》，《中国韵文学刊》2019 年第 4 期。

61. 王凯：《“词格”、“蕴藉”与“浑成”——论晚清民国词人俞陛云的词学观》，《中国韵文学刊》2019 年第 4 期。

62. 付冬生：《个人生命中的一次旧体诗创作高潮——抗战时期老舍在渝旧体诗创作》，《当代文坛》2019 年第 4 期。

63. 傅铿：《诗人唐德刚》，《书屋》2019 年第 4 期。

64. 金春媛：《通与融：张伯驹诗词记戏探研》，《河南大学学报（社会科学版）》2019 年第 4 期。

65. 刘梦芙：《梁东诗词的儒家文化精神》，《心潮诗词（评论）》2019 年第 4 期。

66. 向小文：《诗化人生的写作高度——读罗辉先生的诗词》，《心潮诗词（评论）》2019 年第 4 期。

67. 周胜辉：《书剑人生——鲍海涛先生的诗词印象》，《心潮诗词（评论）》2019 年第 4 期。

68. 李真龙：《天意昌诗待能手——论胡迎建五七言古风》，《心潮诗词（评论）》2019 年第 4 期。

69. 吕克俭：《摭谈当代田园诗的文质与真伪——由陈惟林先生的田园诗想到的》，《心潮诗词（评论）》2019 年第 4 期。

70. 姚泉名:《摭谈闻一多的文言诗》,《中华诗词》2019 年第 4 期。

71. 朱一帆：《论庐隐小说中的词“别是一家”》，《新文学评论》2019 年第 4 期。

72. 鲁微：《向诗而生：王统照的人格困境及其出路》，《新文学评论》2019 年第 4 期。

73. 冀晋华：《“当代李清照”沈祖棻的“病”与“词”》，《合肥师范学院学报》，2019 年第 4 期。

74. 王彬:《刘晓艺〈昔在集〉》,《国际比较文学》2019 年第 4 期。

75. 杨梅英：《叶嘉莹诗评特色探析》，《济宁学院学报》2019 年第 4 期。

76. 金传胜，李宁宁：《叶圣陶 1946 年演讲钩沉》，《苏州教育学院学报》2019 年第 4 期。

77. 柳晓珊：《新世纪以降郭沫若旧体诗词研究综述》，《长沙理工大学学报（社会科学版）》2019 年第 4 期。

78. 苏迅：《“诗囚”梁鸿志琐屑》，《书屋》2019 年第 5 期。

79. 李昇：《现代学人陈柱、冯振旧体诗的古今承变及其价值》，《广西社会科学》2019 年第 5 期。

80. 任鹏程：《半入风尘半入归——评李清照与吕碧城两家词》，《名作欣赏》2019 年第 5 期。

81. 昝圣骞：《创变 · 情境 · 声律：比较视阈下的梁启勋词学》，《江苏师范大学学报（哲学社会科学版）》2019 年第 5 期。

82. 包中华：《论李劼人事业的坚守与矛盾——从有关李劼人的一首诗谈起》，《创作平潭》2019 年第 5 期。

83. 宋亚伟：《论叶嘉莹词学理论中的“歌辞之词”》，《南昌教育学院学报》，2019 年第 5 期。

84. 陈水云：《夏承焘先生治词业绩及其成就平议》，《古典文学知识》2019 年第 5 期。

85. 谢洁蕾，彭在钦：《论格非〈人面桃花〉的诗语叙事》，《佳木斯大学社会科学学报》，2019 年第 5 期。

86. 韩倚云：《敞胸怀烟波浩渺——读南广勋〈沉醉东风〉识周啸天》，《心潮诗词（评论）》2019 年第 6 期。

87. 张海鸥：《蒋蕴慧〈闲吟词〉序》，《心潮诗词（评论）》2019 年第 6 期。

88. 李昊宸：《段维时政诗词创作论》，《心潮诗词（评论）》2019 年第 6 期。

89. 杨景龙：《解构、重塑七律一体的诗歌史面目——聂绀弩先生〈散宜生诗〉叙录》，《心潮诗词（评论）》2019 年第 6 期。

90. 屈杰:《南山霞送一尊红——周路平先生新田园诗艺术初探》,《心潮诗词（评论）》2019 年第 6 期。

91. 王崇庆：《真情流笔下，正气溢胸中——黄希川先生〈笔影墨痕诗词续集〉序》，《心潮诗词（评论）》2019 年第 6 期。

92. 刘文菊：《揭阳籍女词人张荃生平与创作考略》，《汕头大学学报（人文社会科学版）》，2019 年第 6 期。

93. 韩大强:《论鲁迅对唐代“诗家三李”的接受》,《南都学坛（人文社会科学学报）》2019 年第 6 期。

94. 刘晓丽, 杨雨:《镜与灯: 本体论视域下王国维与况周颐求“真”词学观比较》，《湘潭大学学报（哲学社会科学版）》2019 年第 6 期。

95. 向卫国：《“韵”的诗学——顾随〈驼庵诗话〉诗歌美学体系初探》,《河南教育学院学报（哲学社会科学版）》, 2019 年第 6 期。

96. 秦燕春：《实干家的抒情诗——熊希龄的诗词写作与教育理念》，《关东学刊》2019 年第 6 期。

97. 周兴俊:《军魂与诗魂的交响——沈华维和沈华维的诗简评》,《心潮诗词（评论）》2019 年第 8 期。

98. 芶君：《文字腐心吾未悔，朝华谢处计原非——许伯建诗词史迹初探》，《心潮诗词（评论）》2019 年第 8 期。

99. 蓝紫：《现代生活的诗意栖居——试论休休子诗词的现代性与艺术特色》，《心潮诗词（评论）》2019 年第 8 期。

100. 阿杕:《回到歌唱的本质——关于宋彩霞词作的评述》,《心潮诗词（评论）》2019 年第 8 期。

101. 王国钦：《以诗自传人生路绮丽还登亮宝楼——〈郑欣淼诗词选〉品鉴》，《心潮诗词（评论）》2019 年第 8 期。

102. 李辉耀：《“红色的劲弩”——也谈解读聂绀弩诗》，《心潮诗词（评论）》2019 年第 8 期。

103. 闫菲：《郑欣淼〈病中杂吟〉十二首析论》，《名作欣赏》2019 年第 8 期。

104. 付聪敏：《郑欣淼〈七十咏怀〉五首析论》，《名作欣赏》2019 年第 8 期。

105. 姚霞丽:《郑欣淼〈双调·水仙子·原平四咏〉析论》,《名作欣赏》2019 年第 8 期。

106. 苌雨晴：《郑欣淼先生〈忆江南·澄城杂咏〉析论》，《名作欣赏》2019 年第 8 期。

107. 王鹤：《叶嘉莹：与诗词彼此成全》，《同舟共进》2019 年第 8 期。

108. 张德恒:《天遣词人困播迁——论朱自清的旧体诗词》,《东岳论丛》2019 年第 8 期。

109. 李雪：《当代文人画新形式——丰子恺题画诗浅析》，《美术教育研究》2019 年第 9 期。

110. 于佳：《聂绀弩旧体诗的独在与精神坚守》，《今传媒》2019 年第 10 期。

111. 屈杰：《铜琶高奏凌云调——林峰先生诗词艺术初探》，《心潮诗词（评论）》2019 年第 10 期。

112. 刘文菊：《马华潮籍女作家张荃的乡愁情怀》，《名作欣赏》2019 年第 11 期。

113. 周侃：《胭脂别有风云气——论陈小翠书法与其诗、画之关系》，《中国书法》2019 年第 11 期。

114. 李莹：《屈原之诗传时事之隐寓——鲁迅〈无题〉（一枝清采妥湘灵）主旨新探》，《名作欣赏》2019 年第 2 期。

115. 莫真宝：《当代诗词的多重属性及评价标准》，《中国艺术报》2019 年 6 月 19 日。

116. 查建国，仝薇：《加强旧体诗词当代传承与批评》，《中国社会科学报》2019 年 6 月 14 日。

117. 吴欢章：《贺敬之对新古体诗的探索：未始不是一条新路》，《文艺报》2019 年 8 月 30 日。

118. 徐燕婷：《民国女词人吕凤的文学生活——以〈清声阁词〉为中心》，《文汇报・文汇学人》2019 年 11 月 8 日。

119. 关海山：《当下古典诗词创作热引发的思考》，《沈阳日报》2019 年 12 月 7 日。

120. 林栋：《重温延安五老的诗词》，《中华读书报》2019 年 12 月 11 日。

121. 屈杰：《铜琶高奏凌云调——林峰先生诗词艺术初探》，“云帆诗友会”公众号 2019 年 3 月 7 日。

122. 屈杰：《刘庆霖诗性思维初探》，“云帆诗友会”公众号 2019 年 3 月 28 日。

123. 梁东：《用生命打造诗国丰碑——〈林从龙诗词选评〉序》，“小楼听雨诗刊”公众号 2019 年 7 月 26 日。

124. 林峰：《欲度烟霞带梦归——序蔡圣栋先生诗词集》，“云帆诗友会”公众号 2019 年 10 月 3 日。

125. 段维：《写出有设计感的诗词——读孙文〈帘月集〉》，“云帆诗友会”公众号 2019 年 10 月 11 日。

126. 刘庆霖：《握一支开花的思想——读〈90 后诗词选〉》，“小楼听雨诗刊”公众号 2019 年 12 月 13 日。

（三）群体流派研究

1. 谢永芳：《晚清民国词人的域外词学活动——以岭南词人的域外创作互动为中心》，《词学（第 41 辑）》，马兴荣，朱惠国编，华东师范大学出版社 2019 年。

2. 赵家晨：《论民国宋诗派文人群体的抗战词》，《浙江师范大学学报（社会科学版）》，2019 年第 1 期。

3. 王士春：《论南社诗人悼宋教仁诗的意象艺术》，《陕西理工大学学报（社会科学版）》，2019 年第 1 期。

4. 孙文周：《近代社团春禅词社考论》，《山西大学学报（哲学社会科学版）》2019 年第 2 期。

5. 王星，欧阳丹：《黄侃先生词学交游考论——以况周颐、汪东、龙榆生为中心》，《中国韵文学刊》2019 年第 3 期。

6. 叶澜涛：《论现代中国画家诗人的咏史怀古诗词》，《浙江理工大学学报》2019 年第 3 期。

7. 徐燕婷：《论民国女性词的发展流变——以民国女性词集为中心》，《北京大学学报（哲学社会科学版）》2019 年第 4 期。

8. 王彪：《朱自清与学衡派诗人交往考——以吴宓、浦江请、萧公权为例》，《新文学评论》2019 年第 4 期。

9. 国家玮：《乱世中的治世想象——抗战前夕济南书词的勃兴及其文化政治》，《文学评论》2019 年第 5 期。

10. 丛海霞，马大勇：《家学传承与文学新变：论晚清民国德清俞氏词》，《宁夏社会科学》2019 年第 5 期。

11. 叶澜涛：《论中国现代画家诗人怀人诗词的类型》，《贵州师范大学学报·哲学社会科学版》2019 年第 5 期。

12. 任荣：《现代文学视野中的皖人旧体诗词探微》，《江淮论坛》2019 年第 5 期。

13. 刘荣平：《民国时期福州十才女旧体诗词创作及其典型意义》，《东南学术》2019 年第 6 期。

14. 彭敏哲：《闺秀·名媛·学者——民国女性诗词的多元书写》，《学术月刊》2019 年第 8 期。

15. 叶澜涛：《论中国现代画家诗词中的文人意识》，《艺术评论》2019 年第 8 期。

16. 王彪：《新旧论争视域中学衡派诗学观的初步建构》，《心潮诗词（评论）》2019 年第 10 期。

17. 王佑夫：《抒爱国之情，谱团结之曲——当代新疆汉语诗词创作论略》，《名作欣赏》2019 年第 10 期。

（四）诗词译介与传播研究

1. 郑婷：《“废学救国”，抑或“调和进化”？——〈甲寅〉周刊诗论发微》，《中华诗词研究》第 5 辑，中华诗词研究院，复旦大学中文系编，东方出版中心 2019 年。

2. 简锦松：《“〈北台风光图〉征诗”与台湾诗坛本省、外省籍诗人分合的根本原因》，《中华诗词研究》第 5 辑，中华诗词研究院，复旦大学中文系编，东方出版中心 2019 年。

3. 陈雪军：《邵瑞彭词作传播中的自我修改与词集刊刻》，《词学（第 41 辑）》，马兴荣，朱惠国编，华东师范大学出版社 2019 年。

4. 王婉如：《诗与远方——以台北文学奖为例：谈近五年古典诗创作情况》，《当代诗词研究（第 2 辑）》，宋湘绮，莫真宝主编，中南大学出版社，2019 年。

5. 补秀梅：《诗词类电视节目现状调查》，《当代诗词研究（第2辑）》，宋湘绮，莫真宝主编，中南大学出版社，2019年。

6. 张子正，彭敏哲：《评第二节“寰球华人中国梦·深圳杯”诗词大赛》，《当代诗词研究（第2辑）》，宋湘绮，莫真宝主编，中南大学出版社，2019年。

7. 戴勇：《论〈中华诗词〉杂志权威传播地位的形成及表现》，《南昌师范学院学报（社会科学）》，2019年第1期。

8. 仇俊超，曹辛华：《清末民国医药报刊诗词考论》，《山西大学学报（哲学社会科学版）》2019年第2期。

9. 布莉莉：《文学资源的争夺战——〈光明日报·文艺生活〉与新旧诗论争》，《扬子江评论》2019年第4期。

10. 蔡静：《清末民初文言译诗中的形意张力》，《中国现代文学研究丛刊》2019年第9期。

11. 周芯如：《从〈经典咏留传〉看中华古诗词传播的创新》，《文化创新比较研究》2019年第10期。

12. 金中：《诗词的称谓与英译》，《心潮诗词（评论）》2019年第10期。

（五）诗教研究

1. 祁丽岩：《高等院校诗教体系建构与实践探索——以广东高校为例》，《当代诗词研究（第2辑）》，宋湘绮，莫真宝主编，中南大学出版社，2019年。

2. 刘成纪：《中国传统诗教如何达至公共阐释》，《社会科学战线》2019年第2期。

3. 于家慧：《“迦陵杯”与叶嘉莹先生的诗教传播》，《教育传媒研究》2019年第5期。

4. 方长安：《中国诗教传统的现代转化及其当代传承》，《中国社会科学》2019 年第 6 期。

5. 孔汝煌：《杨叔子诗教理论开辟的学术空间略说》，《心潮诗词（评论）》2019 年第 8 期。

6. 任冠虹：《弘扬诗教传统传承诗词吟诵》，《中国社会科学报》2019 年 9 月 16 日。

7. 钟振振：《诗教原来可以是这样的》，“小楼听雨诗刊”公众号 2019 年 7 月 14 日。

（六）诗词理论研究

1. 王光明：《经验、体式与诗的变奏·序》，《经验、体式与诗的变奏》，赖彧煌著，社会科学文献出版社 2019 年。

2. 胡迎建:《20 世纪前五十年旧体诗流变概述》,《中华诗词研究》第 5 辑，中华诗词研究院，复旦大学中文系编，东方出版中心 2019 年。

3. 朱惠国:《民国词界定与分期论略》,《中华诗词研究》第 5 辑，中华诗词研究院，复旦大学中文系编，东方出版中心 2019 年。

4. 严寿澂:《〈北山楼词话〉论词要义》,《词学（第 41 辑）》，马兴荣，朱惠国编，华东师范大学出版社 2019 年。

5. 刘成群：《〈词说文学史〉创作概述》，《当代诗词研究（第 2 辑）》，宋湘绮，莫真宝主编，中南大学出版社，2019 年。

6. 周军：《旧体诗对早期新诗变革的影响初探》，《当代诗词研究（第 2 辑）》，宋湘绮，莫真宝主编，中南大学出版社，2019 年。

7. 周于飞：《关于网络旧体诗词研究体系建构的思考与前瞻》，《当代诗词研究（第 2 辑）》，宋湘绮，莫真宝主编，中南大学出版社，2019 年。

8. 程瑜：《当代格律诗守旧与革新之争述评》，《当代诗词研究（第 2 辑）》，宋湘绮，莫真宝主编，中南大学出版社，2019 年。

9. 宋湘绮，欧烨：《王国维境界说中意境与境界之别》，《当代诗词研究（第 2 辑）》，宋湘绮，莫真宝主编，中南大学出版社，2019 年。

10. 朱一帆：《女诗人师承传统的现代演变对旧体诗词创作的影响》，《当代诗词研究（第 2 辑）》，宋湘绮，莫真宝主编，中南大学出版社，2019 年。

11. 姚泉名：《漫谈何革绝句的革新》，《当代诗词研究（第 2 辑）》，宋湘绮，莫真宝主编，中南大学出版社，2019 年。

12. 王巨川：《现实主义与理想情怀——当代诗词创作形态及其作品批评刍议》，《当代诗词研究（第 2 辑）》，宋湘绮，莫真宝主编，中南大学出版社，2019 年。

13. 宋湘绮：《当代诗词的创作主张与批评标准》，《当代诗词研究（第 2 辑）》，宋湘绮，莫真宝主编，中南大学出版社，2019 年。

14. 蒋寅，陈斐：《探寻现代汉诗书写的另一种可能——关于近现代诗词研究与创作的问答》，《当代诗词研究（第 2 辑）》，宋湘绮，莫真宝主编，中南大学出版社，2019 年。

15. 胡建次：《民国中期传统词律论的辨说与展开》，《社会科学研究》2019 年第 1 期。

16. 席云舒：《从诗与音乐的关系及诗歌功能的转变看诗体流变》，《文艺评论》2019 年第 2 期。

17. 齐凯：《现代性：新文学视阈下的旧体诗评价及其问题》，《广西社会科学》2019 年第 2 期。

18. 宋湘绮：《当代诗词的批评标准：从“境界”到“境外之境”》，《艺术评论》2019 年第 2 期。

19. 莫真宝：《从诗与音乐的离合看诗体之变迁——以度词 / 新词的文体属性为中心》，《艺术评论》2019 年第 2 期。

20. 宋湘绮：《当代诗词的创作主张》，《心潮诗词（评论）》2019 年第 2 期。

21. 熊文祥：《门外谈诗》，《心潮诗词（评论）》2019 年第 2 期。

22. 罗辉：《试论新田园诗的自然特质及其直寻手法》，《心潮诗词（评论）》2019 年第 2 期。

23. 沈华维:《现实题材的艺术表现——浅析诗词作品的时代性》,《心潮诗词（评论）》2019 年第 2 期。

24. 王崇庆:《诗心不负新时代》,《心潮诗词（评论）》2019 年第 2 期。

25. 胡迎建:《意象、意境、形神》,《心潮诗词（评论）》2019 年第 2 期。

26. 李德强:《徘徊于新旧之间：民国前期的诗学批评》,《厦门广播电视大学学报》2019 年第 2 期。

27. 彭建楠:《20 世纪前期词体与新体乐歌的离合关系》,《中山大学学报（社会科学版）》2019 年第 3 期。

28. 胡凯旋:《浅谈当代人们喜爱古典诗词的原因》,《文学教育》2019 年第 3 期。

29. 胡建次，李甜甜:《晚清民国词学观念的演变——以论词绝句为考察对象》,《江西社会科学》2019 年第 4 期。

30. 刘勇:《传统的“五四”与“五四”的传统》,《名作欣赏》2019 年第 4 期。

31. 金中:《论诗词创作的本质及当代诗词的主要课题》,《心潮诗词（评论）》2019 年第 4 期。

32. 雷于怀:《努力开拓新田园诗题材的新领域》,《心潮诗词（评论）》2019 年第 4 期。

33. 刘庆霖:《正能量的艺术传达》,《心潮诗词（评论）》2019 年第 4 期。

34. 施议对:《中国韵文的“二度轮回”及发展前景》,《心潮诗词（评论）》2019 年第 4 期。

35. 汪超:《多重网络中的词学研究》,《浙江大学学报（人文社会科学版）》2019 年第 5 期。

36. 习婷:《〈燃脂余韵〉与民国的女性词批评》,《中南大学学报（社会科学版）》2019 年第 5 期。

37. 刘慧宽、王贺：《“周虽旧邦，其命维新”：晚清民国旧体文学研究 70 年》，《台州学院学报》2019 年第 5 期。

38. 姚泉名：《趣诗或自顽皮得》，《心潮诗词（评论）》2019 年第 6 期。

39. 林峰：《人间至美莫如诗》，《心潮诗词（评论）》2019 年第 6 期。

40. 陈友康：《校正诗歌观偏弊确认“诗明理”之正当性》，《心潮诗词（评论）》2019 年第 6 期。

41. 张其俊：《以意象链解析构建意境新探——对王国维“意境说”的创新解构诠释》，《心潮诗词（评论）》2019 年第 6 期。

42. 朱钦运：《汉语新诗的“百年滋味”——以来自旧体诗词的责难为讨论背景》，《中国现代文学研究丛刊》2019 年第 8 期。

43. 陈宗辉：《绝句体式多变化》，《中华诗词》2019 年第 8 期。

44. 胡迎建：《诗要有温度，有厚度》，《中华诗词》2019 年第 8 期。

45. 周啸天：《论超越》，《中华诗词》2019 年第 8 期。

46. 杨志新，王贺：《回答好中华诗词传承与发展的时代之问》，《中华诗词》2019 年第 8 期。

47. 刘立玉：《走出误区诗路宽》，《心潮诗词（评论）》2019 年第 8 期。

48. 高昌：《鲜明生动的抒情形象新鲜自由的艺术面貌》，《心潮诗词（评论）》2019 年第 8 期。

49. 徐钰茹：《化古而出新：民国旧体诗的新探索》，《文艺评论》2019 年第 9 期。

50. 王兆鹏，郑永晓，刘京臣：《借器之势，出道之新——“数字人文”浪潮下的古典文学研究三人谈》，《文艺研究》2019 年第 9 期。

51. 彭崇谷：《关于诗词精品创作之思考》，《心潮诗词（评论）》2019 年第 10 期。

52. 蔡世平：《激活诗性思维，拓展民族的精神空间》，《心潮诗词（评论）》2019 年第 10 期。

53. 胡迎建：《简述民国时期旧体诗的创作理论与批评》，《心潮诗词（评论）》2019 年第 10 期。

54. 高昌：《旧体诗唱响青春之歌》，《心潮诗词（评论）》2019 年第 10 期。

55. 何鹤：《趣味与田园诗词创作》，《心潮诗词（评论）》2019 年第 10 期。

56. 雷海基：《谈军旅诗意象的典型性》，《心潮诗词（评论）》2019 年第 10 期。

57. 张旭丽：《田园诗于传承中的创新》，《心潮诗词（评论）》2019 年第 10 期。

58. 高昌:《现当代诗词的脱胎换骨》,《名作欣赏》2019 年第 12 期。

59. 潮声:《现当代中华诗词不应缺席中国文学史》,《心潮诗词(评论）》2019 年第 12 期。

60. 钱志熙：《也谈现当代诗词的“入史”及所谓“现代性”的问题》，《心潮诗词（评论）》2019 年第 12 期。

61. 曹顺庆，辜佳丽：《现当代文学不承认古体诗词与文化失语症之关系》，《心潮诗词（评论）》2019 年第 12 期。

62. 陈友康：《看待现代诗词入史问题要有大格局大视野》，《心潮诗词（评论）》2019 年第 12 期。

63. 杨景龙：《再谈现当代旧体诗词“经典化”与“入史”问题》，《心潮诗词（评论）》2019 年第 12 期。

64. 李红：《原则 · 时势 · 发展》，《心潮诗词（评论）》2019 年第 12 期。

65. 高昌：《我本来就是历史》，《心潮诗词（评论）》2019 年第 12 期。

66. 赵安民：《当代诗词“入史”问题浅议》，《心潮诗词（评论）》

2019年第12期。

67. 查洪德，刘圆婧：《作品选评是写好文学史的前提》，《心潮诗词（评论）》2019年第12期。

68. 张海鸥，张奕琳，彭敏哲：《〈二十世纪旧体诗词史〉工程的一些信息和思路》，《心潮诗词（评论）》2019年第12期。

69. 马大勇：《“新世界，旧词篇”：我与近百年词史研究》，《心潮诗词（评论）》2019年第12期。

70. 王贺：《对象与方法》，《心潮诗词（评论）》2019年第12期。

71. 姚崇实：《当代诗词怎样才能写入文学史》，《心潮诗词（评论）》2019年第12期。

72. 王国钦：《“当代诗词”与“入史路径”之刍议》，《心潮诗词（评论）》2019年第12期。

73. 蔡世平，杨志新等：《现当代诗词文学史地位大家谈》，《心潮诗词（评论）》2019年第12期。

74. 尧山壁：《新诗与旧体诗》，《中国文化报》2019年1月11日。

75. 潘岳：《中华诗词与中华文化共同体》，《新华每日电讯》2019年3月29日。

76. 林峰：《诗词复兴与诗词大众化》，《中国艺术报》2019年5月10日。

77. 蔡世平：《中华诗歌复兴献言》，《文艺报》2019年6月21日。

78. 王悦笛：《关于新时代诗词复兴的反思与前瞻》，《中国艺术报》2019年6月26日。

79. 蔡世平：《中华诗词复兴面临时代挑战》，《中国艺术报》2019年7月3日。

80. 吴宝军：《使用新韵是诗词创作的时代要求》，《文艺报》2019年7月5日。

81. 顾浩：《努力回答好当前诗坛面临的问题》，《文艺报》2019年12月6日。

82. 郑欣淼：《中华诗词唱响新时代——在全国诗歌座谈会上的发言》，《文艺报》2019 年 12 月 13 日。

83. 李文朝：《新中国七十年中华诗词的复苏、振兴与发展》《文艺报》2019 年 12 月 25 日。

84. 汪冬霖：《新时代呼唤诗词家精神》，“云帆诗友会”公众号 2019 年 1 月 22 日。

85. 侯兴黉：《传统文化的一些思考》，“云帆诗友会”公众号 2019 年 5 月 6 日。

86. 英子：《传统诗词入史之我见》，“云帆诗友会”公众号 2019 年 6 月 29 日。

87. 英子：《“线上”交流对当代诗词走向的影响——网络诗词发展之我见》，“云帆诗友会”公众号 2019 年 7 月 13 日。

88. 段维：《嵌入与浑融：漫议旧体诗使用新词语之门径》，“小楼听雨诗刊”公众号 2019 年 9 月 30 日。

89. 韩倚云：《中华诗词精品战略论略》，“小楼听雨诗刊”公众号 2019 年 10 月 19 日。

（七）毛泽东诗词专题研究

1. 王树人：《毛泽东曾以郭沫若的名义为自己创作的一首词写注释》，《党史博采》2019 年第 1 期。

2. 朱文英，韩江洪：《毛泽东诗词 1958 年英译版与 1976 年官方英译修订版对比》，《沈阳大学学报（社会科学版）》2019 年第 1 期。

3. 唐先义：《“毛泽东诗词”与中国新民主主义革命史》，《中学历史》2019 年第 1 期。

4. 代正利，曾清：《毛泽东诗词英译的文学性探究——以〈清平乐·会昌〉为例》，《湖南第一师范学院学报》2019 年第 1 期。

5. 廖小春：《毛泽东诗词中的人民情怀》，《党史文苑》2019

年第 1 期。

6. 程越：《如何品读毛泽东诗词》，《新西义》2019 年第 2 期。

7. 黄文富：《中央苏区反“围剿”战争与毛泽东诗词创作》，2019 年第 2 期。

8. 李光荣：《毛泽东大气磅礴的咏雪诗词》，《党史博采》2019 年第 2 期。

9. 魏艳，刘明东：《传播学视阈下湖湘旅游文化走出去翻译策略探索——以〈毛泽东诗词〉英译为例》，《安徽理工大学学报（社会科学版）》，2019 年第 2 期。

10. 于建玮：《毛泽东诗词中的政治信仰意蕴》，《湖南第一师范学院学报》2019 年第 2 期。

11. 王树人：《毛泽东〈七律・答友人〉中的“友人”是指谁？》，《党史博采》2019 年第 3 期。

12. 华小勇：《毛泽东以诗词抒怀盛赞革命元戎》，《党史文苑》2019 年第 3 期。

13. 贺桂梅:《长时段视野里的中国与革命——重读毛泽东诗词》，《文艺争鸣》2019 年第 4 期。

14. 张清华：《最早的毛泽东诗词外文译本出版在苏联》，《党史文苑》2019 年第 4 期。

15. 王波平：《毛泽东长征诗词精神谈》，《名作欣赏》第 5 期。

16. 李正栓，王心：《毛泽东诗词英译研究综述》，《天津外国语大学学报》2019 年第 6 期。

17. 滑彦立，李圣轩：《毛泽东诗词英译译者主体性研究》，《天津外国语大学学报》2019 年第 6 期。

18. 石春让，李稳敏：《毛泽东诗词中的革命性思维及其翻译转换》，《天津外国语大学学报》2019 年第 6 期。

19. 张焕琴，王胜国：《毛泽东长征诗词：中华传统美学精神的阐扬与升华》，《毛泽东思想研究》2019 年第 6 期。

20. 胡天娇，徐俊忠：《人民主体的不朽诗篇——以毛泽东诗词中古人与神人意象为中心》，《毛泽东思想研究》2019 年第 6 期。

21. 孙道凤：《革命与象征——日文文献中毛泽东诗词的译介》，《名作欣赏》2019 年第 6 期。

22. 胡慧：《毛泽东诗词跨文化传播研究构想》，《文化学刊》2019 年第 7 期。

23. 伋静，钱敏，何骏：《小议毛泽东诗词中的革命情怀》，《黑河学院学报》2019 年第 7 期。

24. 王兆鹏，陈思晗：《沈祖棻〈霜花腴·雪〉赏析》，《名作欣赏》2019 年第 8 期。

25. 陈琳：《从“三美论”角度分析辜正坤教授〈沁园春·雪〉的翻译》，《文化创新比较研究》，2019 年第 8 期。

26. 林雪雁：《在重读毛泽东诗词中感悟中国共产党的初心》，《求知》2019 年第 12 期。

27. 王湘华：《毛泽东圈评的唐宋寓湘文人诗词阐论》，《齐齐哈尔大学学报（哲学社会科学版）》2019 年第 8 期。

28. 张焕新，刘紫荆：《〈沁园春·雪〉五个译本的修辞翻译风格的对比研究》，《国际公关》2019 年第 9 期。

29. 杨勇：《谈毛泽东诗词的魅力》，《陕西广播电视大学学报》2019 年第 9 期。

30. 刘迅，郑乃菡：《毛泽东诗词的影视审美特征探微》，《四川戏剧》2019 年第 11 期。

31. 张兴德：《毛泽东诗词中的革命乐观主义精神》，《党史纵览》2019 年年第 11 期。

32. 张惟：《毛泽东诗词中对雪的偏好探析》，《文化创新比较研究》2019 年第 17 期。

33. 张兴德：《毛泽东诗词中对中国古典诗词引用、化用和借鉴》，《中华读书报》2019 年 1 月 2 日。

34. 汪建新：《毛泽东诗词中的喜怒哀乐》，《学习时报》2019年4月5日。

35. 汪建新：《毛泽东诗词中的赤橙黄绿》，《学习时报》2019年5月31日。

36. 汪建新：《毛泽东诗词中的古往今来》，《学习时报》2019年7月19日。

37. 汪建新：《毛泽东诗词中的“个十百千万”》，《学习时报》2019年8月16日。

38. 汪建新：《毛泽东诗词中的炮火硝烟》，《学习时报》2019年11月15日。

附录五　高校旧体诗社统计表

区域	高校	诗社	创办时间（年）	社刊	现任社长
北京	北京大学	北社	2002	《北社》	刘旭都
	清华大学	清莲诗社	2010		
	北京师范大学	才社	2017		谢宜君
	北京语言大学	栖迟诗社	2005		
	中央民族大学	观复诗社	2017		
	中国人民大学	新风雅诗社	2007		赵文博
	首都师范大学	周南诗社	2010	《周南》	李若曈
	北京交通大学	微社	2019		李俊儒
	中国石油大学	海燕诗社		《海燕诗集》	
	中国政法大学	345 诗社			
	首都医科大学	杏林诗社	2018		
	北京航空大学	绿园诗社	2018		
	北京地质大学	北月诗社			
	北京邮电大学	涵秋诗文社			
天津	南开大学	诗词楹联学会	2008		
	东北大学（秦皇岛分校）	诗词楹联学社			
河北	河北师范大学	春秋诗社		《慧泉诗词》	
	河北农业大学	半亩塘诗社			刘博
吉林	通化示范学院	云谣诗社	2018		
	白城师范学院	大学生诗词楹联协会			

（续表）

区域	高校	诗社	创办时间（年）	社刊	现任社长
上海	复旦大学	曦社	2007	《嘤鸣集》	
	华东师范大学	衡社			
	东华大学	镜月诗社			
	同济大学	蓼社			
	华东政法大学	同人国学社			
	上海师范大学	海棠诗社			
江苏	南京大学	游社	2010		
		林下诗社			孔玲玲
	扬州大学（瘦西湖校区）	后城诗社			
浙江	浙江大学	子鼠诗社			
	浙江师范大学	佩风诗社		《山风》	
		北山诗社			
	绍兴文理学院	长袖诗社			
	浙江传媒学院	会饮诗社			
安徽	淮北师范大学	晚风诗社	2009		
	安徽师范大学	江南诗社	1983		
	安徽大学	湖畔诗社			
福建	厦门大学	鼓浪诗社			
		梧栖诗社	2017		
	龙岩学院	雅轩阁诗社			
	闽西职业技术学院	团结渠诗社	2018		
江西	江西师范大学	新雅吟社			
	东华理工大学	秋云诗社			
	萍乡学院	萍乡学院诗社			
山东	聊城大学	大运河诗联社			
	山东第一医科大学	中华诗词社	2018		

（续表）

区域	高校	诗社	创办时间（年）	社刊	现任社长
河南	郑州大学	九月诗社			
湖北	武汉大学	春英诗社	1998	《春英》	
	华中师范大学	寒梅诗社	2013	《寒梅》	
	华中师范大学	摇篮文学社			
	华中科技大学	瑜伽社社			
	华中科技大学	夏雨诗社			
	江汉大学	海天涯诗社	1998		
	湖北文理学院	草庐诗社			
	武汉轻工大学	绿�诗社			
	湖北大学	琴园诗社			
	湖北大学	三近社			
	湖北理工大学	中华诗社			
湖南	中南大学	南薰诗社	2014		
	湖南大学	岳麓诗社			
广东	中山大学	岭南诗词研习社	2005	《粤雅》	何山
	韩山师院	韩山诗社	1993	《韩山诗报》	
	韩山师院	馀社	2011	《馀音》	
	深圳大学	国诗社	2011	《一苇》	
	深圳大学	望海潮诗社			
	华南师范大学	召南诗社	2013	《于沚》	邹丹娜
	惠州学院	风辰诗社			
	肇庆学院	西江诗社		《西江诗词》	
	广东技术师范学院	珠江月诗社	2014		
	广东财经大学	流觞亭诗社	2014		
重庆	西南大学	水云诗社			
	重庆邮电学院	双子湖诗社	2018		

（续表）

区域	高校	诗社	创办时间（年）	社刊	现任社长
四川	四川大学	望江诗社	2011	《望江诗刊》	
贵州	贵州大学	桃源诗社（人文学院）		《贵大吟苑》	
		麟山诗社（林学院）			
		翰林诗苑	2014		
	贵州师大	嘤鸣社		《嘤鸣集》	
	贵州师范学院	扶风诗社	2004	《扶风印象》	
云南	普洱学院	普洱学院诗词楹联协会	2013		
陕西	西北大学	终南诗社			
	西安美术学院	明湖诗社	2018	《明湖》	魏文强
	西安石油大学	星原诗社	2018		
	西安交通大学	沧浪诗社			
	西北工业大学	毓林诗社			
	西北师范大学	子吟诗社（知行学院）			
	西安建筑科技大学	唐华诗词社	1998	《唐华诗苑》	
甘肃	兰州大学	国学社诗词楹联队			
	西北师范大学	秦风诗社			
	甘肃政法学院	崇文诗联社	2008		
新疆	石河子大学	胡杨诗社	1999		

附录六　诗词活动举例

2019 年 1 月中华诗词研究院《中华诗词写作教程》定稿工作会议（试行稿）。

2019 年 1 月 6 日江西省诗词学会举行成立 30 周年庆典大会。

2019 年 3 月 23 日云南省诗词学会在昆明召开第七次会员代表大会。

2019 年 4 月 22 日山东诗词学会召开第四届会员大会，汇报换届以来的各项工作及今后的发展计划。

2019 年 5 月 24 日—26 日河北诗词学会在廊坊召开河北省诗教工作推进会。

2019 年 6 月 25 日广东省诗词学会出席英德诗社换届大会。

2019 年 6 月 30 日海南省诗词学会在海口市召开了第五次会员代表大会，选出了新一届领导班子。

2019 年 6 月 30 日，重庆市诗词学会第五届会员代表大会在重庆社会主义学院隆重召开会议，选举产生了新一届领导班子。

2019 年 7 月 15 日、11 月 1 日国家教育部、国家语委颁布、实施《中华通韵》（试行稿）。

2019 年 7 月 20 日中华诗词研究院举行《中华诗词发展报告 2018》出版座谈会。

2019 年 8 月 9 日河北省诗词学会《燕赵诗词》第七次编务工作会议暨河北诗人采风活动在迁安市举行。

2019 年 8 月 21 日山东诗词学会成立山东诗词学会党支部。

2019 年 8 月 18 日在省文联和省民政厅的指导下于郑州河南饭店召开河南诗词学会第七次会员代表大会。大会选举了新一届领导班子。

2019 年 9 月 7 日，中国出版集团、中央电视台、中华书局、中华诗词研究院、中华诗词学会、中国移动共同举办第四届“诗词中国”颁奖大会。

2019 年 9 月 21 日，河北省诗词协会第四届会员代表大会在石家庄亚太大酒店隆重召开。

2019 年 11 月 20 日中华诗词研究院召开中华诗词文献数据库建设与维护（一期）项目成果验收会。

2019 年 11 月 21 日中华诗词研究院召开《中华诗词发展报告 2019》编写筹备会。

2019 年 11 月中旬甘肃省诗词学会在诗词之乡临洮召开了省诗词学会第五次会员代表大会。选举产生 52 名理事和 21 名常务理事。同时按程序召开党员会议，完成了学会党支部换届工作。五届理事会集贤纳才，聘任 39 名顾问，14 名名誉理事。

2019 年 12 月 20 日，吉林省诗词学会第三次会员代表大会在长春召开。表彰了“长白山诗派杰出贡献奖”8 人，“长白山诗派突出贡献奖”12 人，“长白山诗派建设先进集体”12 个，“长白山诗派建设先进个人”50 人。原副会长温瑞当选为会长，原副会长邵红霞等 15 人当选为副会长，副会长尹宝田兼秘书长。

2019 年 12 月 29 日中华诗词研究院“中华诗词现当代发展史”专题研究会。

2019 年 1 月 25 日福建省楹联诗钟研究院与省文史研究馆，共同组织部分书法家到福州梦山社区开展“书春送福进社区”活动。

2019 年 3 月 14 日中华诗词研究院举行“清明遇见诗歌”文化活动。

2019 年 3 月 23 日上海市诗词学会与上海市作协在上海图书馆举办了“开天辟地・中华创世神话”新史诗作品朗诵会。

2019 年 3 月 26 日至 29 日云南省诗词学会部分成员应云龙县邀

请参加“诗词咏云龙”采风活动。活动期间，先后参观考察了宝丰古镇、诺邓古村、古盐井房、董泽故居、天然太极图奇观等极具特色的旅游资源，用诗词曲联进行了热情歌咏。

2019 年 3 月 29 日上海市诗词学会组织会员参观并举行了金领谷科创园区、上海森骊服饰有限公司、塘泾南苑邻里中心和滨江公园“浦江第一湾”等地采风活动。

2019 年 4 月由《中华诗词》杂志社主办的“2019 中华诗词青春诗会”在江苏盐城举行。

2019 年 6 月 1 日至 2 日江西芦溪县举办诗词楹联文化艺术节。

2019 年 6 月 3 日中华诗词研究院举办首届“屈原诗学奖”颁奖大会。

2019 年 6 月中华诗词学会、中华诗词研究院联合主办“第二届中华诗人节”。

2019 年 6 月 17 日广东省诗词学会有关同志应邀出席首届“鹿鸣杯”吟唱粤港粤大湾区诗词大赛颁奖典礼。

2019 年 6 月 29 日至 30 日宁夏水利厅、宁夏水利博物馆、宁夏诗词学会和《朔方》编辑部组织区内外 50 多名诗人到青铜峡和沙坡头古灌渠开展采风活动。

2019 年 7 月《诗刊》社子曰诗社第三届社员培训班在重庆大足城南中学东序校区圆满举行。

2019 年 7 月 15 日至 18 日广西诗词学会和崇左市老干部局诗词学会联合在天等、凭祥、宁明三市县举办了一次“广西诗坛边关行”采风会，全区 14 个市诗词学会 70 多名代表参加了这次采风会。

2019 年 9 月至今《诗刊》参与“最美奋斗者”礼赞旧体诗词部分的征集工作；并在诗词增刊和诗刊诗词公众号发布部分优秀作品。

2019 年 9 月 27 日江西诗词学会在江西省美术馆启动第二期工程的“赣籍开国将军百战图”大型创作活动。

2019 年 9 月 30 日上海诗词学会与上海沪太花鸟奇石市场合作策划的“沪太（中华）奇石诗词大赛颁奖暨上海诗词学会创作研究教育

基地揭牌仪式”在上海经纬学术报告厅举行。

2019 年 10 月中旬安徽省诗词学会与省炳烛诗书画联谊会联合举办规模较大的“国庆经典吟诵会”。

2019 年 11 月，《诗刊》参与中国作协主办的第二届全国诗歌座谈会第五组的联络服务工作。

2019 年 11 月 5 日湖北省荆门聂绀弩诗词研究基金会、湖北省中华诗词学会联合党支部组织党员和驻会工作人员赴红色老区大悟县开展“不忘初心，牢记使命”学习教育活动，接受党史和革命传统教育。

2019 年 11 月 16 日福建省诗词学会党支部组织全体党员开展“弘扬古田会议精神，加强党的政治建设”主题实践活动。

2019 年 11 月广东省诗词学会参加汕头岭海诗社换届大会及“诗意紫园”潮汕三市青年诗人诗词大赛颁奖大会。

2019 年 12 月底，《诗刊》与安徽泾县桃花潭文化艺术中心合办“山水诗歌的传承与对话”研讨会暨采风活动。

2019 年 12 月底安徽省诗词学会举办“迎新经典吟诵会”在背诵经典诗词的清词雅韵中辞旧迎新。

2019 年 10 月，北京诗词学会承办了由中华诗词学会、秦皇岛市委、秦皇岛市政府主办的“秦皇山海”全民诵读大赛北京赛区活动，有 103 人参加比赛，最小年龄 6 岁，最大年龄 97 岁。

2019 年北京市军队离退休干部诗词研究会举办了“礼赞 70 年，筑梦新时代”诗、书、画展览，收录军休干部诗词作品 600 余首，展出诗词作品 200 余首，并出版庆祝新中国成立 70 周年诗词集。

2019 年湖北省诗词学会开展“诗咏长江”为主题的采风创作活动，共收到 50 多个单位集体来稿，1095 位作者、2292 篇作品。在此基础上，将精心编辑出版一部诗咏长江的专集。

2019 年，四川省诗词协会格律体新诗创作研究会与重庆市诗词学会格律体新诗研究院共同发起“中国格律体新诗成都古镇采风行”，一路上受到当地政府与文化机构的热情接待，与会者兴致勃勃，创作了大量好作品。

2019 年，四川省诗词协会应雅安市市长邹瑾的邀请，到雅安碧峰峡熊猫基地与芦山县灾后重建的特色民居参观，与会者十分兴奋，一路走一路创作，写出大量好作品。

2019 年河南诗词学会主办了“天下诗林大会”暨第二届“黄河诗会”、“古都新韵”2019 开封市新春交响诗会和“吟啸大河风”王国钦诗词文赋诵读会等活动。

2019 年 12 月西藏自治区诗词楹联学会联系西藏自治区党委宣传部、自治区党委网信办，与社会文化公司合作，通过新春送春联、送书画，平时与内地广大艺术家举办书画展等形式，为自治区广大农牧民群众组织书法家手写并送春联已达二十六万多幅，组织书画家创作赠送书画作品一千多幅，我学会刘文同志还光荣地被自治区党委评为“民族团结先进个人”；邀请书画家进藏、书画作品进藏进行展览，为广大农牧民群众送上文化大餐，累计进藏的国家一级美术师人数就达一百多人、进藏一级美术师作品四五百幅。

2019 年 7 月 20 日解放军红叶诗社与东莞东江纵队历史研究会、东莞市科技经济促进会联合主办了《东江剑魂颂》诗歌诵演唱会。

2019 年 8 月 24 日至 25 日云南省诗词学会受云南省大理第一中学的邀请，参加了“壮丽七十年，诗人咏大中”活动。

2019 年 10 月广东省诗词学会与汕尾当地 20 多位诗人进行诗词创作探讨与交流，取得良好效果。

2019 年 12 月 20 日福建省诗词学会在省政协举行“纪念楹联学开创者梁章钜暨楹联文化研讨会”。

2019 年北京诗词学会参加了“2019 北京公益慈善汇展”活动，展出三十多年来出版的会刊、诗词集 100 余册。现场接待观众 2000 多人次，向观众赠书 300 多册。

2019年北京诗词学会与天津、河北、山东、陕西、湖北、广东等省市学会加强交流，学会8位领导参加了在重庆奉节、广东惠州等地举办的诗词研讨会，派人参加了河北诗词学会的换届大会。并在《北京诗苑》上刊登兄弟学会的作品，进一步增进与外省市诗词组织之间的联系。

2019年，四川省诗词协会岷峨诗稿社在九寨沟县举办了第四届青春诗会。

2019年陕西省诗词学会和全国各地诗词学会的交流合作，请进来：郑欣淼、范诗银、钱志熙、林峰、康震、星汉等专家学者，包括邀请蒙曼教授出任三秦女子诗社名誉社长，送出去：教授刘炜评、李晓刚、金中，积极参与各省学会各届诗词活动。

2019年天津市诗词学会组织了丰富多彩的活动："桃花节诗会""七夕诗会""庆祝中华人民共和国成立70周年读书展""诗歌朗诵讲座""古琴与吟诵""中秋雅集""蓟州文化之旅"等。

2019年甘肃省诗词学会组织了多次别开生面的诗词交流活动：结合扶贫、生态环境、美丽乡村、特色村镇及老区和民俗文化建设，省、市、县诗词学会广泛开展了形式多样的采风活动。深入旅游文化建设第一线，了解民情风俗，凭吊革命先烈，聆听时代新声，创作了近千首诗词和散曲作品，起到了讴歌新时代，弘扬主旋律，宣传地方特色和文化建设的重要作用，引起了当地党政部门的重视，受到群众的好评。

2019年甘肃省诗词学会积极参与北京、山东、江苏、重庆、内蒙等省市区的传统文化交流活动。

2019年香港诗词学会吟唱艺术团用朗诵、吟咏、歌唱和器乐演奏的艺术形式演绎中华诗词，为社区、社团表演诗词吟唱节目6场次，受到普遍赞誉，起到了良好的诗词教化作用。

39. 2019 年 4 月 20 日由江西庐山风景名胜区管理局、九江市广播电视台及九江市文化旅游发展集团共同主办“中国庐山首届国际诗词楹联擂台赛”决赛在江西庐山旅游文化活动中心落下帷幕。大赛共有 2290 位作者投稿，共投诗词 4100 首，楹联 2112 副，共计 6212 首作品。作者涉及 29 个省份，并有新加坡、加拿大、香港等地作者投稿。

2019 年 5 月至 8 月《诗刊》与上海西江月文化传媒有限公司合作举办“2019 诗词吾爱・相约七夕”爱情诗词大赛。

2019 年 5 月至 9 月，与江苏徐州市委宣传部合作举办“诗词达人咏徐州”全球诗词大赛。

2019 年 6 月由宁夏水利厅主办，宁夏诗词学会、宁夏水利博物馆、《朔方》杂志社承办的“塞上古渠杯”全国诗词大赛拉开序幕。先后在《中华诗词》《宁夏日报》《朔方》《夏风》等报刊发布征稿启事，经过两个多月的稿件征集，先后收到参赛稿件 2000 余首，经过整理、归类，再由聘请的区内外诗词专家、评论家初评、终评，最终评出一等奖 3 件、二等件 5 件、三等奖 7 件以及优秀作品 15 件。

2019 年 6 月山西诗词学会举办“王维杯”全国诗词大赛收到来自 32 个省、自治区、直辖市（台湾、西藏自治区无投稿）及香港、澳门特别行政区 1798 名诗词爱好者的稿件 6079 首，有效稿件 5255 首。评选出一等奖 2 名，二等奖 4 名，三等奖 6 名，优秀奖 20 名，入围奖 50 名。共 82 个奖项。

2019 年 7 月湖北省荆门聂绀弩诗词研究基金会在华中师范大学举办 2019 年“聂绀弩杯”大学生中华诗词邀请赛。

2019 年 7 月 6 日由宜春市委宣传部、江西省诗词学会主办、宜春市诗词学会承办启动宜春韩愈杯全国诗词大赛。

2019 年 8 月《诗刊》与广东省中山市委宣传部合作举办 2019“我和我的祖国”全国诗歌大赛。

2019 年 8 月 18 日《诗刊》子曰诗社、北大荒文联、北大荒作家协会、北大荒文学馆耕读书会共同举办“庆祝新中国成立七十周年暨子曰诗社首届会员作品朗诵会”在黑龙江省农垦总局机关一楼小会堂举行。

2019 年 8 月上海诗词学会启动“沪太（中华）奇石诗词大赛”收到诗词作者 2000 多人的来稿 7710 篇。评出一等奖 1 名、二等奖 2 名、三等奖 3 名和优秀奖 16 名。

2019 年 9 月广东省诗词学会发起并组织 2019 年“新月杯”全国青年诗词邀请赛。

2018 年 11 月至 2019 年 9 月中国出版集团、中央电视台、中华书局、中华诗词研究院、中华诗词学会、中国移动共同举办“第四届诗词中国传统诗词创作大赛”。

2019 年 12 月由深圳市委宣传部立项，举办第三届寰球华人中国梦深圳杯诗文大赛。

2019 年湖北省诗词学会举办庆祝中华人民共和国成立 70 周年暨第三届“鹰台杯”诗词大赛，共收到 1000 多组、4000 多篇作品。

2019 年湖北省诗词学会在襄阳市委市政府的大力支持下承办第三届孟浩然田园诗词大赛。

2019 年，中国文联，四川省人民政府主办的第七届“巴山杯”全国新农村诗词大赛在达州颁奖。共评出一等奖 1 件，二等奖 2 件，三等奖 3 件，优秀奖 30 件，入围奖 200 件。滕伟明会长出席了颁奖仪式。

2019 年天津市诗词学会举办了“岁末抒情”与“国庆诗赛”活动。天津市诗词学会分别协同西青区委宣传部、静海区政府承办了“杨柳清飏·文润西青”全国诗赛和“大运河征文”活动。

2019 年甘肃省诗词学会与中华诗词学会、武威市委、市政府联合举办了“庆祝中华人民共和国成立 70 周年全国凉州诗词楹联大赛”。共收到来自全国诗词楹联作者的 2527 首诗词、870 副楹联。评出一等奖 3 名，二等奖 5 名，三等奖 50 名。这次大赛，对宣传甘肃，推介丝绸之路黄金段，起到了非常积极的作用。

2019年1月至10月《诗刊》与光明网合作举办“美丽中国诗意地名”中国地名诗词创作征集活动

2019年1至3月《诗刊》参与2018年度陈子昂诗歌奖诗词部分评选活动。

2019年4月山东诗词学会开展国庆70周年诗词征文活动共收到来自全国27个省市的诗词作品约1800篇评出了17个省市的153名作者获奖，其中一等奖3名，二等奖10名，三等奖40名，优秀奖100名。

2019年4月至6月中华诗词研究院“中华诗词网络平台系列活动之‘美美中国’”作品征集活动。

2019年4月9日至6月30日福建省诗词学会与福建源鑫投资集团有限公司主办，福建省中外企业家联谊会、福建省工程师经济师协会协办“源鑫杯”海内外征联活动。

2019年4月至7月海南省诗词学会举办了“海垦茶叶杯”庆祝新中国成立70周年全省会员征文比赛。这次征文，共评出一等奖2篇，二等奖4篇，三等奖6篇，优秀奖12篇。

2019年10月至12月广东省诗词学会组织并参与了由中共广州市委宣传部与羊城晚报报业集团联合发起的“再赋新词《广州好》”征集评选活动，并荣获“‘广州好’正能量宣传大使”称号。

2019年北京诗词学会与地质大学（北京校区）合作举办“爱江山杯”征诗评奖活动，在全国、特别是在全国高校营造良好的爱诗、学诗、诵诗氛围，取得良好的效果。

2019甘肃省诗词学会与中华诗词学会、敦煌市委、市政府共同举办“敦煌·玉门关全国诗词”征集活动，共收到了3000多首内容丰富、质量较高的赞美敦煌、歌咏玉门关的诗词作品。

2019年甘肃省诗词学会在《甘肃诗词》开办“不忘初心、牢记使命，迎接中华人民共和国成立70周年”专题栏目，刊发省内外诗人歌颂中华人民共和国成立70周年的精品诗作。

2019年青海诗词学会先后与《西海都市报》《中国（青海）诗歌春晚》《诗词古城台》《书城诗会》开展诗词征集活动。

2019年湖南省诗词学会桂东县诗协与郴州市诗协及该县玲珑王茶业开发有限公司联合举办了“歌唱祖国，礼赞桂东”“玲珑王杯”全国诗词征文大赛等。

2019年浙江省诗词与楹联学会参与中宣部、中央文明办等单位联合开展的“我和我的祖国”中华人民共和国成立70周年系列大型征文活动；与中华诗词学会联办庆祝中华人民共和国成立70周年诗词征集活动；与省辞赋学会、临海市政府联合主办台州府城历史名人赋全国征文大赛。

2019年解放军红叶诗社在《解放军报》支持下，举办了第三届“红叶杯”军旅诗词佳作征集评选活动。

2019年3月新疆诗词学会与中华经典诵读新疆组委会在新疆师范大学昆仑校区联合举办中华经典诵读公益活动。此次活动以“庆祝中华人民共和国成立70周年”为主题，以“诵读经典、品味书香、弘扬中华文化”为宗旨，体现文化自信和“爱国爱疆”的时代特点及校园特色。

2019年3月20日解放军红叶诗社与军事科学院老年大学共同主办了纪念解放军红叶诗社已故老社长、军事科学院原副院长、开国将军高锐百年诞辰诗词吟诵会。

2019年4月至5月深圳市长青诗社联合岭南儒商诗会、听涛诗社，成功举办了“五四杯”全国新诗大赛，征稿近千首，评选出优秀作品11首。

2019年6月7日新疆诗词学会在新疆师范大学新医路昆仑校区，隆重举办“我和我的祖国——庆祝中华人民共和国成立70周年新疆诗词学会端午诗会”。

2019 年 6 月 7 日端午佳节，山西诗词学会与山西省图书馆联合举办了庆祝中华人民共和国成立 70 周年暨端阳诗会诗词吟唱会。邀请全省各地 16 个诗词组织精选 25 个风格不同的节目共同庆祝诗人的节日。

2019 年 6 月 13 日由中华诗词学会与重庆诗词学会联合主办，重庆市奉节县人民政府承办“第二届中华诗人节”在重庆市奉节县隆重举行。

2019 年 6 月 23 日中国宋庆龄基金会、澳门诗词学会、濠江中学、濠江兰亭书法协会联合主办“庆祝中华人民共和国成立 70 周年暨澳门特别行政区成立 20 周年——映日荷花：文化艺术交流活动”。

2019 年 6 月 26 日福建省诗词学会组织党员参加了省社科联行业党委组织的到闽中司令部革命纪念园开展“纪念建党 98 周年主题教育活动”

2019 年 8 月山西诗词学会开展庆祝中华人民共和国成立 70 周年“百名诗人走朔州”主题采风活动。组织全省百名诗人团到朔州五县区主题采风，歌颂朔州发展，歌颂时代精神，庆祝朔州建市 30 周年的伟大变化。共创作作品 660 余首，并结集出版。

2019 年 9 月 24 日上海诗词学会杨树浦滨江创作研究教育基地揭牌成立。同时也为大桥街道党员干部和广大诗友奉上了“初心·诗情·中国梦——庆祝新中国成立 70 周年诗词歌咏活动”。

2019 年 9 月 27 日至 29 日新疆诗词学会组织了“庆祝新中国 70 华诞走进乌尔禾”采风活动。

2019 年 10 月 13 日福建省诗词学会在省政协展厅，隆重举办了“盛世翰墨——庆祝中华人民共和国成立七十周年暨《福建诗词三十年》诗书画展和首发式”。

2019 年年 10 月，山西诗词学会在寿阳召开山西诗教工作寿阳现场会议，邀请全省各地市诗词组织的主要负责人和诗教先进县代表共 80 多人出席会议。

2019年12月10日“盛世中华、诗意昭馀”为主题的第五届“王维诗歌节”在山西祁县隆重开幕。来自中华诗词学会、中国王维研究会、山西诗词学会、山西杏花诗社等机构的诗人、学者与当地群众共计500余人以诗的名义，汇聚祁县，共同缅怀这位伟大的诗人。

2019年北京诗词学会在庆祝中华人民共和国成立70周年、中国共产党成立98周年，纪念中国人民解放军建军92周年、纪念“五四运动”100周年为主题的活动中创作大量诗词佳作。朝阳区诗词研究会、香山诗社、燕京诗社、建设部诗社等举办了庆祝新中国成立七十周年诗词朗诵会。顺义诗联学会举办“忆满京城，情思华夏”清明诗会、“和满京城，奋进九州”端午诗会、“中秋”诗歌朗诵会、“金秋十月”诗歌朗诵会。桑榆诗社创作很多庆祝中华人民共和国成立70周年的作品，赞扬国庆70周年大阅兵，出版了《桑榆情》诗词集。秋芳诗社紧紧围绕党和国家的重大事件，积极开展宣传工作，取得了可喜成果，全年共发表诗词2484首。

2019年黑龙江诗词学会在迎庆中华人民共和国成立70周年活动中，举办了“我和我的祖国”全省诗词大赛，参与人数2000多人次，创作诗词作品近5000首，进一步激发了诗人的爱党爱国热情。

2019年甘肃省诗词学会与甘肃省电视台《收藏》栏目在兰州金轮书画苑联合举办了“甘肃省诗词学会庆祝中华人民共和国成立70周年诗书画雅集展”，著名书画家陈天铀、沈风涛等应邀参加了活动。

2019年青海诗词学会开辟了“纪念毛泽东诞辰126周年”、“庆祝青海诗词学会成立十周年”和“同题咏雪”、“中秋唱和作品”、“庆祝中华人民共和国成立70周年、青海解放70周年”等专栏和征稿。创作了一批有分量、有深度、有影响的优秀诗词作品。

2019年湖南省诗词学会二级机构女子诗词工作委员会与省妇联联合举办了“讴歌新时代·湘女绘新篇”——庆祝中华人民共和国70华诞全国女子诗词大赛。

2019年河南诗词学会举办了“诗颂中华”——庆祝新中国成立

70 周年诗词文赋征集活动。会员们豪情满怀，书写出了 2500 多首诗歌赞颂伟大的祖国、赞美祖国大好河山，赞美中原风光，讴歌家乡发展取得辉煌成就，美好诗篇受到了社会各界的广泛关注和好评。

2019 年年 12 月 26 日，江苏省诗词协会、省毛泽东诗词研究会、金陵科技学院在金陵科技学院隆重举办了“而今迈步从头越”——纪念毛泽东主席诞辰 126 周年暨毛泽东诗词演唱会。

2019 年 3 月下旬，《诗刊》杂志社与中央社会主义学院（中华文化学院）联合举办“首届中华诗词复兴论坛”活动。

2019 年 3 月中旬安徽省诗词学会在合肥召开层次较高的“诗道传承座谈会”。

2019 年 4 月下旬安徽省诗词学会到芜湖考察，探讨诗词队伍建设和诗词事业发展新举措。

2019 年 4 月 19 日至 20 日中华诗词研究院开办“中国诗词赏析与创作”研修班。

2019 年 5 月 8 日，“探花故里 · 栗水清风”全国廉政诗词楹联文化名家研讨会，在江西省上栗县赤山镇隆重举行。来自全国各地的诗词楹联名家齐聚上栗，共话诗词楹联，共研廉政文化。

2019 年 5 月 11 日至 12 日中华诗词研究院举办第四届中华诗词古今演变研究学术研讨会。

2019 年 5 月 18 日解放军红叶诗社召开了“弘扬五四精神军旅诗词研究座谈会”。任海泉社长作了题为《五四话诗》的主旨演讲，多位特约研究员发言。

2019 年 6 月，中华诗词学会和中华诗词研究院在诗城奉节召开“促进当代中华诗词入史学术研讨会”。

2019 年 6 月 3 日中华诗词研究院举办第二届中国荆州 · 中华诗学论坛。

2019 年 7 月 4 日上海师范大学教授、上海文史馆馆员曹旭以《行走在唐诗的街道》为题，向近百位会员讲解了唐诗在中国乃至世界文学史上的巨大成就，引导大家“行走在唐诗的街道上”看风景。

2019 年 9 月 6 日至 8 日新疆诗词学会青年诗人笔会暨诗词创作座谈会在石河子某团“军燕景区”召开。

2019 年 9 月 6 日由宁夏文联、宁夏政协文化文史和学习委员会主办，宁夏作家协会、宁夏文艺评论家协会、宁夏诗词学会承办的我会顾问李增林文学创作座谈会李增林诗词作品研讨会在银川召开。

2019 年 10 月 7 日江苏省诗词协会徐立梅同志负责的昆歌艺术团队在社区重阳活动中，用朗诵、歌舞等形式表演毛泽东等老一辈革命诗词和古典诗词。

2019 年年 10 月，山西诗词学会在寿阳召开山西诗教工作寿阳现场会议，邀请全省各地市诗词组织的主要负责人和诗教先进县代表共 80 多人出席会议。

2019 年 11 月 28 日，中华诗词学会和广东省惠州市委宣传部联合举办了“全国第 33 届中华诗词暨苏东坡诗词艺术研讨会”。

2019 年 11 月 8 日江西省诗词学会邀请美国纽约诗词学会会长、中华诗词学会顾问梅振才来南昌为新雅诗社演讲“诗词在海外”。

2019 年 11 月 16 日江西省诗词学会在红色旅游胜地井冈山市茨坪举行“堆花杯”庐陵诗词学会庆祝新中国成立 70 周年全国诗词大赛颁奖典礼暨诗词研讨大会。

2019 年 7 月广东省诗词学会与广东省教育厅组织开办粤东西北中职业学校骨干老师诗词教学培训班。

2019 年 10 月 13 日宁夏诗词学会在宁夏大学土木与水利工程学院三楼报告厅举办了学术报告活动。

2019 年 11 月广东省诗词学会有关同志应邀为花都读书会主办，

广州图书馆、广州新华出版发行集团协办的“追梦广州·公益阅读”活动作粤语吟诵专题讲座。

2019 年 11 月 2 日海南省诗词学会创作基地揭牌仪式在三亚亚龙湾热带天堂森林公园举行。

2019 年 11 月 13 日福建省诗词学会组织召开“以弘扬中华传统文化为己任——学习和传承陈祥耀教授诗词联赋及书法创作座谈会”。

2019 年北京诗词学会直接组织举办诗词讲座 4 次，深入机关、学校、福利院、干休所、社区、诗社等单位讲课 16 次。

2019 年陕西省诗词学会设立长安大讲堂、长安诗人、特约评论员这些高端平台，提高了学会的专业水平和影响力，吸引了一大批高校文学院教授、讲师进入学会。

2019 年天津市诗词学会通过网络平台、面授等形式多次举办诗词基础培训班，听课人数达到 300 余人次，并结合专题讲座等形式，组织会员互动互学，取得了明显的成效。

2019 年山西诗词学会与山西省图书馆联合推出古典诗词讲座，面向社会大众，传播诗词知识。共举办专题知识讲座五场。培养大众对古典诗词的兴趣和爱好，弘扬中华优秀传统文化。

2019 年 1 月胡迎建主编《当代江西诗词选萃》。

2019 年 2 月胡迎建选注《白鹿洞诗文选注》。

2019 年秋江西省诗词学会发表学术论文《论同光体的形成、特征与时代背景》。

2019 年 2 月江西省诗词学会发表《简述民国时期旧体诗词的创作理论与批评》。

2019 年 2 月江西省诗词学会发表《意象、意境、形神》。

2019 年 6 月胡迎建著《江西学术史·清代卷》。

2019 年 7 月 21 日香港诗词学会与中华诗词出版社合作首发《闲

云齐诗书集》《帚珍集（三）》。

2019 年 8 至 9 月《诗刊》与南方出版社出版《90 后诗词选》一书并在《诗刊》社举办首发式活动。

2019 年 8 月《诗刊》2018 年度诗歌奖获奖诗人方伟作品集《濯缨诗词选》出版，十一期间在方伟家乡信阳罗山县举办濯缨诗词座谈会。

2019 年 9 月中华诗词研究院出版《美美中国诗文选》。

2019 年 9 月云南省妇女联合会、云南省禁毒委员会办公室、云南省诗词学会共同征集整理的《铿锵净土——云南禁毒宣传诗词集》由云南人民出版社出版。该书作为我国第一部以禁毒宣传为主题的诗词专集，具有十分重要的意义。

2019 年 10 月至今，《诗刊》编辑组稿《2019 诗词年选》。

2019 年北京诗词学会北方诗社出版《北方诗社》《放歌新时代、北方抒情怀》诗词选，其中韩文清、李文清、刘国庆的诗被收录到中央军委装备发展部、国防科工局联合编印的《记忆·情怀》诗集。诗友蔡大营担任朝阳诗词研究会编辑，一年来编辑“微刊”180 期，诗词 5000 多首。陶情诗社创作诗词 1307 首。雅兴诗社、梁园诗社、银坛野草诗社、香山诗社、京南诗社、春韵诗社、桑榆诗社、丁香诗社、燕京诗社、丹枫诗社、御苑诗社、轶轩诗社、北方诗社分别出版《雅兴诗词选》《梁园诗刊》《银坛野草》《稻香湖》《海淀文艺》《张还吾逸事》《土城居吟草》《不老松诗书集》《马斯兴诗词集》《春韵诗苑》《桑榆情》《丁香诗词选》《燕京诗刊诗词选集》《丹枫诗苑》《踏青集》《诗韵永定河》。寿南诗社与丹枫诗社、铁流诗社合著出版《歌颂祖国》诗集。

2019 年湖北省诗词学会和湖北省荆门聂绀弩诗词研究基金会通力合作，组织编撰《百年诗坛名家文库·湖北卷》。

2019 年 9 月底《诗刊》社《诗咏新中国——诗刊历年作品选》出版，新书首发式暨出版座谈会在中央社会主义学院召开。

2019 年陕西省诗词学会出版论文集，出版《陕西当代赋文选》，出版《诗社风采》作品集。

2019 年黑龙江诗词学会编辑出版了《黑龙江吟坛 30 年》《黑龙江当代诗词女子百家》等。

2019 年黑龙江诗词学会出版了《放歌宝清》等诗文集。

2019 年解放军红叶诗社编辑出版《中华军旅·红叶》4 辑、《红叶（增刊）》2 期，刊发诗词 3000 余首、“学诗论诗”文章 14 篇，编辑点评 31 篇；编辑出版《中华军旅诗词研究》2 期，刊发诗词研究理论文章 16 篇；编发《红叶微刊》54 期，刊发诗词千余首，文章 31 篇，图文并茂，紧跟时代；编印《红叶诗社通讯》5 期。

2019 年新疆诗词学会出版《庆祝新疆诗词学会成立三十周年诗词近作选》，共精选学会 207 位会员创作的 2548 首诗词作品，作为向学会成立 30 周年的献礼，已于 2019 年上半年出版发行。

2019 年湖南省诗词学会编辑出版了《诗国前沿》专刊两期。

2019 年湖南省诗词学会岭南儒商诗会与深圳长青诗社、听涛诗社、深圳市诗词学会等共同组织了歌颂深圳诗词大赛，与长青诗社一起出版了《当代巾帼百佳诗词选》一书，创办了每月四期的诗会微刊。此外，还收集整理了古今名人咏春诗联作品 1000 首成书出版。

2019 年中华诗词文化学院（杭州）编辑季刊《中华诗教》杂志。杂志每期免费赠阅 2100 余家单位和个人，发行量每期 3000 册，广受诗词与诗教界好评。

2019 年浙江省诗词与楹联学会收集诗词作品编辑成《浙江诗联专辑》《绿水青山都是歌》等，共收作品 4000 多首，涉及 300 多个村。编辑出版《浙江诗词理论研究论文集》。

2019 年宁夏诗词学会编发《夏风》两刊，全年共计刊发 520 人（次）诗词曲 2300 余首，新诗 60 余首，理论文章 17 篇，毛诗研究文章 3 篇。

2019 年香港诗词学会编辑出版《香港诗词》第 17 期、第 18 期及《香江诗潮》、《香江诗评》等 2 本专著。

2019 年香港诗词学会与汕尾市诗词学会联合成立“晨洲诗词创作基地”并资助出版了《海陆风 · 晨洲诗词专辑》。

2019 年吉林省诗词学会编辑出版《长白山诗派丛书》100 卷，时代文艺出版社出版，第一批已出 30 卷。此书是“吉林诗词现象”“关东诗阵现象”的集大成卷，是“以诗纪事、以诗化人、以诗证史”进而让诗入史的有益探索和重要成果。

2019 年吉林省诗词学会编辑出版《长白山诗词》6 期，总基数达到 156 期。

2019年江苏省诗词协会“春之韵”诗社自2012年至2019年出版《春之韵诗集》3 期。

2019 年江苏省诗词协会参与中国毛泽东诗词研究会编选的由教育出版社出版的《毛泽东诗词学生读本》，《读本》配发了毛泽东诗词的解说和朗诵的音像光盘。

2019 年内蒙古诗词学会建成“中华诗词之乡”1 家、“中华诗教先进单位”9 家、“内蒙古诗教先进单位”10 家、中华诗词培训基地 1 家。

2019 年 3 月广东省诗词学会为普宁职业技术学校颁授“中华诗教先进单位”奖牌，为梅州市大埔县、五华县和梅县区雁洋镇颁授“中华诗词之乡”奖牌，为大埔县田家炳实验中学、大埔县张云栽实验小学、五华县华阳中学、五华县第三小学等单位颁授“中华诗教先进单位”奖牌，并向梅县区雁洋镇三乡诗文社、大埔县田家炳实验中学颁授“广东省诗教先进单位”奖牌。

2019 年 7 月 3 日河北省诗词学会在宁晋县北新艺术小学为“河北省诗词之县”授牌。授牌仪式上梁剑章代表省学会宣读关于授予宁晋县为“河北省诗词之县”的决定，宣读关于授予大曹庄乡为“河北省诗词之乡”，河北凤来仪酒业公司为“河北省诗教先进单位”，县第五中学、北新艺术小学、大陆村中心小学为“河北省诗词之校”，东枣村为“河北省诗词之村”的决定。

2019 年 7 月 12 日至 13 日广东省诗词学会到广州市花都区检查指导创建“全国诗词之乡”工作，先后实地察看了新华中学、区汽车客运站、塱头古村和花都湖岭南园等创建单位，听取了花都区创建工作的进展情况汇报，并提出了创建和补缺建议。

2019 年 7 月至 8 月安徽省诗词学会陪同中华诗词学会诗教工作考察组对绩溪县、凤台县城关镇、砀山县、宣城市电投公司和霍山县文峰学校申报中华诗词之乡和诗教先进单位考察验收。

2019 年 9 月中旬安徽省诗词学会陪同中华诗词学会诗教考察组到砀山县参加中华诗词之乡授牌仪式及“全国百名诗人采风”活动。

2019 年 10 月 22 日河北宁晋县荣获中华诗词之乡，授牌仪式在宁晋县广电中心演播厅举行。

2019 年 10 月甘肃省敦煌市通过中华诗词学会、甘肃省诗词学会专家组验收，成为甘肃省继临洮、通渭、岷县之后，第四个荣获“中华诗词之乡”称号的市县。与此同时，敦煌市第二中学等五个单位被中华诗词学会、省诗词学会树立为诗教工作先进单位。连同原有的九个，我省诗教先进单位已达到 14 个。

2019 年 11 月 2 日至 8 日广东省诗词学会陪同中华诗词学会领导一行到花都、英德检查验收“中华诗词之乡”创建工作。

2019 年 11 月 11 日重庆市诗词学会组织创建的江津区“中华诗词城市”授牌仪式在江津区隆重举行。

2019 年 11 月至 12 月广东省诗词学会先后批准花都区新华中学、花山华侨中学、花都区狮峰中学、九潭中学、花都汽车客运站、东风日产乘用车公司、广东第二师范学院中文系、新晖学校、秀全街中心幼儿园、骏威社区等 10 个单位，英德市教育局、财政局、中共英德市纪委和监察委员会、中共英德市委宣传部、东华镇人民政府、市第一中学、青塘镇中学、市实验小学、市第七小学、横石水中心小学等 10 个单位为“广东省诗教先进单位”。

2019 年 11 月 13 日“中华诗词之乡”落户银川市西夏区。

2019 年 11 月 18 日，广东省诗词学会授予惠城区、惠东县、博罗县“广东省诗词之乡”荣誉称号，授予惠城区人民政府水口街道办事处、惠城区人民政府桥西街道办事处、博罗县园洲镇人民政府、广东省罗浮山风景名胜区管理委员会、惠东县安墩镇人民政府、惠东县多祝镇人民政府“广东省诗教先进单位”称号。

2019 年 12 月 16 日河北省秦皇岛市山海关和北戴河两区被中华诗词学会批复为“中华诗词之乡”。

2019 年北京房山区城关街道办事处、窦店镇、苏庄三里社区被授予“中华诗词之乡”称号。12 月 13 日，在龙头村举行授牌仪式，礼贤镇、瀛海镇，被命名为”中华诗词之乡”。

2019 年湖北省洪湖市、广水市部分乡镇成功创建了省级中华诗词之乡，咸宁市咸安区横沟桥镇已经接受中华诗词学会的“中华诗词之乡”创建验收。

2019 年四川省诗词协学在犍为县举办“中华诗词之乡”启动仪式暨第二届“九鼎杯”格律诗词颁奖典礼。

2019 年四川省诗词协会“中华诗词之乡”授牌仪式、第二届渠江文艺奖和第三届“新苗杯”校园诗歌大赛颁奖仪式在渠县青少年活动中心隆重举行，渠县和渠县三汇镇被中华诗词学会授予“中华诗词之乡”称号。

2019 年河南省的宜阳县、新郑市被中华诗词学会命名为“中华诗词之乡”。宜阳县三乡镇、莲庄镇、城关镇，新郑市辛店镇、梨河镇，原阳县等 6 个单位被我会命名为“河南诗词之乡”。授予宜阳县诗词学会、宜阳县莲岳诗书画印联谊会、河南省前进化工科技集团股份有限公司、宜阳县三乡镇中心小学、宜阳县召伯文化研究会，新郑市住房和城乡建设局、新郑市交通运输局、新郑市城关乡初级中学、新郑市新村镇第二初级中学、好想你健康食品股份有限公司、遂成药业股份有限公司等 11 个单位“河南诗教先进单位”称号。

2019 年江苏省新增“中华诗教先进单位”的有 5 个，分别是：东海县税务局；东海县第一实验中学；东海县安北小学；江苏桃林酒业有限公司；东海县西双湖风景区管理处。2019 年底，江苏省有“中华诗词之市”4 个，“中华诗词之乡”53 个，“中华诗教先进单位”96 个，镇江市、淮安市所辖县（市、区）“中华诗词之乡”全覆盖。2019 年，省诗词协会授予“江苏省诗词之乡”、“江苏省诗教先进单位”和“江苏省诗教先进人物”称号共 63 个。其中，省诗词协会授予“江苏省诗词之乡”9 个；省诗词协会授予“江苏省诗教先进单位”25 个；授予“江苏省诗教先进人物”称号 29 个。

2019 年 1 月海南省诗词学会开通了“海南省诗词学会网站”，网站设有学会简介、琼苑诗声、诗作点评、市县交流、诗词韵部、诗词校验、会员库等栏目。

2019 年 7 月海南省诗词学会设立了《琼苑》微刊公众号，平台发布活跃。半年来，先后制作了中秋、国庆等专题微刊 14 期，既及时地发布了学会的活动信息，也不断推出专题栏目、诗友作品，进一步拓宽了创作园地，促进了会员的创作。

2019 年陕西省诗词学会建立学会网站、公众号、微信群等多媒体平台，开展各种形式的讲座、社课、临摹创作、点评等等诗词活动，吸引了数以几千计的诗词爱好者参与活动。

2019 年黑龙江诗词学会利用微信群平台传授诗词创作知识和诗词理论。省诗协在“黑龙江省诗友群”和“黑龙江省女工委”群（200 人）中，先后发出有关诗词创作的理论文章 50 多篇，并不定期发表诗词赏析文章，供诗友们学习借鉴，促进创作水平和诗词理论水平的提高。

2019 年湖南省诗词学会建立了“湖南诗联”微信公众号，以《端午诗人节》《国庆 70 周年颂歌》《文化扶贫》等为主题，共刊出 9

期200多人的诗联和书画作品共700多首（副）。

2019年湖南省诗词学会省直诗会全年组织会员在“国艺天地”网站之《八面来风》专栏，共刊出诗词作品90期近2000首；并建立了两个微信群，经常进行诗词创作交流。

2019年河南诗词学会设立了“河南诗词学会微信公众号”，成立了河南诗词学会女子工作部，并创办了“嘤鸣”女子微刊，受到了河南省女诗人的欢迎和好评。

2019年3月9日至10日，江西女子散曲社在广丰区铜钹山举行周年庆典与创作基地授牌活动。此次江西女子散曲社周年庆典让大家看到了江西女子散曲社正以多种形式发出自己的声音，更带动了一批有才华、有激情的江西才女投身到诗词曲的写作中。

2019年4月江西省诗词学会散曲研究专业委员会组织有关分会代表赴陕西、山西游学，受到中华诗词学会散曲工委、当地政府、当地散曲组织相关领导的热烈欢迎，并与山西原平农民散曲社、山西黄河散曲社曲友进行散曲座谈、交流和采风。

2019年6月，江西省诗词学会散曲研究专业委员会协同女子分会再次组织会员代表赴上饶铜钹山采风和散曲座谈、交流。

2019年7月江西省诗词学会散曲研究专业委员会代表应邀参加中国（锡林郭勒）第四届当代散曲创作学术论坛，并在会上进行散曲论文交流。

2019年7月宁夏诗词学会副会长闫云霞参加了“中国（锡林郭勒）第四届当代散曲创作学术论坛”大会；毛泽东诗词研究会的同志还参加了全国毛诗会的相关活动

2019年9月江西省诗词学会散曲研究专业委员会与山西省诗词学会黄河散曲社、安徽省诗词学会散曲分会代表赴井冈山采风并在南昌市湾里区进行座谈、交流，结成友好省散曲组织联合体。

2019 年 11 月 21 日至 22 日河北省诗词协会散曲工作会议暨卢龙县创建河北省散曲之县推进会在春香岛市卢龙县举行。

2019 年北京诗词学会散曲研究会开展每月两次散曲讲评活动。

2019 年甘肃省诗词学会散曲委员会开通了《陇上曲苑》微刊公众号。

2019 年湖南省诗词学会以绥宁“中华散曲之乡”为亮点，大力开展散曲研讨创作。

绥宁县 2019 年荣获全国第三个、湖南省首个“中华散曲之乡”。散曲创作小组在湘阴县举行了有曲友等近 30 人参加的金岳创作基地授牌仪式暨散曲学术研讨座谈会，在衡阳召开了有散曲社班子成员和部分曲友参加的年会，并完成了“潇湘八景”之“烟寺晚钟”、“平沙落雁”最后两景的采风创作活动。

图书在版编目（CIP）数据

中华诗词发展报告. 2019 / 中华诗词研究院编. --
北京 : 中国书籍出版社, 2020.11
ISBN 978-7-5068-8081-7

Ⅰ. ①中… Ⅱ. ①中… Ⅲ. ①诗词研究—研究报告—
中国—当代 Ⅳ. ① I207.2

中国版本图书馆CIP数据核字(2020)第214379号

中华诗词发展报告（2019）

中华诗词研究院　编

责任编辑　吴化强
责任印制　孙马飞　马　芝
封面设计　东方美迪
出版发行　中国书籍出版社
地　　址　北京市丰台区三路居路 97 号（邮编：100073）
电　　话　(010) 52257143（总编室）　(010) 52257140（发行部）
电子邮箱　eo@chinabp.com.cn
经　　销　全国新华书店
印　　刷　北京睿和名扬印刷有限公司
开　　本　880毫米 × 1230毫米　1/32
字　　数　320千字
印　　张　9.625
版　　次　2020 年 11 月第 1 版　2020 年 11 月第 1 次印刷
书　　号　ISBN 978-7-5068-8081-7
定　　价　52.00元

版权所有　翻印必究